小学館文庫

# 後悔病棟

垣谷美雨

小学館

目次


第1章 dream 7
第2章 family 121
第3章 marriage 179
第4章 friend 269
エピローグ 346
解説 吉田伸子 384

# 後悔病棟

# 第1章　dream

✚

女性患者が、ベッドの中から私を見つめている。

「お痛みはありませんか？」

さっきから何度も尋ねているのに、患者は返事をしなかった。

目が合っているのに、どこか遠くを見つめるような目をしている。

「痛みはありますか？」

さっきより大きな声を出してみた。

「え？」

患者は、はっと我に返ったように瞬《まばた》きした。「痛み？　いいえ、ないです。それより、先生は何歳ですか？」

唐突な質問に、私は一瞬たじろいだ。

背後にいるベテラン看護師の松坂《まつざか》マリ江《え》が、患者の非常識をたしなめようとしてか、足を一歩前へ踏み出す気配がした。私はマリ江を手で制し、「三十三歳ですよ」とあっさり答えた。

「へえ、先生って私と同い歳《どし》だったんだ」

いきなり口調がぞんざいになり、射るような目つきに変わった。抗癌剤《こうがんざい》の副作用で髪が全部抜け落ちたため、ニット帽を被《かぶ》っていて眉毛《まゆげ》もない。だからか凄味《すごみ》があった。

私はこの患者が苦手だった。敵対心を剝《む》き出しにしてくる。それは私に対してとい
うよりも、今後も生き続けることのできるすべての生物に対してといった感じだった。

彼女はもう長くはない。癌が全身に転移している。

「先生は結婚してるの？」

「いえ、まだ独身ですが」

「まだ……か」

患者はつぶやくように言ってから天井を見上げた。

あっ、しまった。

死期が迫った患者の前で、〈まだ〉という言葉は使うべきではなかった。彼女には未来がない。

「三十六度三分です」

マリ江の低い声が、気まずい沈黙を破ってくれた。

「熱はないようですね」

そう言ったとき、ドアをノックする音とともに患者の母親が入ってきた。いつものことだが、急に天井が低くなった錯覚に陥った。ただでさえ背が高いのに、十センチヒールを履いている。

「あら、まだ回診中だったんですね。先生、すみません」

見慣れたポーカーフェイスで、毎回同じ台詞《せりふ》だ。そもそも見舞いの許されている時間帯ではない。口では謝るものの、出て行こうとしないのも毎度のことだ。

母親は素早く帽子を脱ぎ、サングラスとマスクを外した。日本人離れした大きな瞳《ひとみ》に尖《とが》った鼻と大きくて薄い魅力的な唇が現われた。薄手のコートをするりと脱ぐと、身体《からだ》の線にぴったり沿ったロイヤルブルーのワンピース姿になった。歳は取っても、さすが大女優の南條千鳥《なんじょうちどり》だ。無機質な病室に大輪の花が咲いたようだった。山陰地方に住む私の母親より年上だなんて、とても思えない。

看護師のマリ江はと見ると、南條千鳥に注意を与えるどころか、憧《あこが》れの混じった目で見つめている。通常なら院内規則には厳格で、直《ただ》ちに廊下へ出るよう命じるマリ江だが、彼女にだけは配慮している。廊下や待合室にいて人目につくと、娘が末期癌であることを週刊誌が嗅《か》ぎつける恐れがある。

最近とみに太りだしたマリ江が、南條千鳥のウエストのくびれを見つめて溜《た》め息《いき》をついた。日々どれほどの努力をしているのかしら、私もなんとかしなくちゃと、マリ江がほかの看護師に語っているのを耳にしたことがある。四十代後半のマリ江からすると、六十歳を過ぎてもなお若い女のような体形を保っている千鳥は、驚きであり尊敬に値するらしい。

それにしても、人目につくのを恐れるのならば、もっと目立たない格好をした方がいいのではないか。サングラスとマスクをすれば誰かはわからないかもしれないが、かなり人目を引く。いっそ私の母――伸縮性のある灰色のズボンと茶系のブラウスにウォーキングシューズ――のようであればどうだろう。南條千鳥がそういった役でテレビドラマに出ているのを見たことがある。それとも女優というものは、病院のスタッフの前でさえ、美しい自分でいなければ気が済まないのだろうか。

南條千鳥は、衝立《ついたて》の向こう側にある小さなキッチンに消えた。広めの1DKの個室は差額ベッド代が一泊八万円もする。衝立の磨《す》りガラスに、花を花瓶に活《い》ける姿がぼんやりと映っている。

私は親指を使って患者の涙袋を下げ、貧血の兆候がないことを確認したあと、首を触診してリンパ腺の腫《は》れをチェックした。患者の顔色を注意深く観察するが、黄疸《おうだん》は出ていないようだ。

「先生、小都子《さとこ》の具合はいかがでしょうか」

南條千鳥が衝立から姿を現わした。胸に抱えた花瓶には、ピンク色のチューリップが活けられている。

「安定していますよ。痛みもないようですし」

「そうですか。ありがとうございます。小都子、気分はどうなの？」

千鳥が尋ねると、小都子は皮肉っぽい笑みを浮かべた。

「私の気分？　いいと思う？」

千鳥は、はっと息を呑《の》んで視線を逸《そ》らした。

「答えてよ。ねえママ、もうすぐ死ぬとわかっている人間の気分がいいと思う？」

問い詰めるような言い方だった。

いったい今日はどうしたというのだろう。

だが驚くには当たらない。今まではたまたま仲睦《なかむつ》まじい母娘の様子しか目にしていなかったが、死を宣告された人間は誰しも情緒不安定になるものだ。

南條千鳥が戸惑った表情のまま私の方をちらりと見た。娘の不機嫌にどう声をかけてやるべきかわからず、助けを求めているように見えた。

「精神安定剤を出しておきましょう」

そう言うと、一瞬の沈黙が流れた。

またまずいことを言っただろうか。

「先生、ありがとうございます」

南條千鳥が静かに応《こた》えたのでほっとする。

「薬なんかで、本当に気持ちが落ち着いたりするの？」

小都子が疑わしげにこちらを見た。

「効かない人もいますけど、試してみる価値はあります。効けば安らかな気持ちでいけますから」

「えっ？」

南條千鳥の顔色がさっと変わった。強張《こわば》った表情でこちらを見ている。

なんなの？　何か悪いことでも言っただろうか。それならそうと言ってほしい。いや、やっぱり言ってほしくない。もう非難の声は聞きたくない。

射るような視線に耐えられず、「では、お大事に」と早口で言うと、私は逃げるように病室を出た。

無言のまま廊下を行く。マリ江も身体を左右に揺らしながら黙ってついてくる。

廊下を曲がったときだった。

「先生、ちょっと」

後方から鋭い声がした。

振り返ると、南條千鳥が息を切らせて追いかけてきていた。驚いたことに、サングラスもかけずマスクもしていない。

「どうなさったんですか」

マリ江が目を見開いて尋ねる。

「この病院には、もっとまともな医者はいないんですか！」

いきなり怒鳴りつけられた。

朝の回診の時間帯なので、廊下に誰もいないのが救いだった。

「いくらなんでも無神経じゃないですかっ」

いったいなんのことでしょうか、という言葉を私は呑み込んだ。

――患者の気持ちがわからない無神経な医者だ。

それは私に貼《は》られたレッテルだった。看護師たちが陰で噂《うわさ》しているのも耳に入っている。

「安らかな気持ちであの世に逝《い》けるなんて、よくもまあ本人の前で……」

南條千鳥の頰《ほお》が紅潮している。

「あの世に逝ける？　まさか、私、そんなこと言ってません」

「さっきそう言ったじゃないの。ごまかさないで」

「あっ、もしかして」

マリ江が口を挟んだ。「先生が『安らかな気持ちでいける』っておっしゃったからでは？」

「あれは、安らかな気持ちで暮らしていけるという意味で言ったんです。あの世に逝けるだなんて、そんなこと言うわけないじゃないですか」

私は学生時代から理数系は得意だったが、国語の点数はいつもひどかった。普段からボキャブラリーが少ないことも自覚しているし、言いまわしや微妙なニュアンスには昔から自信がない。

しかし、仮に『あの世に逝ける』とはっきり言ったとしても、それがなぜいけないのか。実は正直言ってピンときていなかった。この期に及んで、死に関しての話はタブーなのだろうか。長くはないとはっきり言ったはずだし、その結果、延命治療を拒み、なるべく苦しまずに死にたいと言ったのは小都子本人である。南條千鳥にしても、かわいい娘にこれ以上痛い思いをさせたくないと言ったではないか。

本心は違うところにあったのか。

もしかして、母娘ともども死の覚悟はできていないのか。

「先生は愚かだと思われるかもしれません。でも、私は奇跡を信じているんです」

癌細胞は今も増殖を続け、小都子は日に日に弱ってきている。死を待つばかりの状態だ。奇跡など起きるはずがない。

「まだ三十三歳なんです。あの子は口では強がっていますが、一縷《いちる》の望みは捨てていないと思いますよ。人間というのは、誰しもそういうもんじゃないんでしょうか」

南條千鳥の大きな目に、涙がふくれあがってきた。

「申し訳ありませんでした」

謝るしかない。謝って済むようなことじゃないと、南條千鳥はきっと思っている。だとしたら、なおさら謝るしかない。

なかなか顔を上げられなかった。千鳥と目を合わせたら、真摯《しんし》に謝罪していないのを見破られてしまう気がした。そうしたら更に逆鱗《げきりん》に触れるだろう。じゃあどうすればいいのか。どんな顔で何を言えばいいのか。頭の中でぐるぐると問いがまわるが、答えが出てこない。

そのとき、マリ江が一歩前に進み出て、千鳥の真正面で深々と頭を下げた。「大変申し訳ございませんでした。本当にすみません」

何度も頭を下げる。

マリ江の心の声——こんな頼りない医者ですみません。実は私たちも困ってるんですよ——が聞こえてきそうだった。

膝《ひざ》の上に置いたサンドイッチの袋に、早春の午後の陽《ひ》ざしが当たっている。

ひとり中庭のベンチに座り、花壇をぼんやり眺めていた。赤い煉瓦《れんが》で囲まれた中に、黄色いラナンキュラスが密集して咲き乱れている。

——もっとちゃんとした医者はいないのか。

——あんたみたいな若い女に患者の気持ちがわかってたまるかよ。

今まで何度言われたことだろう。

一生懸命やってきたつもりだった。食事の時間さえまともに取れないほど朝から晩まで働いている。たまの休日にしても、友人の誘いをすべて断わり、体力を回復させるためにひたすら眠る。つまり、起きている時間のほとんどを医療に捧げているといっても言い過ぎではない。

神田川病院の内科に勤めてもうすぐ十年になる。死期が迫った患者が多いので、既に五百人近くの最期を看取《みと》ってきた。それを考えれば経験が浅いわけではない。院内でも中堅と呼ばれるようになっている。

あーあ。

こんなに頑張っているのにうまくいかない。そもそも医師という職業に向いていないのではないか。大きな声では言えないが、患者を前にするといまだに緊張するし、責任の重さに押し潰《つぶ》されそうになって、それが恐怖心に変わることさえある。器の小さい人間には荷が重すぎる仕事だ。同期だった女性医師は、私よりずっと優秀だったのに、出産を機に仕事を辞めた。同世代の有能な看護師たちも、転職や結婚で次々に職場を去っていった。それなのに、私みたいな人間がこのままここにいてもいいのだろうか。

だけど……本当に私だけが鈍感なのか。ほかの医師はみんな患者の気持ちを正確に読み取れるのか。医者の本来の仕事は、病気を治したり痛みを和らげたりすることだ。それで十分ではないか。もちろん、患者の気持ちを無視していいとは思っていないが。

余計なことは一切しゃべらない方が無難だと思って、無口になった時期もあった。そしたら無愛想な医者だ、若いのにかわいげがないと陰口を叩《たた》かれた。男性医師と違い、愛想の良さまで求められる身にもなってほしい。

ふと、ポケットから携帯電話を取り出して、冷たい表面をそっと撫《な》でてみた。昨夜届いたメールのタイトル「元気にしとるんか？」を眺めていると、急に母の声が聞きたくなった。

一回目の呼び出し音で母は出た。

――こんな時間に珍しいなあ、どないしたん？

「どうってこともないけど……なんとなくお母ちゃんの声が聞きとうなって」

――職場でなんかあったんか？　まさか重大なミスしたとか？

「そうじゃないよ」

――また例のアレか。鈍感やとか人の気持ちがわからんとか言われたんか？

「まあそんなとこ。またしても誤解されるような言い方してしもた」

──あらら。ルミ子はちっちゃいときから口下手やったからね。お母ちゃんなんべんも言うてるやろ。時間かけて、ようよう説明してあげたらええのよ。人間誰しも話せばわかるんやから。

電話するんじゃなかった。話せばわかるなんて嘘《うそ》だ。母の言葉を鵜呑《うの》みにして過去に墓穴を掘ったことが何度もある。

──もしもしルミ子、聞いとるの？　世の中に本当の悪人なんておらんのよ。とゆうても、あの人だけは別やけど。

あの人というのは父のことだ。

「わかった」

もう切りたかった。こちらから電話したというのに、早くも母と話すのが面倒でたまらなくなっている。こんなことを今まで何度繰り返してきたことか。懲《こ》りない自分にほとほと呆《あき》れる。

──しっかり頑張らんといけんよ。ルミ子は私の生き甲斐《がい》なんやからね。

「うん、わかっとる」

うんざりした。両親が離婚したのは私が小学六年生のときで、父に若い愛人ができたのが原因だった。父は背が高くてすらりとしていて、太い眉と黒目勝ちの大きな瞳が特徴の、典型的な二枚目だった。小学生の頃、友だちに「ルミちゃんとこのお父ちゃん、ごっついかっこええわあ。テレビに出よるスターみたいや」とよく言われたものだ。

——ルミ子、もしかして恋の悩みやないやろね。

「違うけど？　そもそもそんな暇ないし」

——そうか、それならええんやけど。いや、やっぱりようないわ。もう三十三歳にもなっとるんやから、そろそろ結婚のことも考えた方がええよ。男はなんといっても中身やからね。顔やないで。そこんとこ、よう覚えときや。二枚目は苦労させられる。誠実で地味な人がええよ。

「わかってるってば」

苛々《いらいら》を抑えきれなくなって、つい大きな声が出てしまった。「お母ちゃん、ほんなら、またね。そろそろ仕事に戻らんといけんから」と嘘をついて電話を切った。

子供の頃は、毎日のように父の悪口を聞かされたものだ。今になって考えてみると、たぶんそれが母にとって唯一のストレス発散方法だったのだろう。離婚後、それまで専業主婦だった母は保険の外交員の職に就いた。しかし慣れない仕事でなかなか契約が取れず、歩合制だったので家庭経済は逼迫《ひっぱく》した。中学に上がるとき、公立といえども制服代に体操服代に通学カバン代に靴代にと、思った以上の大金が必要だった。年上の従姉《いとこ》でもいたらお下がりがもらえたのだろうが、同じ学区内にはいなかった。私は考えた挙句、姉を持つ同級生の男子に頼んでみることにした。男子ならば姉のお古は着られないだろうと考えた。男子二人に声をかけると、親切にもひとりはお姉さんが、もうひとりはお母さんが、わざわざ私の家まで持ってきてくれた。しかし、既に着古された制服のスカートは、お尻の部分がテカテカに光っていた。入学後、担任教師が「お古なの？」とみんなの前で尋ねたので恥ずかしくなった。そんなとき、勝手すぎる父を恨みに思った。若い奥さんと新しい家庭を築き、都会で幸せに暮らしていると聞いていた。

　あれは確か中学一年のときだ。たまたまテストでいい点を取ってきたら、母がすごく喜んだ。それがきっかけで必死に勉強するようになった。朝から晩まで働き詰めだった母の笑顔が見たかったのだ。そのうち母は、私の成績に敏感になり、定期テストの結果を見ては一喜一憂するようになっていった。努力の甲斐あって、県内でも有数の進学校へ入学することができた。これでやっと母の期待に応えられたと思ったのも束《つか》の間、母は早速、受験雑誌を買い、大学進学についての研究を始めた。

　それからまた気を抜けない日々が始まった。苦労する母の姿を見て育ったので、手に職をつけられる学校に進みたいと思っていた。三者面談のとき、担任教師から「理数系がよくできるから医学部へ進んではどうか」と勧められた。そのときの母は、驚きと嬉《うれ》しさで感極まったのか、涙をこぼした。母が泣いたのを見るのはそのときが初めてだった。まだ受かってもいないのに、泣かれたら頑張らないわけにはいかなくなった。振り返ってみると、高校三年間、楽しかった思い出はひとつもない。恋愛や部活に勤《いそ》しむ友人たちを横目に見ながら、来る日も来る日も必死に勉強した。

医学部の合格通知が届いた夜のことだ。嬉しくてなかなか寝つけず、何か温かいものでも飲もうと階段を降りかけたとき、母の寝室から灯《あか》りが漏れているのに気づいた。母も興奮して眠れないのだろうと思って近づいてみると、中から母の話し声が聞こえてきた。どうやら母は、自分の妹に電話しているらしかった。

——医学部に受かるやなんて、ほんまに嬉しいわ。えっ、学費？　そらあんた、必死でかき集めたんよ。奨学金だけでは足りんかったから、とうとうあの土地を売ったわ。そうや、母さんが亡くなったときに遺産分けでもらったあの土地や。あれだけは何があっても手放さんと決めとったけど仕方ないわ。ほんやけど、それでもまだ足りんかったから、教育ローンを組んだんよ。うん、大丈夫。医者になったら、それくらい返せるやろ。こうなってみると、ほんま感慨深いわ。父親なんかおらんでも私ひとりの力で立派に育て上げたってことやもん。正直、ざま見ろって思う。聞いた話によると、あの男は再婚相手との間に娘がひとりできたらしいんやけど、もう既に夫婦仲も冷めきってるらしいわ。今頃きっと、私やルミ子を捨てたこと後悔しとるはずやわ。そうそう、そういうこと。ルミ子が医学部に受かったことが、私のあの人に対する仕返しなんよ。えっ、あんた嫌なこと言うてくれるね。確かにルミ子はあの人にそっくりかもしれん。私に似らんと、背も高いし顔もあの人によう似とる。そやけど、あの子は私だけの子やで。

風が吹き、目の前にある花壇の花が揺れた。

今日は嫌なことばかりを思い出す。抜群の記憶力は、私の最大の長所ではあるが、こういうときは恨めしくなる。そう思いながら、なにげなく腕時計に目をやった。

えっ、もうこんな時間？　まずい。あと十分で午後の外来診療が始まる。

サンドイッチのビニールをはぎ取り、牛乳で流し込むようにして食べた。昼食はいつも五分だ。

食べ終えて、紙ナプキンで口元を拭《ぬぐ》いながら立ち上がろうとしたとき、花壇の中で何かがきらりと光ったのが見えた。こんなところに空き缶を捨てる人がいると思うと、一層嫌な気持ちになった。公衆道徳が守られていないのを目にする度、どんどん殺伐とした世の中になっていくようで恐くなる。その一方、そういったロクでもない連中と比べたら、自分は少しはマシな部類かと、卑屈な安心感に浸れた。

そのとき、ふと〈一日一善〉という言葉を思い出した。善い行いをしたら、何かいいことがあるかもしれない。そんなことを思うなんて、かなり心が弱っている証拠だ。思わず苦笑が漏れる。

「仕方がない。私が空き缶を正しい場所に捨ててあげましょう」

口の中で小さく独り言をいいながら、ゴミを袋に入れて立ち上がった。

あれ？

花壇の中で光って見えた物は空き缶ではなかった。太陽の光に反射して眩《まぶ》しかったのは、薄くて丸い小さな金属板だった。目を凝らして見てみると、その金属板の先に黒いゴムチューブのようなものがついている。

もしかして……。

ラナンキュラスの葉をかき分けてみると、チューブの先が二股《ふたまた》に分かれているのが見えた。やっぱり聴診器だった。どうしてこんな所に？　医師の誰かが置き忘れていったのだろうか。たとえばベンチで休憩していたときに急患か何かで呼ばれて、慌てて落としてしまったとか？　まさかね。もっと小さな物ならわかるけど、聴診器を落として気づかない人なんているだろうか。

取りあえず、ナースステーションに届けておこう。そう思い、しゃがんで手を伸ばした。

その聴診器を拾ってしまったことが、すべての始まりだった。

その朝も、看護師のマリ江が先に立って病室のドアをノックした。

毎朝のことだが、小都子の病室に入るときは緊張する。

医者になる前には想像もしていなかったことだが、患者やその家族に嫌われていると思うと、いたたまれなくなる。医師という国家資格さえあれば恐いものなしだと思っていた自分は、なんて子供だったんだろう。どんな仕事でも、常にコミュニケーション能力が問われるということを知らなかった。

振り返ってみれば、あまり人と話をしたことがない。子供の頃は、母の愚痴の聞き役だった。母が一方的に父を悪《あ》しざまに言うのを聞いているのがつらかったので、いつも聞いているふりをしてほかのことを空想していた。中高時代はといえば、母を喜ばせようと勉強ばかりしていた。大学進学のために親元を離れてからは、コーラスのサークルに入ったこともあり、様々な学部の友人ができた。しかし、「ルミ子は無口で何を考えているかわからないよ」と当惑気味によく言われたものだ。医者になったらなったで、男性医師とは違う〈女医〉というものに対する患者の期待の大きさを初めて知り、それがプレッシャーになった。

——女医さんは、男のお医者さんより優しくて親近感が湧《わ》く。何でも相談に乗ってくれそう。特に若い女医さんは、お医者さんというよりお姉さんみたいな感じに違いない。

そんな患者の期待を感じたのは、病院に勤め始めてすぐの頃だった。医師になれば、まさにそこは男だとか女だとかは関係ない世界だと思っていたのに、現実は正反対だった。男性より更に愛想のない私に、そんなことを期待されても困ると、途方に暮れる日々だった。

――女で医者になろうっていうんだから、そんじょそこらの男の医者とは違って相当頭が切れるんだろうよ。

患者の父親から面と向かってそう言われたこともあった。つまり、女の医者というだけで、ずば抜けて優秀だと思っている人もいる。期待が大きい分、実はそれほどでもないとわかった途端、落胆も大きいらしい。

――あの女医さん、つんとしてて感じが悪い。あれなら看護師の○○さんの方がずっと好き。

通りかかった廊下で、患者同士が話しているのを耳にしたこともあった。果たして、男性の医師が看護師と比べられたりするだろうか。

医療は日に日に進歩し続けている。後れを取るまいと研修に行っては知識を吸収し、技術を向上させている。だが、それだけでは患者に好かれる医師にはなれない。じゃあいったいどうすればいいのか。鬱々《うつうつ》とした気分で、小都子の病室に足を踏み入れた。

「先生、おはよう」

小都子の方から挨拶《あいさつ》してくれたので、少しほっとした。たとえ作り笑いであっても、私は怒っていないよというサインに思えて嬉しかった。

「胸を診《み》ますね」パジャマの首のところから、聴診器を差し入れると、どくどくと規則的な心音が聞こえてきた。

すると、そのとき……。

――死にたくないよ。

いきなり声がした。

今の声は何？　どこから聞こえてきたの？

周りを見まわしたとき、看護師のマリ江と目が合った。「先生、何か？」とマリ江が小首を傾《かし》げる。

どうやら気のせいだったらしい。

だが、次の瞬間……。

――こんなに早く死ぬとわかっていたら、好きに生きればよかったよ。

今度ははっきり聞こえてきた。

「すみません、少し黙っててもらえますか」思わずきつい調子で言ってしまった。

「は？　先生、誰もしゃべってませんよ」とマリ江は顔を顰《しか》めた。

とうとう幻聴が聞こえるようになってしまった。きっと睡眠不足が原因だ。それともストレス性の病気なのか。

──反対を押しきってでも、自分の意志を貫き通していたら今頃は……。

また聞こえてきた。小都子の声に似ている。しかし、小都子は相変わらず口を固く結んだままだ。

──芸能界にデビューしていれば、私だってきっと……。

くっきり聞こえた。もしかして、この聴診器がおかしいの？　これは中庭で拾ったものだ。拾ったその日にナースステーションに預けたのだが、落とし主は現われなかった。だから看護師長の判断で、拾い主の私がもらうことになった。

──そりゃあ私は南條千鳥ほど美人じゃないよ。

不貞腐《ふてくさ》れたような声が聞こえてきた。

──だけどそこそこイケてたはずだよ。娘の私には『平凡な人生がいちばん』だなんて言っちゃって、自分は華やかな世界で活躍してるくせに。

芸能界……デビュー……反対……南條千鳥……娘の私……。

小都子が言っているとしか思えない内容だ。幻聴だとしても、こんなに明確に聞こえるものだろうか。いま、私の意識はしっかりしている。そんなときでも幻聴って聞こえるんだっけ？

過労だ。働き過ぎなのだ。ともかく、さっさと診察を終わらせよう。そして、すぐに医局に戻って冷たい水でも飲もう。

「病状は安定しています」私は聴診器を耳から外した。

「先生、ありがとうございました」

いつのまにか南條千鳥が病室に入ってきていた。私を見てにこやかに頭を下げる。先日の激昂《げきこう》が嘘のようだが、なんせ女優だから演技はお手の物。本心は知る由もない。

「ママ、忙しいんでしょう。こんなに毎日来なくていいのに」

「仕事の方は大丈夫よ。今月は地方ロケもないし」

「無理しなくていいって。朝は苦手なくせに」

あと何日生きられるかわからない。そんな娘を見舞いに来るのはつらいだろうが、来ないのもまた身が引き裂かれる思いなのだろう。

「ママ、もしかして罪滅ぼしのつもりなの？　本当は後悔してるんでしょう？」

「私が何を後悔するの？」南條千鳥は怪訝《けげん》な顔で娘を見た。

「決まってるじゃない。私の人生を邪魔したことよ」

「私が？　いつ邪魔をしたっていうの？」

「芸能界入りを反対したじゃないの。頭ごなしに」

聴診器から聞こえてきた内容と似ている。診察は終わっていたが、母娘の話を聞いていたかったので、カルテに書き込むふりをしながら、ぐずぐずとその場に留《とど》まった。

「そんな昔のことを、なぜ今頃になって言い出すの？」

千鳥が呆れたように尋ねる。

「昔のことなんかじゃないよ！」病人とは思えない大声だった。

「私は今でも正解だったと思ってるわ」

千鳥は、迷いのない毅然《きぜん》とした態度のまま言った。「芸能界ってところはね、小都子が思っているほど甘いところじゃないのよ」

「それでも母親？　娘がこんなに早く死ぬってわかってたら、やりたいことをやらせてやればよかったって思うのが、親心ってもんじゃないの？」

「あのね小都子、何度も言うようだけど、苦労知らずのあなたに芸能界は無理なの」

小都子の呼吸が乱れてきた。苦しそうだ。私はかけよって、慌てて聴診器を当てた。

——あんたに母親の資格なんかない！

やっぱり聞こえた。確かに聞こえた。

この聴診器を使えば、患者の本心がわかるってこと？

いや、待て。私は疲れている。そして弱気になっている。だからそんな子供じみた空想をしてしまうのだ。落ち着け、自分。この世の中に、そんな馬鹿なことがあるわけがない。医師ともあろうものが、そんな非科学的なことを信じてどうする。

小都子の心音が少しずつ落ち着いてきた。

「ねえ、小都子、さっきの話だけど」と、千鳥が呼びかけるが、小都子はもうこれ以上母親とは話したくないといったふうに、ふうっと長い息を吐きながら窓の外に視線を移した。

小都子の病室を出て、隣室に向かった。

隣の病室の患者は四十五歳の男性で、膵臓《すいぞう》癌の末期だ。大手建材メーカーを休職中の身だが、本人の希望で延命治療はしていない。

「ご気分はどうですか？」と尋ねながら聴診器を当てた。

「お蔭《かげ》さまで、痛みもないです」

患者が弱々しく微笑《ほほえ》んだ。

——あの日に帰りたい！

強い口調がいきなり聞こえてきた。しかし彼は口を固く閉じている。また聴診器から聞こえてきたのだろうか。

——中学三年生に戻りたい！

やっぱり聴診器からだ。耳に神経を集中させた。

——こんなに早く死ぬんなら、俺が罪をかぶってやればよかった。それなのに、今までのうのうと生きてきてしまって本当に申し訳ない。

「あのう、何か後悔なさっていることがおありですか？」

思いきって尋ねてみると、患者は驚いた表情で私を見た。

「先生、どうしてそんなことをお聞きになるんです？」

背後でマリ江がこれ見よがしに大きな溜め息をついた。余計なことを言って患者を怒らせるのはもうやめろという警告だろう。しかし、聴診器から聞こえてきたのが本当に患者の声なのかどうかを、確かめずにはいられなかった。

「なんと言いますか……一般的に申しまして、人生に悔いのない人なんていないのではないかと思いまして」

「ああ、なるほど」

「もしも人生をやり直せるとしたら、何歳に戻ってみたいとお考えですか？」

患者が不思議そうに私を見つめている。日頃は必要なこと以外話さない医師が、珍しく雑談めいたことを始めたからだろう。

「先生、それは何かの調査ですか？」

「……ええ、まあ」

「そうですねえ、私の場合は、できれば中学三年生に戻りたいですね」

「中三！」

つい大きな声を出してしまった。聴診器から聞こえてきたのと同じだった。

「先生、どうかされたんですか？」患者が訝《いぶか》しげな目を向ける。

「いえ、別に……で、中三に戻りたいとお思いになるのはどうしてですか？」

「友人に申し訳ないことをしてしまって、それを今も後悔してるんです」

——純生《すみお》はあれからどうしているんだろう。行方不明のままなのだろうか。

また聞こえてきた。背後にいたマリ江がベッドの反対側にまわり、点滴の調子を確かめるふりをして私をじっと見下ろしているのが視界に入った。ふと目を上げると、マリ江が露骨に顔を顰め、首を左右に振ってみせた。患者の胸に聴診器を当てながらおしゃべりをする医師など見たことがないと呆れているのだろう。

「つかぬことをお伺いしますが、そのご友人のお名前はなんとおっしゃるんですか？」

「は？　名前、ですか？　ええっと……奈須野《なすの》純生といいますけど、それが何か？」

「スミオ！」

「ええ、純生です」

聴診器から聞こえてきたのと同じ名前だった。

やっぱり聞こえている。この聴診器には不思議な力がある。

「先生、どうなさったんですか？」

しびれを切らしたマリ江が眉根を寄せて言った。

この聴診器があれば恐いものなしだ。

患者の気持ちがわからない医者だなんて、もう二度と言わせない。

超音波や胃カメラなどの種々の検査を終えてから、一階の売店へ向かった。

いつものようにパンと牛乳を買い、医局へ戻る。あと十分で午後の診療が始まるから、食堂でゆっくりと昼食を取る時間はない。

医局には、同い歳の岩清水展《いわしみずひらく》がいた。彼は都心の一等地にある有名総合病院の御曹司《おんぞうし》だ。本当かどうか知らないが、他人のメシを食ってこいと、この病院に修業に出されたという話だ。大学時代にファッション雑誌のモデルをしていたというだけあって、百八十三センチの長身で、手足が長くて顔が小さい。そのうえ気さくで優しいと、看護師たちに人気がある。

こんなヤツのいったいどこがいいのか、私には全くわからないが。

「じろじろ見ないでよ」

「見てねえよ」

それでもなお私から目を離そうとしない岩清水を無視して、私は立ったままあんぱんの袋を裂き、大口を開けてかぶりついた。「岩清水、あんた、女ってものは誰でも自分に惚《ほ》れてると思ってるでしょう」

「だ、か、ら、思って、ま、せ、ん！」

嘘をつけ。思っているに決まっている。この私でさえ、初めて廊下ですれ違ったとき、思わず振り返ってしまったのだから。

「じゃあどうしてじろじろ見るのよ」

「ルミ子の顔に寝あとがくっきりついてるからだよ。もしかして、それってファッションですか？」

厭味《いやみ》ったらしいヤツ。人のことを馬鹿にしてる。わざとらしく丁寧語を使ったりして、本当に感じが悪い。

当直明けで疲労困憊《こんぱい》していたから、検査結果を待つ間、机に突っ伏して眠ってしまったのだ。きっとそのときに寝あとがついたのだろう。

牛乳パックにストローを突っ込んで思いきり吸い込み、あんぱんを胃に流し込む。

「何度も言うけどね、私のことルミ子って呼び捨てにするの、もういい加減にやめてくれない？　いかにも親しそうで迷惑だよ。私が看護師たちに目の敵《かたき》にされてるのは、そのせいもあるんだから」

「そりゃ悪かった。ごめん、ごめん」

なんなんだ、その軽い言い方は。完全に舐《な》められている。

「そんな恐い顔して睨《にら》むなよ。もう少しかわいげがある方が、うまく世間を渡っていけるのに」

「かわいげ？　そういうのってセクハラだよ」

「違うね」と彼は妙にきっぱりと言い返した。「だって、男にも共通して言えることだろ」

そう言われてみれば確かにそうかもしれないが、よりによってこんな苦労知らずのボンボンに、処世術を説かれても腹が立つ。だが、岩清水は女性看護師だけでなく、老若男女の別なく患者にも人気がある。聞いたところによると、誰に対しても分け隔てなくにこやかで、患者に厳しく注意するときでさえ、その裏に思いやりが感じられるという。

それなのに私ときたら、患者にも患者の家族にも評判が悪い。完全に負けている。

お坊ちゃん育ちなんかに差をつけられて、悔しくてたまらない。

残りのあんぱんを口に入れてから、メロンパンの袋を思いきり破った。

「お前ら、またじゃれあってんのかよ」

ドアを開けて入ってくるなり、威勢よく男言葉を飛ばしたのは、先輩医師の太田香織《おおたかおり》だ。医者らしからぬ金髪のため、周りからは顰蹙《ひんしゅく》を買っているが、本人は平然としている。仮に医者でないとしても、香織先輩に金髪は似合わない。小柄なうえに童顔だから、彼女の斜にかまえた態度や派手な髪の色がちぐはぐな印象を与える。しかし、そのギャップがなんとも言えずキュートなのだと、放射線技師の男性たちに人気があると聞いたことがある。

続いて部長の笹田篤志《ささだあつし》も入ってきた。医者の不養生とはこの人のことだ。大酒飲みでヘビースモーカーで大食漢で甘い物が大好きで、しかもスポーツが大嫌いときている。常日頃から近距離でもすぐにタクシーをつかまえ、五分以上歩くヤツは文明人じゃないと豪語している。

「いいなあ、若いもんは。俺も気軽に口喧嘩《くちげんか》できるほど仲のいい相手が欲しいよ」

でっぷりした腹部で共鳴しているのかと思うほど声が大きい。

「部長、誤解です。仲良くなんかありませんよ」

そう反論しても、部長はいつものように私を無視した。

「ルミ子、あんたまた患者を傷つけるようなこと言ったんだってね」

香織先輩は歯に衣《きぬ》着せぬ人だ。彼女の辞書に〈遠慮〉という言葉はない。香織先輩は三十七歳だが、医師としての経験は私より一年多いだけだ。彼女は大学に入学したのが遅かった。生家は開業医だが、高校時代に不良グループに入り、本人いわく、人の道に外れたことばかりして生きてきたらしい。しかし、当時の恋人が不治の病で死んだことがきっかけで、一念発起して医者になったのだという。まるで安いドラマの筋書きみたいで、本当かどうかはわからない。

「傷つけるつもりはなかったんです。精神安定剤を出すときに、安らかな気持ちでィケると言っただけなんです。イケるという言葉を親御さんが誤解されて、カンカンに怒ってしまわれて」

「ルミ子、あんた普段から言葉遣いおかしいもんね」

「えっ、そうでしょうか」と尋ねたとき、部屋の隅でコーヒーを淹《い》れていた岩清水が噴き出した。見ると、香織先輩に同意するかのように何度もうなずいている。猛烈に頭にきた。

「普段からもうちょっと小説とか読んだ方がいいよ」と香織先輩が諭すように言う。

「……はい。そうします」

「俺が看護師から聞いたところでは、もっとひどいこと言ったらしいじゃないか」と部長がこっちを見ないまま言った。

「部長、ルミ子に関する噂は話半分に聞いてやってよ」と、腕組みをした香織先輩は部長に対してもタメロである。「なんせ女性看護師の中で人気ナンバーワンの岩清水がルミ子をからかってばかりいるからさ、嫉妬《しっと》されてるわけよ」

「いったい、こんなオヤジみたいな女のどこに嫉妬するのかね」と部長も言いたい放題だ。

「部長なんかにはわかんないだろうけどさ」と香織先輩が部長を鼻で嗤《わら》う。「ルミ子はね、きちんと化粧したらすごく綺麗《きれい》になるんだよ。そういうことって、女なら誰でも敏感にわかるわけよ。まっ、どっちにしろ岩清水、お前さっさと看護師の中から良さそうなの選んで結婚しろよ。じゃないとルミ子が迷惑するだろ」と香織先輩は命令口調だ。

「そんな無茶言わないでくださいよ」

岩清水が呆れたような顔で言った。

今までも何度か、若くてかわいい看護師たちが岩清水にすり寄ってきて、「先生、たまには食事に連れてってくださいよお」などと言っているのを目撃したことがある。そのたびに彼は「うん、また今度ね」と明るく言い、例の爽《さわ》やかな笑顔で上手にかわしていた。

要するに、この男は口がうまい。なぜ看護師も患者もそれを見抜けないのか。今のところ、この病院内でヤツの本性を知っているのは私だけだ。

彼は、総合病院の院長である父親から、「つまらない女に引っかかって人生を棒に振るな。交際相手は慎重に選べ」と言われて育ったと聞いている。それもこれも、自称〈情報通〉の香織先輩から聞いた話だから、本当かどうかはわからないが、上流家庭ではよくある教育方針なのだろう。つまりヤツは、しかるべき家の令嬢しか、もともと相手にする気はない。それなのに、誰にでも笑顔を向ける。

——男は中身やで。誠実で地味なのがええわ。二枚目はいかんよ。

やはり母の言葉は正しい。

——ええ男は例外なく口達者やから気ぃつけるんよ。

母は繰り返し言ったものだ。今まさに、その見本を見るようだった。


当直の日だった。

夜になって、小都子の病室をノックした。

「あれ？　先生じゃないの。どうしたの？　こんな時間に」

小都子は私を見て力なく微笑んだ。日に日に衰えていく様子を見ていると、気持ちだけでも楽にしてあげたいと思う。「少しお話をしようかと思いまして」

「気ぃ遣わせちゃって悪いね。うちの母に嫌なこと言われたんでしょ」

「いえ、そういうわけでは……」

「大歓迎だよ。眠れなくてちょうど困ってたとこ。先生みたいな若いオネーサンでも、やっぱり医者は医者だね。傍《そば》にいてくれるだけでなんか安心する」

褒められているのか、けなされているのか……よくわからない。

「念のために聴診器を当てさせてください」

パジャマのいちばん上のボタンを外して聴診器を差し入れた。小都子が後悔していることについて、もっと詳しく知りたかった。どうやら自分は空気を読めない人間らしいから、今後不用意なことを言わないためにも、患者の気持ちを知っておくことが大切だ。それには、この不思議な聴診器のことを研究しておく必要がある。

「聴診器ってひんやりするね」

聴診器を当てられただけで安心感があるのか、呼吸がゆったりとしてきた。目を閉じた小都子は穏やかな表情をしている。このまま眠ってしまうのもいいだろう。安心感が睡眠薬代わりになってくれればいい。

「先生、何か話してよ」

眠りに落ちるまでつきあってあげよう。

「小都子さん、頭の中に世界地図か地球儀を思い浮かべてみてください」

「もしかして先生、催眠術かけようとしてる？」

「まあ、そのようなものです」

「はい、思い浮かべたよ、地球儀」

神経を集中させるため、私も目を閉じた。その途端、地球儀がぼんやりと見えた。思い浮かべようとしたわけでもないのに、いきなり見えるとはどういうことだろう。目を凝らしてみると、だんだんはっきりしてきた。海の部分が濃い青色で、陸の部分は茶色だ。五大陸すべての輪郭が曲線で、出っ張った半島などはひとつもない。

「アフリカ大陸は見えますか？」

「うん、あるよ」

「東南アジアも見えますか?」

「私、地理に詳しくないから、だいたいの形だけどね、見えることは見える」

私は東南アジアには詳しかった。学生時代に何度か旅行したことがある。しかし、いま頭に浮かぶ地形は、かなり間違っている。もしかして、いま私の頭に浮かんでいるのは、小都子が思い描いている地球儀なのか。

確かめてみよう。「小都子さん、インドは見えますか?」

「見えるよ」

逆三角形の形のインドは確かにある。しかし……。「スリランカは見えますか?」

「スリランカ? それってどこの国にあるの?」

「スリランカは国の名前です。インドの近くにある大きな島国で、昔はセイロンと言いました」

「ああ、そういえば」

いきなりインドの近くに島が浮かんだ。あまりに大きい。インドの半分はある。私が大きい島だと言ったからか。やはり、いま私が見ているのは小都子の想像の世界らしい。患者が思い浮かべるイメージまで伝わってくるのか。

「先生、どうしたの? 急に黙っちゃって」

「あ、すみません。えっと……この地球上には、いろいろな国があります。豊かな国は少なくて、いまだに飢え死にする人々が実はたくさんいるんです」

「らしいね」

「そんな中で、日本に生まれただけでも私たちは幸運ですよね」

小都子が返事をしない。

目を開けて見てみると、彼女は身じろぎもせず、目も口も固く閉じていた。

「もちろん日本の中でだって、交通事故や震災で、幼くして亡くなる子供も少なくありません」

またもや小都子は返事をしない。聞こえていないのだろうか。このテの話は、精神的に不安定になっている患者にはよく効く。今までの経験からすると、ほとんどの患者が感謝の言葉――先生、考えてみれば私は恵まれていたんですね。あれこれ後悔してるなんて言ったら罰が当たります。贅沢《ぜいたく》な悩みでした。恥ずかしいです――を口にして静かに微笑む。

「あのさあ、先生」いきなりそう言うと、小都子は目を開けた。

彼女の目が怒りに満ちているように見えるが、錯覚だろうか。

「私と先生は同い歳だよね」

「ええ、そうですが」

「それなのに、まるで宗教家か何かみたいな〈上から目線〉は頭にくるわけよ」

「そんな……誤解です」

「じゃあ私の心が狭いってことなのかな？」

小都子はいきなりニヤリと笑った。「きっとそうだね。忙しい先生がわざわざ病室に来てくれて有り難いお話を聞かせてくれてるんだからさ、『今のお話を伺って、自分の人生がいかに恵まれていたのかと思い知りました。人生を後悔しているなんて言ったら神様に怒られますね』とかなんとか言うべきなんだよね、きっと」

射るような目で見つめてくる。

「先生、もしかして患者さんはみんなそう言ってくれるわけ？」

私は息を呑んだ。

「患者はみんな医者には気ぃ遣ってんだね。吐き気やだるさに耐えながら」

私は今までずっと、患者に余計な気を遣わせてきたのか。いったい何人の患者にこの話をしてきただろう。恥ずかしくて、申し訳なくて、消えてしまいたくなった。

「ほんとにすみませんでした。つまらない話をしてしまって」

「お医者さんで、こんなにしょっちゅう謝る人も珍しいね」

いたたまれなくなってきた。

「小都子さんは、お母さまと同じように芸能界で活躍したかったんですか？」

自己嫌悪に耐えきれなくなって、思わず話題を変えた。

「恥ずかしいなあ。あの日の母との言い争い、先生まだ覚えてたの？」

小都子は私から目を逸らし、天井を見上げた。「同い歳なのに、さぞかし私のこと子供っぽいと思ったでしょうね。先生はお医者さんとしてバリバリ働いてて立派だもんね。そのうえ知的な美人だし、すらりと背も高くて、もう完璧《かんぺき》じゃん」

「そんなことありません。私だっていろいろと後悔はあります」

「先生はいくらでも後悔すればいいんだよ」

「どうしてですか？」

「だって先生は健康だし未来があるんだから、後悔をバネに頑張っていきなよ」

あっ。

「芸能界に入りたかったなんて、あんなの冗談に決まってるじゃない。私はあの人ほど美人じゃないもんね。情緒不安定で変なこと口走っただけだよ。もう忘れて」

小都子は苦笑して見せた。だが、この聴診器は精神状態まで伝わるらしく、彼女の重苦しい気持ちが私の胸を締めつけた。

——何かって言うと『将来のため』って、あの人は言ったよ。

小都子の声が聴診器を通じて聞こえてきた。

——嗤っちゃうよ。だって将来っていつのこと？　具体的に何月何日を指すの？

将来のない人間はどうなるわけ？　それに、私は一度だって南條千鳥の娘としてマスコミに登場させてもらったことがない。あの人は私を守るためだって言うけど、まるで隠し子みたいで、ちっちゃい頃からずっとつらかった。もしかしたら、あの人にとって、私みたいなブスは恥ずかしい存在なんじゃないかって。学校でも、私が南條千鳥の娘だって言っても、誰も信じてくれない時期があった。クラス全員から嘘つき呼ばわりされたときは、ほんときつかった。

小都子はふうっと息を吐いた。

「小都子さんは、何かお仕事はされてたんですか？」

「予備校で事務をやってたの。芸能界とは似ても似つかないお堅いところ」

「小都子さんは、もし人生がやり直せるとしたら、いつ頃に戻ってみたいですか？」

「そうねえ……高校時代かなあ」

そう言うと、小都子はアハハと声に出して笑った。「先生のそういう素朴なところ、気に入ったよ」

「素朴？　どういったところがですか？」

「だって、もうすぐ死ぬ人間に向かって、もし人生をやり直せるとしたらなんて、そんな酷なこと聞かないでしょ、普通の神経してたら」

小都子の言葉が、ぐさりと胸に突き刺さった。だけど……世間ではよく、誰かに話を聞いてもらうだけでも気が晴れるというではないか。

「先生、誰かに話を聞いてもらうだけで気が晴れるなんて単純なこと、考えてないでしょうね」

「それは……もちろんですが」

「先生みたいに空気読めない人って、こういうとき貴重だよ。ほかの人はみんな、腫れものに触るように私を扱うもんね」

皮肉だろうか。それとも本気で言ってるのか。いったいどっちなの？　ああ、やっぱりわからない。私には人の気持ちなんて全然わからない。

「だけど小都子さん、私は未来の話をしているのではなくて、もしも過去に戻れたらと尋ねたんですよ」

過去の話であれば、未来のない患者に話しても差し支えないのではないか。空気が読めないなどと言われて黙っているのも悔しかった。

「だって先生、それを聞いてどうするの？　たとえば、あのときああすればよかった、こうすればよかったと私が話したとするよね。で、そんな後悔だらけの人間を勇気づけようとするなら、今からでも間に合いますよ、スタートは何歳からでも遅くはありませんよって言うのが常道じゃないの？　私みたいに先のない人間に、その常道は使えないよね。だとしたら、先生はなんて言って私を励ますつもりだったの？」

「それは、えっと……」

「マジ？　前もって考えてないわけ？」

「……はい」

「先生って空気読めないだけじゃなくてチョー無神経。いや、軽薄って言った方がいいかもね」

「そんな……」

「もしかしてアタマ悪いとか？　でも医学部に受かったんだから、それはないよね」

何も言い返せないのが悔しかった。

「先生、一階の売店に行ったことある？」

いきなり話題が変わったのだろうか。

「一階の売店なら毎日通ってますけど」昼食のパンと飲み物はだいたいそこで買っている。

「あそこで週刊誌、売ってるでしょ。週刊誌にもテレビにも、私のこと一切出てないんだよ。『南條千鳥のひとり娘、癌に侵《おか》される』とか、『余命いくばくもなく、千鳥の悲鳴』とかさ、あってもよさそうなもんなのにね」

「騒がれたいんですか？」

「まさか。でも、ここまで隠し通せるのって、すごくない？　完璧じゃん。つまりあの人が、職場でもプライベートでもいかに娘のことを話題にすら出してこなかったか。あの人にとって、私なんていてもいなくても、同じなんだよ」

「そんなことはないでしょう。親にとって子供っていうのは……」

「や、め、て。私に説教しないで。あんたは医者かもしれないけど、私と同い歳だよ。親になったことがあるっていうんならまだしも、独身なんでしょう？」

「すみません」

「ねえ先生、ひとつ約束してほしいことがある」小都子は真顔になって私を見た。「私に嘘やきれいごとを言わないでもらいたいの。いつも本当のことを言ってほしい」

「お約束します」

「しかし私も成長しないなあ。子供の頃は、三十代の女の人っていったら、大人というかおばさんというか、とにかくもっと落ちついた女性だと思ってたよ。それなのに、ママがああしてくれなかった、こうしてくれなかったって不満だらけの私ってどうよ。本当なら自分が母親になっていてもおかしくない年齢なのにね」

「それは私もよく思います。いったいいつになったら大人になれるんだろうって」

「先生、さっきの話だけど」

小都子は真剣な表情になって言った。「高校時代に戻れたらさ、やっぱり私、芸能界デビューしたいと思う」

「いまだにそう思うってことは、いい加減な気持ちじゃなかったってことですよね」

「嬉しいこと言ってくれるじゃない。あの当時は誰もわかってくれなかったよ」

小都子は、少し柔らかな表情になった。「先生がおしゃべりにつきあってくれたおかげで、今夜はよく眠れそうだよ」と言って目を閉じた。「あれ？　先生、目を閉じると変なものが見える」

「どんなものですか？」

「扉みたいに見えるけど……」

私も目を閉じてみた。聴診器に神経を集中させると、遠くで何かが揺れているのがぼんやりと見えた。目を閉じたまま眉間《みけん》に皺《しわ》を寄せると、揺れている何かにどんどん近づくことができた。ピンぼけだった写真が次第にくっきりしてくるような感覚だ。

広い空間に扉が風でぱたぱたと揺れている。

「あ、ほんとだ。扉がありますね」

「先生、いい加減なこと言わないでよ」

いきなりの大声に目を開けると、小都子が目を見開いて私を睨んでいた。「扉は私の想像の世界だよ。先生に見えるわけないじゃない」

「だって本当に見えたんです」

「じゃあ聞くけど、先生に見えたのはどんな扉だったのよ」と、問い糺《ただ》すような鋭い口調だ。

「西部劇のバーの扉というか、外国映画に出てくるシャワールームなんかの、身体の中心部分だけを隠す木製の扉です。ルーバーっていうんでしたっけ？」

「信じられない。私が見たのと同じだよ。先生、もう一回、見てみようよ」

小都子は目を閉じた。

私も目を閉じ、神経を聴診器に集中させた。「小都子さん、扉の上には青空が広がっていて、下は砂地じゃないですか？」

「そうそう、その通りだよ。二人して同じものを想像してるってこと？」

「これは想像なんでしょうか」

「想像じゃなかったらなんなのよ。私たち目を開ければ病室にいるんだよ」

「それもそうですね。あっ、小都子さん、扉の向こうは海じゃないですか？」

世界全体が淡いブルーに覆われていた。空と海との境がはっきりしない。地面さえも薄いブルーに見える。

「私もさっきから潮の匂《にお》いがすると思ってたんだよ。でもなんだか薄暗いね」

そのとき、頬に生ぬるい海風が当たった気がした。心地よくて開放的な気分になる。

「先生、私、ちょっと見てくるね」

そのとき、目の前に広がる光景の中に、いきなり小都子の後ろ姿が出現した。彼女は扉の前に佇《たたず》んでいる。

「小都子さん、ちょっと待ってください」と、心の中で呼びかけた。扉の向こうが死の世界のような気がして、言いようのない不安に襲われた。

「大丈夫だってば。ちょっと覗《のぞ》いてみるだけ」

「だって小都子さんっ」

小都子は振り返りもせず、吸い込まれるようにして扉の向こうに消えてしまった。

目を開けると、部屋の中は静まりかえっていた。

「小都子さん、大丈夫ですか？」

肩を叩いてみるが反応がない。まさか、死んじゃったとか？ 急いで頸動脈《けいどうみゃく》を触診する。どくどくと規則的に動いていた。念のために、固く閉じた瞼《まぶた》を無理やりこじ開けてみた。瞳孔《どうこう》は開いていない。大丈夫だ。心臓が動いてるんだから当たり前だ。

何やってんだろ、私。

このまま放《ほ》っておいても大丈夫だろうか。本当に眠っているだけなのか。誰かを呼びに行った方がいいんじゃないだろうか。でも、誰かって誰？ 当直の医師とか？

それって……私だ。

いきなり心細くなってきた。

——先生、こっちだよ。

突然、聴診器から小都子の元気な声が聞こえてきた。目を閉じてみると、扉から顔だけ出して手招きしているのが見えた。確かさっき、眉間に皺を寄せると近づけたはずだ。同じようにやってみると、扉がどんどんこちらに近づいてきた。

扉から向こうを覗いてみると、やはり大海原が広がっていた。じっと見ていると、水平線の向こう側が少しずつオレンジ色に染まってきた。水平線から太陽が顔を出した。眩しくて目を開けていられない。

「ほら先生、あっちを見て」

小都子の指差す方を見ると、こんもりとした小さな丘があった。クヌギが生い茂り、早朝だというのにもう蟬《せみ》が鳴いている。

「先生、階段が見えるよ」

砂地に足を取られながら、小都子が近づいていくと、丘の真ん中あたりがぱっくり左右に割れていて、地下へ下りていく白い階段が見えた。幅三メートルほどの堂々とした大理石造りだった。よく磨かれていて表面はつるつるだ。ひんやりとしていて気持ちが良さそうだ。ローマの古代遺跡のようにも見える。

次の瞬間、強い海風が吹いてきて、小都子のニット帽が空高く舞い上がった。追いかける間もなく、遠くへ飛んで行ってしまった。

「やだ、もう」

薬の副作用で髪がすべて抜け落ちてしまっている頭を両手で押さえたが、久しぶりに自分の足で歩けたからか、朗らかに笑っている。「この階段の先には何があるんだろうね。私ちょっと見てくるよ」

「小都子さん、やめた方がいいと思います。危険な目に遭うかもしれませんから」

心の中でそう言うと、小都子は一瞬にして笑みを消した。「あのね先生、私はもうすぐ死ぬんだよ。そんな人間にとって危険って何?」

私は答えられず、思わず黙ってしまった。

「あれはダメこれもダメ、あれは心配これも心配、ママはいつもそう言った。いつだって無難な道を選択させられた。それがあなたのためなのよ、人生を長い目で見たらきっとああしておいて良かったと思える日が来るわって。ちゃんちゃらおかしいよ。三十三歳で死ぬんだから長い目も何もあったもんじゃない」

吐き捨てるように言うと、小都子はくるりと背を向け、階段に向き直った。

「だけど、小都子さん」

なおも私は心配で声をかけると、一歩行きかけていた小都子は振り返った。「先生まで私の邪魔をする気? 放っておいてよ」

威勢のいい言葉を返すものの、やはり小都子も不安なのか、こわごわといった感じで階段を一段だけ下りた。

振り返った小都子の顔が、いつもの雰囲気と違う。注意深く見てみると、むくみが取れてすっきりしている。

「小都子さん、一段下りるたびにこっちを振り返ってもらえませんか」

心配なのでという言葉を、すんでのところで呑み込んだ。

「いいよ。わかった」

小都子が二段目を下りたとき、小都子の頭がいきなり真っ黒になった。見ると、短い髪が生え揃《そろ》っている。そういえば、本人の希望で、抗癌剤の副作用で脱毛してしまう前に短く刈ったのだった。

「先生、次の段、行くよ」本人は髪が生え揃っていることに気づいていないらしい。

四段目まで下りたときだった。振り返った小都子は、肌に艶《つや》があり、目も生き生きしていて健康そのものだった。

「あれ？」小都子は自分の頭を触り、栗色《くりいろ》のセミロングの毛先を目の前まで引っ張ってきて、珍しい物のようにじっと見つめた。

「癌が見つかる前の髪型に戻ってるよ」小都子が笑顔をこちらに向けた。今まで見たことのない愛くるしさだったので、私は胸が詰まって何も言えなくなった。

「ああ、これこれ、いい感じだよ」

顔を左右に大きく振り、毛先が空中で踊るのを楽しんでいる。そして、〈いい女〉

がするような動作で髪をかき上げようとして手のひらが眉に触れた途端、更に嬉しそうな声を出した。

「眉毛もあるじゃん」

きりりとした眉の出現で顔が引きしまって見えた。小都子の実の父親は、俳優の黒《くろ》沢淳一《さわじゅんいち》だ。どうやら顔は父親譲りらしい。彼女が幼いときに南條千鳥と黒沢淳一は離婚し、千鳥はひとりで小都子を育てた。その後、千鳥が大学教授と再婚したとき、小都子は小学生だったと聞いている。

「先生、私の声、聞こえる?」

遠ざかってしまった小都子の声は、大理石の壁に反響してエコーがかかっていた。

「聞こえてますよ」

「この階段、もしかして一段下りるたびに若返っていくんじゃない?」

そのとき小都子は既に十段以上下りてしまっていた。

「先生、私が思うには、一段が一年くらいじゃないかな? いま私、たぶん高校生くらいだよ。だってほら、ツルツル」と言いながら、頬に触ってみせる。「やっぱり十代の肌は違うね」

「小都子さん、もうそれ以上、下りないでください」

心配でたまりません、という言葉を再び呑み込む。

「うん、もうやめとく」と、小都子が素直に応じてくれたので、ほっとした。

「先生、私が若返ったってことは、もしかして人生をやり直せるってことかな？　三十一歳で乳癌が見つかって三十三歳で死ぬ運命も変えられるの？」

「それは……無理だと思います。肉体は今もベッドに横たわったままですから」

「そうか、そうだよね。やっぱ変えられないんだよね」

最後は独り言のようになって語尾が消えかかる。

「あっ、階段の左側にドアがある。なんだろう。ちょっと見てくるね」

いきなり小都子が視界から消えてしまった。大丈夫だろうか。

そのときだ。頭が急にくらくらしてきたと思ったら、巨大な掃除機に吸い込まれたみたいに、真っ暗な穴の中に引っ張られて行く感覚に陥った。

いったい何が起こったの？

目を開けよう、早く現実に戻らなきゃ。

気ばかり焦るが、なぜだか、どうしても目を開けることができなかった。

次の瞬間、闇《やみ》の先に小さな灯りが見えてきた。見る見るうちに、その灯りが大きくなったと思ったら、ぱっと視界が開けた。

目を凝らすと、ピンクの壁紙の部屋の真ん中に、制服姿の女子高生がぽつんと立っているのが見えた。

もしかして、高校時代の小都子さんなの？


ここはどこ？

自分の部屋に似ているけど、私は退院したの？　死ぬ前の思い出作りの外泊ってやつかな。でもこの部屋、入院前に比べて、微妙に空気が違う気がする。だって、この高校時代の教科書や鞄《かばん》は、とっくに捨てたはず。

部屋の中を見渡すと、姿見が目に入ったので、恐る恐る近づいて覗き込んだ。

若い！

あどけない。やっぱり今の私は高校生なんだね。私が着てるの、高校の制服だし。

部屋の中はかなり散らかっている。そういえば、家政婦の田辺《たなべ》さんが掃除すると言うのを断わって、誰も部屋に入れないように内鍵《うちかぎ》をつけたんだった。だってあの当時、大人が大嫌いだったから。

開けっ放しのクローゼットから、洋服やバッグが溢《あふ》れている。高校生の持ち物とは思えないほどの高級品ばかりだ。机の上も化粧品だらけ。大人になってから使っていた化粧品より種類もずっと多い。お小遣いだけはたっぷりもらっていたから、学校が終わると友だちと原宿に繰り出して買物ばかりしていた。

学習机の椅子《いす》を引いて座ってみると、一通の封筒が正面の電気スタンドに立てかけてあった。宛名《あてな》には「吹雪将太《ふぶきしようた》の恋人役オーディション係」と書かれている。

ああ、そうだった。受けたかったのだ。でも母が猛反対して受けられなかった。

あの当時の私に尋ねてみたい。なぜママに相談したりしたの？　ママが芸能界入りに大反対だってことはわかってたでしょう？　本気だったんなら、内緒で受ければよかったじゃないの。

賛成してほしかったのだ。笑顔で頑張ってねと言ってほしかった。だから相談した。でも、もう金輪際、相談しない。自分の力だけでやってみせる。もともと七光を利用する気なんてこれっぽっちもなかったんだから。

封筒の中を覗くと、履歴書と二枚のスナップ写真があった。顔のアップが一枚と全身写真が一枚だ。化粧品を脇によけて、写真を机に並べてみた。目も鼻も口も小さくて、なんて地味な顔なんだろう。そのうえ小柄で下半身デブ。世の中には美人が掃いて捨てるほどいるっていうのに、これじゃあ書類審査の時点で撥《は》ねられるに決まってる。もしかしたら、履歴書を整理する係の人が、「ねえねえ見て見て、この程度の容姿で応募してきた子がいるよ」って言いながら写真をみんなにまわして、大笑いされちゃうかも。

あー想像しただけで、すっごい惨《みじ》めだ。

おいおい、高校生の私よ、こんなのでオーディションに受かると思ってたわけ？　顔は整形すればいいさ。それ、本気で言ってる？　思わず自問自答する。いくらなんでもそこまでは……。でも私、三十三歳で死ぬんだよ？　私の人生はすごく短いんだよ。だったら、なんでもやってみようよ。後悔しないようにさ、やりたいことには片っ端からチャレンジしようよ。

うん、決めた。そうしよう。

で、プロポーションはどうする？　それは……どうしようもない。せめてヒールの高い靴を履いて背筋を伸ばして、そして今日から炭水化物を抜く。

整形するにはお金が要る。高校生の頃、いくらぐらい貯金してたっけ？　小学生の頃から三十代に至るまで、預金通帳は机のいちばん上の引き出しと決まっている。あった。やっぱりここだ。通帳を開くと、百数十万円の残高があった。高校生だというのに、それも一度もアルバイトをしたことがないのに、湯水のようにお金を使っていた。母はお年玉やお小遣いをたくさんくれた。忙しくて娘にかまってやれない分、お金で埋め合わせようとしていたんだろうか。

机の上の鏡に映る自分をじっと見つめた。肌は若いが華がない。三十路《みそじ》に入ってからの方がずっと見栄《みば》えがする。伊達《だて》に歳を取っていたわけじゃないらしい。女も年齢とともに化粧がうまくなる。それに、三十を過ぎると、余分な肉が削《そ》げ落ちて目鼻立ちが少しくっきりしてくる。

パソコンを立ち上げ、有名な美容整形外科のホームページを検索した。夏休みはなかなか予約が取れないと聞いたことがある。

ところで今日は何月何日？　机の隅に置かれていた携帯電話を開く。

一九九九年の七月三日。

電話してみると、夏休みに入る前だからか空いているという。善は急げだ。

早速、予約を入れた。


美容整形では、瞼の脂肪を除去して、くっきりした二重瞼にした。単に目が大きくなるだけかと思ったら、化粧映えするようになった。そのうえ、それまで自分には無縁だと思っていた小悪魔的な雰囲気が出てきたことが何より嬉しかった。同級生に会ったら、ひと目見て整形したとわかってしまうだろう。だから高校へはもう行かないことにした。そもそも芸能界に学歴なんか不要だ。それに、三十三歳で死ぬことを思えば、高校に通ってる時間がもったいない。

「あら小都子さん、いらしたんですか？　今日は高校はお休みなんですか？」

昼前になり、お腹《なか》が空《す》いたので階下へ下りて冷蔵庫を物色していると、家政婦の田辺さんがモップを持って入ってきた。

「うん、まあね。創立記念日だから」

整形したのがばれないように、メガネをかけて前髪を下ろしていた。普段はコンタクトレンズだが、家ではメガネをかけていることが多いので不自然ではないはずだ。

「創立記念日？　そうでしたっけ？　じゃあ何かお昼を作りましょうね」と言いながら近づいてきた田辺さんは、ぎょっとした顔で立ち止まった。やはりひと目見て驚いてしまうほど顔が変わったらしい。しかし次の瞬間、彼女は何も見なかったかのように目を逸らし、無言のまま冷蔵庫から玉子とネギを出した。


その夜は、父と二人だけの食事だった。母は相変わらず忙しく、時代劇の映画ロケで太秦《うずまさ》の京都撮影所に行きっぱなしだった。一応、「お父さん」とは呼んではいるが、親しみはかけらも感じていなかった。彼は私が整形したことにさえ気づかないようだった。ダイニングテーブルが大きすぎるせいで、席が離れていることもあるが、彼は母と結婚した当初から、私にはほとんど関心を払ってこなかった。

数週間後、オーディション用の写真を撮ってもらうため、予約しておいた写真スタジオに出向いた。プロにメイクをしてもらい、カメラマンに細かい注文をつけ、気に入るまで何度も撮り直してもらった。最初は愛想のよかったカメラマンも、途中からはうんざりした顔を隠さなかった。

——どうやってこれ以上美人に撮れっていうんだよ。もとの顔がその程度なのに。

カメラマンの声が聞こえてくるようだった。

とことん図々しくなれる自分がいた。どうあがいても三十三歳で死ぬ。遠慮して後悔するのは嫌だ。不治の病になって初めて、「人生は一度きり」という言葉が身に沁《し》みるようになっていた。

デジタルカメラのある時代で良かった。その場で写り具合をチェックできる。どこの女優かと思うほど魅力的な〈奇跡の一枚〉が欲しかった。二次審査で、実物と全然違うじゃないかと思われるかもしれないが、とにもかくにも書類審査に通らないことには話にならない。

こちらの真剣さが伝わったのか、それとも単に仕事を早く終わらせたかったのか、あるときを境にカメラマンの態度が変わった。彼が真剣になってくれたお蔭で、やっと〈奇跡の一枚〉を撮ることができた。

今回応募するオーディションは、数あるものの中でもハードルが高いと言われていた。アイドル吹雪将太は、坂本《さかもと》プロダクション、通称〈坂《さか》プロ〉の中でも今や一番の売れっ子だし、その恋人役ともなれば、既にデビューしている若手女優までが応募するという噂もあった。

そして二週間後、通知がきた。どうせダメだと思いながら封を破った。応募が六千人を超えたと週刊誌の記事で知ってから、ずっと気分が落ち込んでいた。

——書類審査を通過いたしました。つきましては○月○日の……。

「ウォー」思わず部屋でひとり雄叫《おたけ》びをあげてしまった。

その夜は興奮して、なかなか眠れなかった。


オーディションの当日が来た。

会場に着いて控室に入った途端、まわれ右をして帰りたくなった。控室にいるのは、びっくりするほどきれいな女の子ばかりで、自分が書類審査に通ったのは、あの〈奇跡の一枚〉のお蔭であることは明らかだった。実物と大きなギャップがあることを思うと、恥ずかしくて消えてしまいたくなる。

自分のような小柄な女性はひとりもいなかった。百五十八センチの私からすると、みんな見上げてしまうほど背が高い。だが、たぶん体重は私より少ないだろう。しかし、そんな中でも、ひとりだけ私と同様に場違いと思える女の子がいた。かわいくもなければスタイルもよくない。それどころか、柔道でもやっていたのかと思うほどガタイがいい。ということは、私と同じで、写真うつりが恐ろしく良かったのだろうか。

オーディションは公開だった。予選に通過したのは五十人で、私服での審査が行われた。肌を露出した女の子たちの、均整の取れたシルエットがずらりと並んでいる。

むっちりとした二の腕や太い腿《もも》が隠れるワンピースを着ているのは自分とガタイのいい彼女だけだ。身長の低さも手伝って、まるで大人の女性の中に子供が二人混じっているようだ。目を少し整形したくらいで、及第点に達すると思っていた自分の甘さを痛感させられた。

舞台下のビッグバンドが軽快なスウィング・ジャズを演奏し、女の子たちが列をなして舞台を一周する。みんな中高《なかだか》の小顔で、顎《あご》の線もシャープで、鎖骨《さこつ》までくっきりしている。つくづく美人というものは似ていると思う。

「では一番の方、前へどうぞ」

一番の札をつけた女の子がマイクの前に立った。自己紹介のあと、審査員が趣味や特技について質問をする。一番から四十番まで、ミス日本コンテストにも見劣りしないような女性たちが続々とステージを踏んだ。

「次は四十一番の方」

前へ進み出たのは、例のガタイのいい女の子だった。歩き方もぎこちないし、華やかさもないし、明日になれば、きっとその平凡な顔立ちなど忘れてしまうだろう。

「君は東大生なんだってね。何を専攻してるの？」

「遺伝子工学です」

なるほど、そういうことだったのか。話題性という点においては有力候補かもしれない。では、なぜ自分が選ばれたのか。履歴書に英語が得意だと書いたからか。それとも写真が別人のようにチャーミングだったからか。どちらにせよ、グランプリに選ばれるのが自分でないことだけは明らかだ。今回は書類審査に通っただけでもラッキーだった。この調子なら、もしかしたら手当たり次第に応募したら、デビューのきっかけをつかめるかもしれない。あまり有名でない劇団とか、自主映画を撮っているグループとか。

いや、そんな程度じゃ芸能界の片隅で燻《くすぶ》っただけで終わってしまう。だったら吉本は？ なんの芸もできないのに？ だけど、そんなタレントはゴマンといる。

あれこれ考えていると、自分の出番が来た。前へ出てにっこり微笑む。どうせ落ちるに決まっているからと油断するのはよくない。いつかどこかのオーディションで、同じ人物が審査員をやる可能性だってある。

「千木良《ちぎら》小都子、高校三年生です」

高めの声で、はきはきと自己紹介をした。

「元気があっていいですね。趣味はなんですか？」

「テニスと読書です」

「どういった物を読むの？」

「太宰治とか赤川次郎です」

「休みの日は何してる?」

「友だちと買物に行ったり映画を観《み》たりしています」

「楽しそうだね。はい、わかりました」

それで終わりだった。質疑応答の時間は、ほかの誰よりも短かった気がする。そりゃあそうでしょうよ。だって会場中の人々が、なんでこんなブスが書類審査に通ってここまで来れたんだと思っているに決まっている。

「それでは、グランプリを発表いたします」

ドラムが鳴り響いた。

自分と東大生以外なら、誰が選ばれても意外ではないし、誰が選ばれようが、既に興味は失《う》せていた。ただ、場数を踏むのは勉強になる。だから、今日ここに来たことが無意味だったわけじゃない。そう自分に言い聞かせた。

トレモロ打ちのドラムが鳴り止《や》んだ。

「それでは発表いたします。栄《は》えあるグランプリを獲得したのは、四十五番の千木良小都子さんです!」

隣の女性に肩を叩かれるまで自分のことだと気づかなかった。

「どうぞ、前へ出てきてください」

階段式になったステージのいちばん後ろに立っていたので、慣れないハイヒールでよろけそうになりながら前へ出る。

私がグランプリ？　どうして私なんかが？

そのとき、周りの女性たちは盛大な拍手をして思いっきりの笑顔で称《たた》えてくれた。

しかし、当然だが目は笑っていなかった。私の顔をじっと見たあと、全身を舐《な》めまわすように眺める。

——なんで、あんたみたいなブスが？

——あなたも東大生だったの？　それともハーバードか何か？

嫉妬心を無理に押し殺し、ぎこちない笑顔を作っているといった女性はほんの数人で、あとのほとんどが不思議そうな顔をしている。

「おめでとうございます」

抱えきれないほどの大きな花束が差し出された。

「受賞の喜びをひとことお聞かせください」

タキシード姿の司会者がマイクを向けた。

「えっと……信じられません。まさか私がグランプリをいただけるなんて。だって、みんなきれいな人ばっかりで私なんて……」

みんな拍手をしてくれてはいるものの、心の中は釈然としていないに違いない。

「グランプリの決め手となった理由を大野《おおの》先生、教えてくださいますか」

審査員席にいた映画監督の大野龍一《りゅういち》がおもむろにマイクを持ちあげた。是非、聞いてみたかった。私のどこがそんなに魅力的なのか。自分でも気づかなかった長所があるのだろうか。

「そうだねえ。何か、こう、ピンときたんだよ。どういえばいいのかな、直感というべきか、素人っぽさが今の時代、貴重だからね」

「ご意見ありがとうございました。ではもうおひと方に伺ってみましょう。望月正子《もちづきまさこ》さん、いかがですか？」

望月は有名な脚本家である。

「なんか郷愁をそそるものがあるのよね。はっきりいって、あなた、ちょっとダサいじゃない？　そういう素朴な雰囲気が今回の脚本に合ってんのよ」

なるほどそういう見方もあったのか。今回の映画は、大正時代の物語で田舎娘の役である。坂プロの看板タレントである吹雪将太は、超多忙スケジュールのせいか、相手役を選ぶオーディションなのに顔を見せていなかった。しかし、噂では身長が百七十センチ以下だと聞いたことがある。だとしたら、私くらいの身長でないと釣り合わないのかもしれない。

「千木良さん、この喜びを誰に伝えたいですか？」

「え？　えっと、そうですねえ……」

いきなり質問されて戸惑った。グランプリを獲れるなんて思ってもいなかったので、受賞のインタビューなど想定していなかった。言葉が出てこない。

「やはり真っ先に伝えたいのは御家族なんでしょうね」と、司会者がフォローする。

「はい……そうです」

「ご家族は会場に来ていらっしゃいますか？」

「いえ、今日のことは内緒で来ましたので」

いつかは南條千鳥の娘だとばれる日が来るかもしれない。だがしばらくは知られないままでいたい。七光だと思われたくなかったし、自分ひとりでも立派にやっていけることを母に見てもらいたかった。

「さぞかし御家族もびっくりなさることでしょう」

そう言って司会者が微笑んだ。


まっすぐ自宅に帰った。

途中で花束を捨てる場所を探したが見つからなかった。

仕方がない。自分の部屋に隠しておこう。

この時間帯は、両親はまだ帰宅していないが、家政婦の田辺さんはいるはずだ。音をさせないように玄関ドアを開けた。そっと靴を脱ぎ、そのまま自室に直行しようとしたら、廊下の奥から母が走り出てきた。

「小都子、待ちなさい。いったいどういうことなの？　坂プロの社長から電話があったわよ」

母はそう言ったあと、はっと息を吞み、目を見開いて私の顔を覗きこんだ。「小都子、まさかあなた、整形したの？」

ここのところ母は、映画の撮影で小豆島《しょうどしま》に泊まり込みの日が続いていたので、会うのは二ヶ月ぶりだった。

「なんてことするのよ。あんなにかわいい顔だったのに。笑うと目が細くなって、それがあどけなくてかわいかったのに……」

そんなふうに思ってくれていたとは知らなかった。しかし、その〈かわいい〉というのは、親から子を見たときのかわいさであって、女性としての美しさとは関係ない。それに、美しすぎる母に言われたところで、あまり嬉しくはなかった。

「あれほど芸能界入りを反対したのに……」

母が目に涙を溜めていたのでびっくりした。とても強い人で、悲しいときも嬉しいときも感動したときでさえ涙を見せない人なのだ。

「どうして私がママの娘だってばれたの？」

「うちは珍しい名字なのよ。千木良なんていう名字、お友だちにいる？」

「だってママは南條千鳥じゃないの」

「あのね、南條千鳥の夫が、城南大学の千木良教授だというのは世間じゃ有名なの。芸能関係の人だけじゃなくて、お茶の間の主婦だって知ってるわよ」

「ママに黙ってて悪かったとは思ってるよ。でも、言えばきっと反対したでしょ。それに、ママの力を借りずに自分の力で挑戦してみたかったの。その結果グランプリが獲れたんだから少しは喜んでくれたっていいじゃない」

「あなたね」

母は言葉を区切り、大きな溜め息をついた。「自分の力でグランプリが獲れたとでも思ってるの？　私の力を借りてないとでも？　それ、本気で言ってる？」

「えっ？　だって……」

「南條千鳥の娘がオーディションを受けに来たって知ったら、落とすわけにはいかないでしょう。みんな私に気を遣ったのよ。たぶん書類審査の時点で調べはついていたと思うわ」

暗い声で母は続ける。「今まで何度も言ったけどね、あなたみたいな苦労知らずに芸能界は無理なの。どんな屈辱にも耐えられる人間でないと、やっていけないわ」

「でも結城《ゆうき》サヤカは外交官のお嬢さんだよ」

サヤカは去年、南條千鳥の娘役でデビューした高校生だ。

「あの子は違う。サヤカちゃんは恐いほど賢いの。プロデューサーやスタッフの前でどうふるまったらかわいがってもらえるかまで計算してる」

「そうは見えないけどね。あの子は天然だってみんな言ってるよ」

「天然に見せるにはどうしたらいいかも研究してるのよ。何もかも計算の上に成り立ってるわ」

「恐ろしい子だね」

「そうよ、そんな人間の集まりよ。それにね、世間に顔を知られることの苦しさに、小都子は耐えられないと思う」

何を言っているのだろう。有名人の母はどこへ行っても握手を求められ、色紙にサインを頼まれる。年齢とともにチヤホヤを通り越して、最近では尊敬の眼差《まなざ》しで見られているではないか。

「決めつけないでよ。親だから子供のことは何でもわかると思ったら大間違いだよ」

「小都子のことはわかるのよ」

「だろうね。ママはきれいなだけじゃなくて頭もいいもんね。私みたいな単純で馬鹿な人間のことくらい何でもお見通しってことだよね」

図星だったのか、母は黙った。

これ以上、話したくない。階段を駆け上がり、自分の部屋へ入って鍵を閉めた。

その数日後、メイクルームにいた。

目の前の壁は鏡張りで、たくさんの化粧品が並べられている。

「十代のお肌ってほんとつーるつる。髪だってこんなにつーやつや。羨《うらや》ましいわあ」

トニー桂木《かつらぎ》がいかつい身体をくねらせる。彼は有名なメイクアップアーチストだ。

「メイクでずいぶん変わるものですね」

「あらあ、小都子ちゃんはもとがいいもの。だって南條千鳥のお嬢さんなんだから」

トニー桂木まで知っているとは思わなかった。

私の表情を読み取ったのか、彼は言った。「そんなのみんな知ってるわよ」

芸名と本名を同じにしたのは、坂プロの社長の強い勧めだった。最近のアイドルは本名でデビューするのが一般的だという。珍しい名字を、これほど迷惑だと思ったことはなかった。

「南條ちゃんと顔立ちは違うけど、でもやっぱり母娘ね。雰囲気が似てるわ」

甲高い声で言ってから、急に耳もとに口を近づけ、囁《ささや》くように言った。「整形したでしょ」

「えっ？ いえ、私は、そんなことは……」

「プロの目はごまかせないわよ。大丈夫、誰にも言わないから」

鏡を通してウィンクを送ってくる。「それにしても小都子ちゃんてすごいわあ」

いきなり声が大きくなる。「デビュー作が吹雪将太の相手役だなんて」

室内が一瞬静かになった。鏡を通して、たくさんの鋭い視線が自分に向けられた。

「負けちゃダメよ」

トニーがまたもや耳もとで囁く。「七光だなんて、言いたい人には言わせておけばいいの。みんな嫉妬してるだけなんだから」

宣伝用のスチール撮影を終えて帰宅すると、珍しく母が台所で料理を作っていた。

母は映画の撮影に入ると何日も連続で家を空けるが、いったんクランクアップすると、しばらくは家にいる。特に最近は、仕事を厳選するようになり、次の仕事に入るまで日にちを空けるようになっていた。

「こうなったら小都子のこと応援するしかないわね。お仕事は今さら断われないもの」

母の微笑みは、どことなく悲しげだった。

しかし、母は高校を退学することを許してはくれなかった。私が三十三歳で死ぬことを知らないのだから無理もないと思い、母の勧める高校へ転校した。そこは芸能生活を最大限考慮してくれ、レポートを提出すれば卒業させてくれる学校だった。

――吹雪将太の相手役は南條千鳥の娘の千木良小都子！

週刊誌やスポーツ新聞の記事のほとんどが、そういう書き方だった。ひどいものになると、〈南條千鳥の娘〉と書かれているだけで、私の名前がどこにも出ていないこともあった。

いちいち気にしていても仕方がない。もう気にするの、よそう。

その後は、日々多忙を極めた。

吹雪将太は十九歳で、思ったよりずっと真面目《まじめ》な男の子だった。私が美人じゃないこともあるのか、恋人役だというのに、互いに男とか女とかを意識することなく、協力し合って撮影を進めることができた。そのことが影響したのか、スタッフたちも和気あいあいとした雰囲気になった。私は演技については素人だったので、表情の作り方や目線まで、監督が細かく指導してくれた。そのおかげか、先輩の役者たちが「新人にしては上手だよ」だとか「いい味出してるよ」などと言って褒めてくれた。

母は私の芸能界入りに関して、いったい何をそんなに心配していたのだろう。想像するに、周りからチヤホヤされて舞い上がり、大女優になったように錯覚して天狗《てんぐ》になり、終《しま》いには痛い目に遭うといったようなことだろうか。だとしたらそんな心配は無用だ。幸か不幸かチヤホヤされることはほとんどなかった。周りの男性は、〈南條千鳥の娘〉として親切にしてくれるに過ぎない。若い頃から男性にモテてきた母には、私の置かれた環境などわかりはしないだろう。

自分で言うのもナンだが、私だって一般人の中にいれば、結構かわいい方だと思う。もちろん整形のお蔭ではあるが。それでも芸能界の中にあっては、やっぱり平均以下だと認めざるを得なかった。

母の心配は杞憂《きゆう》に過ぎないと思っていた矢先、私が吹雪将太の相手役に選ばれたことで、坂プロに抗議の電話が殺到した。

「そんなの気にするな」

社長もマネージャーも母も、みんなこぞってそうアドバイスしてくれた。

吹雪将太には熱烈なファンが大勢いる。彼と手をつないで歩くシーンを撮っただけでも、カミソリなどが送られてきた女優がいると聞いたこともある。しかし、私のように美人でもなければセクシーでもない女優なら、ファンの嫉妬の対象にはならないだろうとタカを括《くく》っていた。だが、その考えはどうやら甘かったらしい。

――七光という以外に、あの女に長所なんてあるの？

――千木良小都子が相手役になれるんなら私だってなれるよ。

――うちのクラスの女子全員、あのブスには勝ってる。

非難の声は、会社側の配慮で私の耳には入らなくなった。しかし、どこから噂を仕入れてくるのか、ご親切にもトニー桂木が逐一教えてくれた。

落ち込む日々が続いた。しかし、そんな状況に反して、その後も仕事は順調だった。

主役級の依頼こそなかったものの、主役の友人役だとか、親戚《しんせき》の女の子の役などの脇役が次々に舞い込んだ。美しい女優ばかりの中で、私のように、どこにでもいるような平凡な雰囲気の女優は却《かえ》って貴重なのだと、あるプロデューサーは正直に話してくれた。

母の顔は少しずつ穏やかになっていった。とはいうものの、テレビに映っていないときでも服装や言葉遣いに気をつけろだの、身内以外は信用するなだの、芸能人はほぼ例外なく人の悪口ばかり言う人種だから、それに釣られて相槌《あいづち》を打ったりするなだの、細かな注意をされるのは日常茶飯事だった。もっともだと思うことばかりだったので、忠告されるたびに、私は素直に「気をつけるよ」と言った。

そんなときだった。

——高校生とは思えない高価なお買物！

週刊誌の見出しは意地悪だった。

冬のコートが欲しくなり、あれこれ迷った末に思いきって二十万円するものを買ったばかりだった。芸能人になり、ある程度顔を知られるようになったから、どこで誰に見られているかわからない。母と一緒に大使館のパーティに招待されたこともあったから、恥ずかしくないレベルのものを買っただけだ。私が有名人になったとはいっても、〈南條千鳥の娘〉としてであり、〈千木良小都子〉としてではない。そのため、母に恥をかかせないようにしなければと思ったのだが、裏目に出てしまった。坂プロは給料制だから、それほど実入りがいいわけではなかった。そんな私に比べ、十代で何千万円も稼いでいるタレントはたくさん彼らは豪華なマンションに住み、いる。それなのに、たった二十万円のコートであれこれ言われるとは……。要は、私を貶《おとし》めたいだけなのだ。

気にしないでおこうと思っても、ついついトニー桂木がもたらす噂に耳を傾けてしまう。

——二十万円のコートだってさ。ガキのくせして。

——吹雪将太はもっと金遣い荒いって聞くけど。

——彼は自力でのし上がってきたんだもん。何に使おうと勝手でしょ。

——七光のガキのくせして高価なコートはダメだろ。

「その程度のこと気にすることないわ」

あれだけ芸能界入りに反対していた母だったが、今では常に励ましてくれるので心強かった。「小都子、あなたはあなたの稼ぎでお買物してるんですもの。堂々としていればいいの。それとね、世間は嫉妬の塊だと肝に銘じておきなさい。いつも謙虚な態度でいないと、またいつ何を書かれるかわからないから気をつけて。いい？　笑顔と謙虚さよ」

その数週間後、坂プロの若手女優三人で豪雨災害の被災地にボランティアに行った。会社の営業活動の一環だった。とはいえ、ノーギャラでもいいから何か役に立ちたいという気持ちは、三人全員が持っていた。

高齢者が暮らす仮設住宅に上がり込んで苦労話を聞いたり、幼稚園で折り紙を教えたりした。そのあと、マスコミに囲まれてインタビューが行われた。三人のうち、いちばん年長なのが二十六歳の遠藤《えんどう》ミサだ。姉御肌のミサは、移動のバスの中でもクッキーや飴《あめ》をくれたり、話しかけてくれたりした。

「このたび被災地を訪問された感想を、おひとりずつお聞かせ願えませんか」

遠藤ミサにマイクが向けられた。

「仮設住宅が不便な場所にあるんです。スーパーや病院が遠くて、お年寄りの人たちは大変です。なんとかしてあげられないかと思いました」

「比奈子《ひなこ》ちゃんはどう思いました？」

最年少である十六歳のタレントにマイクが向けられた。

「幼稚園の子たちがとってもかわいくって、別れるとき、ちょっと泣いちゃいました」

レポーターが苦笑している。「小都子さんはどうですか？」

緊張した。

「仮設住宅に隙間風《すきま》が吹き込んできて、寒そうでかわいそうでした。早くちゃんとした復興住宅を建ててあげてほしいと思いました」

母の教えに従って、当たり障りのない、印象に残らないことを言うようにした。本当は、復興の遅さについて政府に対して怒りをぶつけたかったし、テレビを通じて寄附を募りたいくらいの思いだったが。

――千木良小都子、苦労知らずのお嬢様の同情！

そんな見出しが週刊誌を飾ったのは翌週のことだった。

なんで私だけが非難されるの？

「こんなの気にしなくていいの。たぶん私に対する嫉妬も含まれているんだと思う。世間の人は私が家族もお金も手に入れて、なんの苦労もなく恵まれ過ぎてると思っている人が多いわ。それに、これは当たり前のことだけど、私のことを好きな人が百人いるとすれば、嫌いな人も百人いるのよ」

溜め息混じりで母は言った。

もう疲れた。元の世界に戻りたい。

そのとき、胸にひんやりした感触があるのに気がついた。

あっ、もしかしてルミ子先生の聴診器？

目を開けると、白い何かがおぼろげに見えた。

目を凝らしてみると、白衣を着たルミ子先生が、心配そうな顔でこちらを覗き込んでいた。

✚

小都子がぼうっと天井を見つめている。

「小都子さん、ご気分、大丈夫ですか？」

「……うん、平気。それより先生、時間はまだいいの？」

「あっ、いけない」

私は慌てて立ち上がり、壁の時計を見た。

「うそっ、もう十時を過ぎてるの？」

いったいここに何時間いたんだろう。いつの間にか翌日になり、もうとっくに朝の回診が始まっている時刻だ。いや、それどころか外来が始まっている。これはまずい。本当にまずい。

でも、どうして医療用ＰＨＳが鳴らなかったのだろう。

あれ？　窓の外が暗いのはなぜ？

「えっ、十時って、もしかして夜の？」

ひと晩どころか、まる一日が過ぎてしまったってこと？　どうしよう。

私が焦っている隣で、小都子はリモコンでテレビをつけた。「ニュースが始まったばかりってことは……先生がこの病室に来て五分くらいしか経ってないみたいだよ」

「ほんとですか？」

私は急いでポケットからPHSを取り出し、日付と時刻を確かめた。「あら本当だ」

心底安堵《あんど》して、パイプ椅子にストンと座った。どうやら扉の向こうとこちらでは、時間の流れる感覚が違うらしい。

「それにしても、すごい体験だったなあ」

思い出しているのか、宙をじっと見つめている。

「小都子さん、疲れたでしょう」

「そうでもないよ」と言う割に、気だるそうだった。「なんだかまだ夢の中にいるみたいな気分だよ」

倦怠《けんたい》の中にあっても、充足感に満ちた穏やかな表情のように見えた。

「今日はもうこれ以上体力を消耗しない方がいいですから、この続きはまた今度にしましょう」

「ありがとう。先生、またよろしくね」

やはり相当くたびれたのか、近づいてみると、小都子の目の周りが黒くなっていた。

今日もいい天気になりそうだ。

小都子の病室の窓から青空を見上げていたときだ。

ドアをノックする音とともに南條千鳥が入ってきた。

「あら、まだ回診中だったんですね。先生、すみません」

いつものポーカーフェイスでそう言うと、帽子を脱いでサングラスを外し、薄手のコートをするりと脱ぐ。その後ろ姿は、私の母の丸まった背中とは似ても似つかぬものだ。中年太りとは縁のない、まるで長身の少女のような身体つきだ。デビューして今年で五十年だと聞いている。その間、どれほど節制して暮らしてきたのかと思うと、頭が下がるというよりも、超人的な強さを感じて畏怖の念すら抱いてしまう。

「小都子、どう？　気分は……」

千鳥は言いかけて、はっとしたように黙った。

——もうすぐ死ぬとわかっている人間の気分がいいと思う？

つい先日、小都子に言い返されたことを、咄嗟《とっさ》に思い出したのだろう。

「痛みもないし気分もいいよ」

先日とは打って変わって小都子が穏やかに答えた。

千鳥の顔から緊張が消え、柔らかな笑顔になる。

「ママも芸能界では苦労がたくさんあったんだろうね」

「どうしたのよ、いきなり」千鳥は娘をまじまじと見つめた。

「うん、まあいろいろね。マスコミに叩かれたり、あることないこと週刊誌に書かれたりするの、精神的にきついだろうなあと思って」

診察は終わっていたが、母娘の話をもっと聞いていたかったので、カルテに書き込むふりをしながら、ぐずぐずとその場に留まった。背後でマリ江が、苛立っている気配がする。

「若いときは大変だったわ。今は少しはうまくかわせるようになったけどね」

「そんなのを差し引いても、女優っていうのはやっぱりやりがいのある仕事だよね」

「確かにやりがいはあるけれど、でも小都子には厳しい世界よ」

「どうしていつもそうやって否定的なことばかり言うの？　私はそんなに弱くないよ。そりゃあ週刊誌に書かれたら、そのあと何日かは落ち込むよ。でも私は立ち直れる」

「小都子、実際に経験してみたらそんなこと言ってられないのよ」

「だけど私は、実際に……」と、小都子は言いかけて口をつぐんだ。扉の向こうで経験したことを、母親にも知ってほしいのだろう。だが、そんなことを口に出せば、頭がおかしくなったと心配されるに決まっている。小都子は悔しそうな顔をして、私をちらりと見た。

「小都子、芸能界はそう甘いもんじゃないわ。強靱《きょうじん》な精神力がないと無理よ」

「芸能界にいる人間みんながみんな強いってわけじゃないでしょう」

「弱い人は生き残ってないの。精神を病んで消えて行った人をたくさん見てきたわ」

「仮に私が芸能界に入っていたら、精神を病んでいたとでもいうの？」

「十中八九そうなったでしょうね」

「そうやってなんでも決めつけるんだね。そのせいで私は自由に生きられなかった」

「それは違うわ。芸能界に入らなかったからこそ、小都子は自由に生きられたのよ」

千鳥は、今日もまた迷いのない毅然とした態度で答えた。

小都子の呼吸が乱れてきた。苦しそうだ。私はかけよって聴診器を当てた。

——馬鹿にするのもいい加減にして！　それでも母親なの⁉

しばらくすると、小都子の心音が落ち着いてきた。

「小都子、何度も言うようだけどね、私は……」

千鳥が話を続けようとするが、小都子は頭からすっぽりと蒲団《ふとん》をかぶってしまった。


売店でパンと牛乳を買い、医局に戻った。

ドアを開けるなり、笹田部長がいきなりギロリと私を睨んだ。「南條千鳥が主治医を変えてくれと言ってきた。だが、娘がどうしても早坂《はやさか》ルミ子先生がいいと言って聞かないらしい」

そうか、やはり主治医を変えてほしいと千鳥は言ったのか……。

「ルミ子、そんなに落ち込むことないよ。母親がどう言おうと、患者本人がルミ子のこと信頼してるんだから」

香織先輩はお世辞を言うような人間ではない分、そう言われると嬉しかった。

「ルミ子は患者と同い歳だから、話も合うでしょう？」

そう言いながら、香織先輩は靴を脱いで椅子の上で胡坐《あぐら》をかき、コーヒーを啜《すす》った。

「ルミ子の一生懸命さをわかってくれる患者も中にはいるんだな」

またからかっているのかと岩清水を見ると、意外にも真顔だった。少しは私の仕事ぶりを認めてくれているのだろうか。

「とはいっても、その一生懸命さがいつも空回りしちゃってんだけどね」

岩清水が笑いながら付け加えた。

「ちょっと岩清水、その〈上から目線〉の言い方、ムカつくんだけど」

「そりゃすみませんでした」

「だから、その言い方……」

「いいなあ、お前ら。ほんと羨ましいよ」と、部長が私と岩清水を交互に見てニヤリとする。

「誤解ですってば。私は本当に頭にきてるんですよ」

「そんなことよりルミ子、俺のドーナッツ、勝手に食っただろ」

「あんた、私のこと育ちが悪いからって泥棒扱いするわけ？　許さないよ」

「育ちが悪い？　そんなことひと言も言ってないだろ。このひねくれ者が」

「どうせ私はひねくれてるよ。岩清水みたいに真っすぐに育ってないからね」

「マジかわいくねえ」

「ねえ、そのドーナッツのことだけどさあ……」

香織先輩の、のんびりした声が聞こえた。「食べたの、私だけど？　ごめんね」

「先輩、いい加減にしてくださいよ。あの日、俺は当直で疲れ果てていて、ドーナッツだけが慰めだったんです。回診して医局に戻ってきて、さあ食べようと思ったらドーナッツがない。そのときのショックが先輩にわかりますか？」

切々と岩清水が訴える。

「だから、謝ってんじゃん。お蔭でまた体重増えちゃったよ。まったく、痩《や》せの大食いのルミ子が羨ましいよ。あんなに食べてるのに、そのスタイルをキープできるなんてさ。部長もそう思うでしょ？」

「レベルの低い会話ばっかりしやがって。お前ら馬鹿につける薬はない」

部長は、独り言にしては大きな声で言いながら、バタンとドアを閉めて部屋を出て行った。

その数日後、私は空いた時間を見つけて、再び小都子の病室を訪れた。そして聴診器を当て、前回と同じように小都子と一緒に過去への扉を押した。


その日は初めてのトーク番組だった。

「それでは懐かしの写真あれこれのコーナーです」

いったいどこから入手したのだろう。小学校時代の遠足のときの写真、中学校時代の体育祭のときの写真、以前通っていた高校の文化祭のときの写真……。たぶんスタッフが私の同級生を訪ねまわって手に入れたのだろう。

整形したのが一目瞭然だった。もちろん司会者は整形については何も触れない。だが、昔の写真と今の私を、交互にアップで映し出す。それも、しつこいくらい何度も。

「小都子、芸能人なら整形なんて誰でもしてるわよ。気にすることはないわ。私だって、もう少し歳を取ったら皺取り整形くらいするかもよ。気にしない、気にしない」

母はいつも味方だった。

しかし、それから数ヶ月後、週刊誌に大きな記事が出た。

――南條千鳥の娘・小都子は高二の夏休みに妊娠していた？　騒動の顛末《てんまつ》と衝撃の

私生活！

「こんなでたらめ、いくらなんでも行き過ぎだわ。坂プロの社長に電話してみる」

「ママ……ちょっと待って」

そのひと言で、記事がまったくの嘘ではないと母は瞬時に悟ったようだった。

「去年の夏休みといえば……私はロケで知床《しれとこ》半島に一ヶ月間いたわ」

母は静かに、そして切なそうに息を吐いた。「小都子、ごめんなさい」

「どうしてママが謝るの？」

「私がそばにいてあげられなくてごめんなさい。ひとりで産婦人科に行ったの？」

そう言って、母は私の手を握った。

「産婦人科なんて行ってないよ。結局は妊娠してなかったし」

それは本当だった。相手は同じクラスの鈴木《すずき》くんだったが、妊娠したのではないかと心配になり、親友の里佳子《りかこ》にだけ相談した。検査薬を買いに行くときも、彼女についてきてもらった。

ということは、里佳子がマスコミにしゃべったってこと？

信じられない。どうして？　親友だと思っていたのに……。

「私、母親失格ね」

あの記事のことで、どれだけ叱《しか》られるだろうかと覚悟していたので、予想もしない母の態度に驚いた。

これまで自分が思っていた母は、常に毅然としていて、自分自身にも娘の私にも厳しかった。尊敬には値するけれど、母親としての柔らかさや温かさが感じられなくて、幼い頃から近くにいるのに遠い人のように感じていた。仕事が忙しくて子供の傍にいてやれないことに心を痛めていたなんて思いもしなかった。

だって、あのとき……。

——小都子はどう思う？　正直に言ってくれていいのよ。千木良さんは城南大学の教授で、とってもいい人なの。

母の再婚話に、私は即座に賛成した。というのも、再婚をきっかけに母は女優業をやめ、家にいてくれるようになると勝手に思い込んでいたからだ。しかし、期待は大きく裏切られた。不思議なことに、母はそれまで以上に精力的に働くようになった。

あの当時は気づかなかったが、母はテレビの中とは違い、家ではいつも切羽詰まったような顔をしていて、幸せそうではなかった。今になって考えれば、母と千木良が楽しそうだったのは再婚後の数ヶ月間だけだったように思う。互いの個性の強さに辟《へき》易《えき》したのだろうか。いつの間にか距離を置くようになり、今ではほとんど会話もない。もともと財布も別々だから離婚しやすいはずだが、それでも結婚生活を続けているのは、スキャンダルにまみれて面倒なことになるのを避けたいからか。社会的な地位という意味では互いにメリットがあるのかもしれない。

それとも私のためだったのか。大人の事情によって養育環境がコロコロ変わらないようにとの配慮だったのだろうか。母は私のために、ストレスを溜め込んで生きていたのか。

「ねえ、ママ、お父さんのこと、どう思ってるの?」

思いきって尋ねてみると、母は一瞬絶句したのち、急いで笑顔を作った。「急に何を聞くのかと思ったら。そうねえ……あの人は優しくていい人よ」

強い人だと改めて思う。もしも「大嫌いよ」などと正直に言われたら、高校生だった当時の私なら受け止めきれなかっただろう。

「そんなことより小都子、人の噂も七十五日っていうでしょ。それは本当よ。坂プロの社長がマスコミに根まわししてくれると思うから、もうこれ以上、過去の妊娠騒動でリポーターに追いかけまわされたりしないと思う。大丈夫だからね」

母はまたもや励ましてくれた。

自分自身が芸能界デビューすることで、母をこれほど身近に感じるようになるとは意外だった。私が事務職として予備校に勤めていた頃は、職場での人間関係で、それなりに苦労もあった。けれど、母に相談することもなかったし、同じ家に住んでいるとは思えないほど心の交流もなかった。母と私とでは住む世界が違いすぎ、たまに食卓で顔を合わせても共通の話題が見つからなかった。それを考えると、やはり女優になれば良かったと思う。自分の好きな道に進めた喜びだけでなく、母娘の交流もこんな心温まるものがあるのだから。

ドラマの撮影が終わった日のことだった。

その日は、スタジオで簡単な打ち上げパーティが催された。そのホームドラマは、蕎麦《そば》屋の一家を描いた、ほのぼのとしたものだった。放送は始まったばかりで、視聴率は結構いいらしい。

その蕎麦屋は、夫婦と娘三人の五人家族で、私は次女の役だった。長女と三女は彫りの深い顔立ちなのに、平面顔の自分が次女だと違和感があると、視聴者から抗議の電話がかかってきているのも耳に入ってきていた。けれど、与えられた役を一生懸命やるしか自分に道はない。そう覚悟を決めて、取り組んだ。

パーティでは、大道具さんが作った蕎麦屋のテーブルをいくつか中央に集めて、その上におつまみや寿司《すし》やビールなどを並べ、みんなで乾杯した。

「小都子ちゃん、帰りにうちに寄らない？　うちのカミサンが会いたいって言ってるんだ。あんたの大ファンでね」

そう言って近づいてきたのは、父親役の青柳礼二《あおやぎれいじ》だった。青柳の妻はドレスの似合う清楚《せいそ》な感じのピアニストで、私はＣＤを何枚か持っていた。

「ほんとですか？　光栄です。私こそ麗《うらら》さんの大ファンなんですよ」

「そりゃあよかった。来月リサイタルがあるからチケットをプレゼントするよ」

「ありがとうございます。でも、どうして麗さんが私なんかを……」

「親しみを覚えるって言ってたよ。演技も一生懸命でかわいいって」

マスコミがたくさん来ていた。青柳と話しているときも、何台ものカメラが向けられたので、そのたびにピースサインをして笑って見せた。

——青柳礼二の自宅にお泊まり？　ピアニスト青柳麗の怒り頂点に！

そんな見出しが写真週刊誌に載ったのは、その一週間後だった。

あの日、打ち上げが終わってからタクシーで青柳の住むマンションに行った。しかし、そこに妻の麗はいなかった。マンションに入るところを望遠カメラで撮られていたなんて想像もしていなかった。だって、青柳とは親子ほど歳が離れているし、実際、ドラマの中でも父娘の役だったのだ。だから、男女の関係を勘ぐる人がいるなんて考えもしなかった。

「冗談じゃないですよ。小都子ちゃんは俺の娘役ですよ。うちのカミサンが是非会いたいっていうから、家に来てもらったんです。そしたらカミサン、急な打ち合わせが入って出かけたあとだったんです」

青柳はリポーターにつかまるたびに、逃げないで誠実に答えた。

私はたまたまその日は家にいて、ワイドショーを見ていた。

「青柳さん、ひとことお願いします」

「はいはい、ひとことでもふたことでもお答えしますよ。何でも聞いてください」

「青柳さん、千木良小都子さんとは男女の関係はなかったんですか？」

「やめてくださいよ。あるわけないでしょう。向こうは未成年ですよ、子供ですよ」

「ですが、マンションに連れて帰られたのは事実なんですよね？」

「週刊誌の人も意地悪だなあ。見張っていたなら、彼女がほんの五分しかいなかったこと知ってるくせに。そういったことは全然報道しないんだからずるいよ」

「しかし青柳さん、奥さんの麗さんにお尋ねしたところ、麗さんは千木良小都子のファンどころか、そんな名前は聞いたこともないっておっしゃってましたけど……」

「えっ？　うちのカミサン、そんなこと言っちゃったの？　参ったなあ……」

どういうこと？

「気をつけなさいって言ったでしょう」

母が隣で溜め息をついた。

「だって、あんなおじさんと噂されるとは思いもしなかったし」

「あの人は不良中年というレッテルが貼られてるわ。あのね、一般人の四十代男性と芸能人の四十男とは全然違う生き物なの」

「どう違うの?」

「芸能界にいる人間は、何歳になっても青春の真っ只中《ただなか》にいるの。要は馬鹿なのよ」

母は吐き捨てるように言う。「あんなロクでもないのに引っかかって……」

眉間の深い皺に苦悩が滲《にじ》み出ている。

「軽率だったよ。でも、麗さんが留守だと知っていれば、絶対に行かなかった」

週刊誌で騒がれるたび、〈千木良小都子〉には〈南條千鳥の娘の〉という枕詞《まくらことば》が必ずついてまわった。私が週刊誌に取りあげられるたびに、母は私より注目を浴びている。映画の制作発表のときも、私のスキャンダルのことで母に質問が集中した。

——映画に関係のない質問はおやめください。

そう言って制作会社のスタッフが何度も注意したが、リポーターたちは聞く耳を持たなかった。

「ママ、本当にごめんなさい。麗さんが私のファンだっていうから嬉しくて……」

「あなたは全然悪くない」

「えっ?」

「男性とふたりだけでいれば、恋愛感情なんて微塵《みじん》もなくても愛人だと週刊誌に書かれるのよ。それが芸能人の宿命なの」

「そんな……」

「だから私はいつもマネージャーのアヤちゃんを連れてるの。常に細心の注意を払って人目を意識して生きていくのは本当に窮屈よ。いつでもどこでも満面の笑みじゃないと、ツンとしてて感じ悪いって叩かれるしね。小都子は麗さんに会いたかっただけなんでしょう？」

「そうだよ、もちろん」

「悪いのは青柳礼二よ。麗さんが小都子のファンだなんて、そんな下手な嘘を言うところなんか、昔とちっとも変わってない。世間知らずの女の子を誘う卑怯《ひきょう》なところも昔のまま」

「ママは、青柳さんのこと、よく知ってるの？」

「つきあってたことがあるのよ」

　そう言うとママは外国人がよくするお手上げのポーズをしてから苦笑いした。「小都子が生まれるずっと前の話よ。若いときはすごくハンサムでね。いま考えてみると、私も若かったから面食《めんく》いだったんでしょうね。だけど、つきあってすぐにロクでもない男だってわかって、ふったのよ。それ以来、私に恨みを持ってるみたい」

「もう何十年も前の話でしょう？　いまだに恨みを持ってるなんて気味が悪いよ」

「芸能界にはいろんな人がいるわ。常識では考えられないような人たちがいることを常に忘れないようにしなさい。でも今回のことでいえば、あなたは何も悪くない」

「ありがとう。ママにそう言ってもらえてほっとした。もう気にするの、よす。もっと勉強して演技派と呼ばれる女優を目指すよ」

「小都子は能天気ね」

母は悲しそうに微笑んで私を見た。「人の噂も七十五日っていうのは本当よ。だけど、噂は消えても人々の記憶には残るの」

「そんな……」

「整形したことも、高二で子供を堕《おろ》したことも、青柳礼二との不倫も……」

「妊娠はしていなかったんだってば。それに、青柳さんとは本当に何もなかったよ」

「世間の人はね、本当はどうだったかなんてどうでもいいのよ。知らず知らずのうちに悪い噂を信じてしまうものなの。人の不幸を楽しみたいという深層心理が働くのよ。たとえば小都子と青柳礼二のスキャンダルから、人は二つの事実を知ったの。ひとつは青柳麗があなたのファンじゃないこと。もうひとつは、小都子が青柳のマンションに入っていったこと。それだけよ。あとは人それぞれいろんなことを勝手に想像するの。もちろん男女の関係なんてあり得ないと思ってくれる人も中にはいるでしょうよ。だけど、やっぱり芸能界って誰かれかまわず肉体関係を持つんだな、乱れてるんだな、普通じゃないんだなって思いたい人もたくさんいる」

「じゃあ私、ちゃんと説明する。坂プロの社長に頼んで記者会見を開いてもらう」

「そんなことしたら映像として残るし、騒ぎが大きくなるだけよ。映像に残ったら繰り返し放映される。十年、二十年経って、忘れたころに面白おかしくワイドショーで取りあげられる。青柳礼二が、インタビューされるたびに、必要以上にサービス精神を発揮して答えてるのだってこの噂を長引かせるためよ」

「なんのために？」

「まだわからないの？　あの男はそういうレベルの人間なのよ。落ち目になってきたら、どんな手段を使ってでもマスコミに騒がれるように持っていって次の仕事を取るのよ。他人のことなんておかまいなしよ。クズなの」

「クズって……」

「小都子、あなたは小学校から私立だから一定レベル以上のおつき合いの中で生きてきたのよ。世の中にはね、食べて行くためには何でもする、有名になるためにはどんな汚い手を使ってもかまわないっていう人間がたくさんいるのよ。だから……」

そこで母はふうっと息を吐いた。「だから芸能界に入るのを反対したの。名もない平凡な人生を生きることがどれほど有り難いものか、理解しろっていう方が無理だったのかなあ……」

最後は独り言のようになって語尾が消えた。

噂を否定する場が与えられないのは苦しいことだった。しかし母が言うように、否定すればするほど騒ぎが大きくなるのも事実だろう。母はこんな世界で歯を食いしばって生きてきたのか。四六時中、世間の目を気にして生きてきたのか。一歩外に出たら常に笑顔でいないと何を言われるかわからない。美人であることを決して鼻にかけず、大金持ちなのに庶民的な顔を取り繕い、再婚した千木良とはオシドリ夫婦のようにふるまう。

耐えるしかなかった。青柳礼二のことを明るくて楽しいオジサンくらいにしか思っていなかったのに、あの一件以来、気味の悪い男になった。あんな男と不倫の関係だと世間に思われたまま、これからも生きていくのかと思うと悔しくて涙が出た。

その後も、ことあるごとに噂をでっちあげられた。火のないところに煙は立たずというが、私の場合、火元はなかった。そのうち、変な夢を見るようになった。池の中に白くて丸い餌《えさ》が投げ込まれ、それにたくさんの気味の悪い黒い魚が群がる。そして丸い餌はあっという間に食い尽くされる。ただそれだけの夢なのに、毎晩同じ夢を繰り返し見ては寝汗をびっしょりかき、「助けて！」という自分の大声に驚いて目が覚めるようになった。

そうこうするうち、ストレス性の胃炎になった。母が言うように、やっぱり私という人間は根性のない、育ちのいいお嬢ちゃんだったらしい。

もう限界だ。芸能界を引退しよう。

「小都子、わざわざ世間に引退を宣言する必要はないわ。単に仕事を休めばいいの」

「それは嫌よ。もう金輪際、芸能界とは関《かか》わり合いたくないの」

「小都子の気持ちはわかるわよ。だからこそ、そっと消えていけばいいの」

押し問答が続いた。私には母の言う意味がわからなかった。

その後、既に予定の入っていた仕事だけはなんとかこなし、半年後に芸能界をきっぱり引退した。

——南條千鳥の娘が引退。所詮《しょせん》お嬢様のお遊びだった！

またぞろ週刊誌が騒ぎ立てたが、もう自分には関係ないと思えばそれほど気にならなかった。母に迷惑をかけて悪いとは思ったけれど。

まだ二十一歳だった。引退したあとは家にいたが、テレビやビデオで若い女優たちを見るたび悲しくなった。自分は負け犬だと思う。とはいえ、もう一度戻りたいとは、やはり思わなかった。

「仕事というのは合う合わないがあるわ。演技力だけでは測れないところが女優業の悲しいところだけど。大丈夫、小都子なら何か見つけられるから」

何か見つけられる？　何かって何？　母のおざなりな言葉の羅列に苛立った。

「興味のあることを勉強してみれば？　例えば大学や専門学校に通ってもいいんだし、外国をゆっくり旅行してみるのもいいと思うわよ」

母が具体的なアドバイスをくれたとき、初めて自分は自由なんだ、何をしてもいいのだと思った。こんな開放的な気分になれたのは久しぶりだった。我ながら単純だが、少し前向きになれた。しかし、今度は何もせずに家にいるのがつらくなり、自立したい、いつまでも母の世話になっているわけにはいかないと焦りだした。

ネット上の就職サイトだと、情報が漏れてしまうかもしれない。本名が芸名と同じだというのが、ここでも災いする可能性は高い。そうだ、ハローワークなら信用できるのではないか。本当の人生では予備校での事務職をきちんとこなせていたことを思うと、地味な仕事を根気よく続ける自信はあった。

ある日、思いきってハローワークの自動ドアを入った。すると、そこにいた一般の人々だけでなく、職員さえも驚いたような顔で私を凝視した。もちろんその眼差しは、元芸能人に対する憧れなんかじゃない。軽蔑《けいべつ》と憐《あわれ》みの混じったような目つきだった。

——南條千鳥の娘、職探しにハローワークへ！

週刊誌の見出しが容易に想像できた。来るんじゃなかった。

「あら」私は室内をわざとらしく見まわした。「間違えちゃった」

周りに聞こえるくらいの声で独り言を言ってから、逃げるように外へ出た。惨めでたまらなかった。向かいのカフェに逃げ込み、熱いコーヒーを飲むと少し気分が落ち着いた。ハローワークでの反応は当然のことだ。仮に私が職員だとして、そこに芸能人が職探しに来たとしたら、やっぱりびっくりすると思う。私は女優としてではなく、〈南條千鳥の困った娘〉として有名だった。

これから先、どうすればいいんだろう。人目に触れずに仕事を見つけるのは難しい。この狭い日本で、身元を隠して勤められる会社があるだろうか。それともこのまま家でひっそりと暮らすのか。母の稼ぎで？　死ぬまでずっと⁉

落ち込んでいると、母が仕事を紹介してくれた。母の知人の勧めで、〈東南アジアの飢餓を救う〉というＮＰＯ法人で、事務の仕事をすることになった。給料は安かったが、微力ながら社会に貢献できると思うと、芸能界で汚された心身が洗われるような気がした。数ヶ月ののち、そこで働く五歳年上の職員と意気投合し、交際するようになった。彼は青森の農家の出で、農学部を出ている。日本の農業技術を途上国に広める仕事を担当していて、世界から飢餓をなくしたいという強い信念の持ち主だった。

つきあって一年後にプロポーズされた。

✚

「先生、ルミ子先生」

小都子が目を開けた。「プロポーズを受けちゃっていいのかな。三十三歳で死ぬことがわかってるのに、結婚したりしたら相手に悪いでしょ。例えばさ、極端な話だけど、乳癌検診に毎月行くようにするの。そしたら早期発見てことで、助かったりする？」と期待に満ちた目を向けてきた。

「それは……無理だと思います」

過去に戻ってやり直すのは、疑似体験に過ぎない。現に今、目の前にある小都子の肉体は、癌の末期症状を呈している。

「だよね」と小都子は口では軽く言ってみせたが、暗い目をしていた。

「だけど小都子さん、扉の向こう側では好きなように生きていいんじゃないですか」

「そう？　そうだよね。結婚しちゃっていいんだよね」

「もちろんですよ」

「じゃあ先生、続きを見せて。ママは知らないけど、私って案外いろんな男性とつきあったことがあるの。子供の頃から寂しい思いをしていたからか、寂しがり屋で惚れっぽいんだよね。だけど、結婚はしたことがないから、どういう感じなのか、ちょっと経験してみたい」

「わかりました」

私は再び聴診器を当て、目を閉じた。

小都子が恥ずかしそうに笑って手を振り、扉の向こうに消えていくのが見えた。

結婚式を地味婚にしたのは、世間に注目されたくなかったからだ。

都心は家賃が高いので、郊外にマンションを借りて新婚生活をスタートさせた。子供の頃から、結婚したら専業主婦になると決めていた。忙しすぎる母を見て育ったから、自分の子供にはああいった寂しい思いをさせたくないという強い思いがあった。

だが、現実は厳しかった。希望通りに専業主婦になったまではよかったが、いかんせん彼の給料が安すぎた。貯蓄を少しずつ取り崩して毎月の赤字を補塡するぎりぎりの生活だった。こんなことではすぐに貯金が底をついてしまう。そう思い、近所のスーパーにパートに出ることにした。

――今度はレジ係？　落ちぶれた不倫女優！『困った娘です』と南條千鳥が苦悩。

週刊誌に載ったアップの写真を見つめた。髪がほつれていて、いかにも生活に疲れたといった顔だった。いったいどういった角度で撮れば、これほど太って老けて見えるのか。あまりのショックで家事が手につかず、キッチンにぽつんとひとり座っていたら、母から電話がかかってきた。

「気にしない方がいいわ」

「そんなの無理だよ。近所の人もみんな私のこと嗤ってる」

「あのね小都子、いったん世間に顔を曝《さら》したら、もう後戻りはできないの。それが有名人になることのリスクなのよ。一生涯ついてまわるわ」

「そんな……」

「だから芸能界入りを反対したのよ。私だって本当は平凡な生活に憧れてる。どこへ行っても、誰かが『南條千鳥がいる』って叫んで人だかりができる。デパートでゆっくり買物することもできない。いつも笑顔でいなくちゃならない。自分だけじゃないわ。家族も親戚もプライベートがなくなる。昔は海外へ行きさえすれば、のんびり自由になれたけど、今では海外も日本人だらけ。落ちつけるところがなくなったわ」

母が電話の向こうで、寂しげな笑いを浮かべているのが見えるようだった。

「まだまだ闘いは続くのよ。これから先もマスコミは小都子を追いかける。あなたのような存在は、週刊誌ネタがなくなったときに重宝するもの。で、青森のご両親は何か言ってきた?」

「何も言ってこないけど?」

「いい方たちね。きっと近所でも噂されて、嫌な思いをしてるだろうに」

そこまでは考えていなかった。

「小都子に子供ができたら、きっとその子も嫌な思いをすることがあると思うわ」

「ママ、今になってやっとわかったよ。私をまるで隠し子みたいにマスコミから遠ざけていた理由が。今頃わかっても遅いけどね」

「仕方がないわ。実際に経験してみないとわからないもの」

「それにしてもママは今までよく頑張ってこれたね」

「子供のときから苦労の連続だったもの。否応なく強い女になってしまったわ。貧乏な家で生まれ育ったから、いつかのし上がってやると思ってた。お父さんが病弱なうえに小さい弟や妹がいて、寝たきりのおばあちゃんまでいたから、お母さんは苦労してた。そんなお母さんを少しでも助けたくて女優になったのよ」

　子供時代を思い出したのか、声が暗い。

「その話、何度も聞くけど本当なの？　私、前から不思議に思ってたんだけど、ママの実家、立派な家じゃない」

「あれはデビュー作の〈雷神の夢〉が大ヒットして、そのときのギャラで建ててあげたのよ。それ以前は四畳半二間の長屋に家族七人で住んでたのよ」

　私はそんなことも知らなかった。寂しさから不在がちな母を憎んだこともあったが、母もまた孤軍奮闘してきたことを初めて知った。

「ねえママ、顔が出ない仕事を紹介してもらえないかな。例えばアニメの吹き替えとかラジオとか。芸能界復帰の記者会見なしで、こっそりと」

「坂プロの社長がいい顔しないわ。だからあのとき言ったのよ。引退宣言なんかするなって。復帰したら、きっとまた週刊誌にひどいこと書かれると思う」

——南條千鳥の娘、稼ぎの少ない夫に三行半《みくだりはん》か。贅沢な暮らし忘れられず。

とかなんとか、書かれるのだろう。また向こうの両親にも迷惑をかける。夫もいい気はしないだろう。人生は何度でもやり直しがきくというけれど、嘘だったらしい。芸能人としての生活はたった三年間だったのに、一生涯それを引きずって生きて行かねばならない。さわやかに登場してさわやかに引退した過去のアイドルたちが羨ましかった。

ルミ子先生、戻りたい！

✚

朝の回診で小都子の病室にいると、南條千鳥が病室に入ってきた。

「あら、まだ回診中だったんですね。先生、すみません」といつもの台詞だ。千鳥は帽子を脱いでサングラスを取った。「先生、小都子の具合はいかがでしょうか」

「今のところは安定していますが」

もう長くはない。小都子はかなり衰弱してきていた。

「そうですか。ありがとうございます。小都子、気分はどうなの？」

千鳥が尋ねると、小都子が力なくにっこりと笑った。「気分？　いいよ」と言っただけで息切れしている。

「ごめんね、小都子。あのね……」

南條千鳥が言いにくそうにするなんて珍しいことだった。診察は終わっていたのだが、母娘の会話が聞きたくて、点滴を調節するふりをして私はその場に留まった。

「今さら謝ったって私の気が済むだけよね」

「ママ、なんのこと？」

小都子の目は少しうつろだが、まだ頭はしっかりしている。

「芸能界入りに反対したことよ。本当は謝りたいと思ってたの」

千鳥は言葉を詰まらせた。

「ねえママ、この世の中の誰もが長生きする前提で暮らしてるでしょう」

小都子は天井を見つめたまま、静かな声でゆっくりと語り始めた。

「だからママは、私が今後の長い人生を平穏無事に全うできるように考えてくれてたんだよね。私の生涯は思ったよりずっと短かったけど、私はママの言葉に従ってよかったと思ってる」

「でも、この前の言い方だと小都子は……」

「やらなかった後悔より、やった後悔の方がいいって世間じゃよく言うでしょう。あれは嘘だね」

小都子は天井に向けていた視線を母親に移し、微笑んだ。「ママの言う通りに堅実に生きてきて正解だったよ」

千鳥は娘の顔を不思議そうに眺めた。「小都子、何か心境の変化でもあったの？」

「それはヒ、ミ、ツ」


その三日後だった。

小都子は危篤状態に陥った。千鳥に連絡すると、すぐに駆けつけた。

「先生、あり……がと。ルミ子先生が……主治医で……マジ、よかった」

途切れ途切れに小都子は言った。呼吸が苦しそうだった。

「小都子、しっかりして！」

「楽しい人生……だった。ママの子に……生まれてきて……よかったよ」

「小都子！」

「ママ……大好きだよ」

その言葉を最後に、小都子は昏睡《こんすい》状態に陥った。今夜あたり危ないかもしれない。

私は一階におりて、売店でサンドイッチと牛乳を買い、医局に戻った。

ドアを開けるなり、笹田部長が声をかけてきた。「どうだ、南條千鳥の娘の容体は」

そこに居合わせた香織先輩と岩清水も私を注視している。

「そうか、今日の当直は岩清水だったな。ちゃんと引き継ぎしておけよ」

「了解です」と岩清水が応えた。

「悪いんだけど岩清水、今夜の当直を代わってもらえないかな。今夜が山だと思うの。たぶん、もう山は越えられないだろうけど」と私は頼んでみた。小都子の最期を看取りたかった。

「それはダメだ」

部長は語気強く言った。「そんなことしてたらキリないだろ。そもそも君は患者に感情移入しすぎなんだよ。噂で聞いたところによると、夜になると病室に入り浸ってるそうじゃないか。患者が女性だからいいようなものの、もしも男性なら変な噂が立つところだぞ」

「ルミ子の気持ちはわかるけどさ」と、腕組みをした香織先輩が諭すような調子で続けた。「私も部長の言う通りだと思う。終いには身体をこわすよ」

「もしも今夜もち直したら明日はどうする気だよ。明日も徹夜する気かよ」

岩清水が眉根を寄せて、問い詰めるように言う。

「岩清水の都合だって考えてやれよ。シフト表通りにしないと、岩清水だって予定が狂うだろ」

部長が顔を顰《しか》める。

「いえ、俺のことはいいんですが」

「はいはい、ごちそうさまでした」

部長は私と岩清水を交互に見てニヤリとした。

「何度も言いますけど、私と岩清水はそういう関係ではありませんから」

そう言いながら岩清水を見ると、パソコンに向かってもう仕事を始めている。

「ちょっと岩清水、あんたも何か言いなさいよ。誤解されたままで平気なの？」

「別に俺は、そんなことどうだっていいけど？」

「なるほど、やっぱりな」

「部長、だから違うんですってば」

部長は私を無視して、部屋を出ていった。バタンと閉まるドアを見ていると、背後でずずっと何かを啜る音がした。振り返ると、香織先輩がカップラーメンを食べていた。壁の時計を見ると、午後の診療が始まる十分前だった。時間がない。急いでサンドイッチの袋を破いてかぶりつき、牛乳で流し込んだ。

夜になっても小都子の昏睡状態は続いていた。

「ねえ小都子、目を覚ましてちょうだい。お願いだから、ねえ小都子ったら」

南條千鳥がベッドの傍らで娘の手を握り、ときおり呼びかけている。

「あのう……千鳥さん」

遠慮がちに女性マネージャーが声をかけた。四十歳くらいか、細身のスーツが似合っている。

「千鳥さん、朝から何も食べていらっしゃらないですよ。何か買ってきましょうか？」

「食べたくないの」

「じゃあせめて飲み物だけでも。確か野菜ジュースがあったはずですから」

そう言いながら、マネージャーは冷蔵庫を開けた。

岩清水に引き継ぎはしたものの、私はやはり気になって家に帰る気にはなれなかった。今夜は長丁場になるだろうから、今のうちに少し休憩しておこう。

医局に戻ると、当直の岩清水がぽつんとひとりいて、パソコンを見ていた。

「あれ？　ルミ子、まだいたのか」

「なんだかんだと帰るタイミングを逃しちゃってね」

「すごく疲れた顔してるよ。プリン買ってきたけど食べる？」

「うん、ありがと」

岩清水はコンビニの袋をがさごそいわせて、プリンと抹茶あんみつとバナナと数種類の中華まんなどを取り出して机に並べた。「どれでも好きなの食べていいよ」

「これ全部ひとりで食べる気だったの?」

「まさか。ルミ子と一緒に食べようと思ってさ」

妙に優しい。怪しすぎる。何か魂胆でもあるのか。

——ええ男には気ぃつけるんよ。

ふと母の言葉を思い出した。

「私がまだ病院にいるって知ってたの?」

「たぶん今日は泊まるだろうと思ってた。当直を代わってほしいって言ったときのルミ子の目が真剣だったから」

「ふうん」

「ルミ子、どうかしたのか? 元気ないね」

「うん、実は……私ね、悪いことしちゃったかも」

何日も緊張が続いていたせいか、ふっと気を抜いた途端、どっと疲れを感じた。

「もしも人生をやり直せるならどう生き直すかって、患者さんと一緒になって考えたの。ああいうのって、すごく頭を使うから、きっと患者さんも疲れたんじゃないかな。たぶんそのせいで、死期が早まったような気がするよ」

気づくと、よりにもよって岩清水の前で弱音を吐いていた。どうやら自分で思っている以上に精神的に参っているらしい。小都子と一緒に扉の向こう側に行き、彼女の心に寄り添い、彼女のもうひとつの人生を見た。患者とこれほどまでに深くつきあったことは今までなかった。だからだろう、死にゆく患者を見ているのが、いつにも増してつらかった。

「もしも俺が患者だったらと考えると、ほんの何日か寿命が延びるより、残り少ない時間を少しでも楽しい気持ちで過ごせる方がいいけどね」

「そう？　そうかな」

「そうだよ。それに、医者がそばにいるだけでも安心するらしいから、ルミ子がいてくれて、あの患者さんも嬉しかったと思うよ」

「だったら、いいけど」

少し気分が落ち着いた。

「俺、あんみつ食べるけど、ルミ子はプリンでいいよな」

「いいわけないでしょ」

私は、テーブルの上の抹茶あんみつを素早くつかみ取った。

「いい加減にしろよ。それは俺が食べようと思って……」

「今さっき、好きなの食べていいって言ったばかりじゃないの」

抹茶あんみつのビニールをはがそうとしたときだった。首から下げていた医療用ＰＨＳが静かな部屋にけたたましく鳴り響いた。廊下を走る音が聞こえたと思ったら、ドアが激しくノックされ、マリ江がドアを蹴破《けやぶ》るような勢いで走り込んで来た。「先生、千木良小都子さんの心拍数が下がり始めました」

「すぐ行きます」

岩清水が素早く立ち上がった。私も岩清水の後を追うように病室へ急いだ。

病室へ入ると、「小都子、しっかりして」と千鳥が叫んでいた。

私は急いで聴診器を小都子の胸に当てた。背後で岩清水がマリ江にてきぱきと指示を出している。病室の中に、自分以外に医師がもうひとりいると思うと心強かった。千鳥のマネージャーが、岩清水を目で追っているのが視界の隅に入った。またしても、ひと目惚れされたのか。

心拍数がさらに下がってきた。ついに見送るときがきたらしい。

小都子の心は今どこにあるのだろう。彼女の胸に聴診器を当てたまま目を閉じてみた。すると、暖炉が燃えている様子が見えた。それは赤い煉瓦造りの洒落《しやれ》たもので、山小屋風の広間の中にあった。高い天井には頑丈そうな丸太の梁《はり》があり、天井まである大きな窓からは雄大な雪山が見える。軽井沢あたりの別荘だろうか。

そのとき、聴診器を通じて笑い声が聞こえてきた。暖炉の向かい側にあるソファで、小学校低学年くらいの女の子が笑い転げている。誰だろう。顔をズームアップして見るために、眉間に皺を寄せた。いつの間にか、私はその方法にも慣れて上手になっていた。そこにいたのは、幼い日の小都子だった。オセロゲームの相手をしているのは、実父である俳優の黒沢淳一だ。

——小都子、ずるいぞ。いま裏返しただろ。

——だってパパ、よそ見してたんだもん。

——こら、小都子。

黒沢が小都子の頰を両手で挟みこむと、小都子はケラケラと笑いながら逃げた。小都子がそのまま走ってダイニングに入っていくと、そこには花柄のエプロンをつけた若い千鳥がいて、ケーキを切り分けているところだった。

私は目を開けて、ベッドに横たわる小都子を見た。微《かす》かに笑っているように見えた。短い人生の中で、最も幸せだった日々を、今まさに思い出しているのだろう。

「先生」

岩清水が私に呼びかけた。患者の前では、互いに「先生」と呼び合うことになっている。岩清水は厳しい表情で、心電図モニターを指差した。次の瞬間、波形が動かなくなった。

私は小都子の瞼を指で開き、瞳孔が散大していることを確かめた。そして、ペンライトを照らし、対光反射がないことも見定めた。そのあと、胸に聴診器を当てて心音がないことを認め、呼吸音が消えていることを嚙《か》みしめた。

私はそっと深呼吸してから、「五月二十八日午前一時十三分、ご臨終です」と静かに言った。

「小都子、小都子、死んじゃ嫌だ!」

千鳥は泣き叫んだ。その背後で、マネージャーが目頭を押さえている。

私は、今さっき聴診器を通じて見たばかりの、幼い日の小都子の笑顔を思い出していた。屈託のない幸せそうな笑みだった。彼女は、楽しかった日を思い出しながら亡くなった。それは幸せな最期だったと言えるのではないか。きっとそうだ。そうに違いない。そう無理やり信じることで、今にも溢れ出しそうな悲しみをなんとか抑えた。

優しいパパとご機嫌なママがいて、温かくて優しい空気の中に、幼い小都子はいた。小都子の笑い声が耳に残っている。小都子ははしゃいでいた。多忙すぎる両親が揃う、めったにない団欒《だんらん》だったのかもしれない。小都子の嬉しさを思うと、自然と頰がゆるんだ。

次の瞬間、いきなり岩清水が私とベッドの間に割り込んできて、立ち塞《ふさ》がった。驚いて見上げると、岩清水は私の耳もとに口を近づけて、早口で言った。「いま笑うところじゃないだろ」

「えっ、私はそういうつもりじゃ……」

ふと強い視線を感じてベッドの向こう側を見ると、千鳥とマネージャーがものすごい形相で私を睨んでいた。千鳥の位置から私の顔が見えないようにと岩清水が立ち塞がってくれたらしいが、もう数センチというところで、完全には隠れていなかったらしい。

「いったい何がおかしいの？」千鳥の怒りは今にも爆発しそうに見えた。

「人がひとり死んだんですよ」

マネージャーも、人でなしを見るような目つきで私を凝視している。

「違うんです、誤解です」

「何が違うの？　何が誤解なのよ」千鳥は詰問口調のまま目を逸らさない。

「何がって……」どう説明すればいいのだろう。「えっと……」

「人間というのは妙な生き物でしてね」

岩清水が落ち着いた口調で静かに語りだした。「葬儀に参列したときなんかに、そういった経験はありませんか？　緊張しすぎたり悲しすぎたりすると、変に気分が高揚してしまうときがあるんです」

「そう言われれば……そういうこと、確かにありますね」

言いながら、マネージャーは岩清水の横顔を惚れ惚れと見つめている。

「でしょう。今の早坂先生の心理状態は、つまりはそういうことなんです。医者と患者という関係を超えて心が通じ合っていたようですから」

岩清水がそう言うと、千鳥はふいに何かを思い出したように私を見つめた。

「そういえば小都子から聞きました。ルミ子先生は夜になると様子を見に来てくださるって。小都子は先生とおしゃべりするのを楽しみにしていたようです。お蔭で最期まで明るく過ごせました。先生、本当にありがとうございました」

千鳥は涙を拭きながら深々と頭を下げた。

# 第2章　family

いったい俺は、今までなんのために生きてきたんだ？

家族のためにひたすら働いてきたっていうのに、このざまはなんだ。亜津子《あつこ》のヤツ、見舞いに来たと思ったら、用事を済ませるとさっさと帰ってしまう。子供たちも子供たちだ。奈桜《なお》も大和《やまと》も学校があるから、なかなか見舞いに来られないのはわかる。だけど、せめて土日くらいは顔を見せたらどうなんだ。先週久しぶりに来てくれたと思ったら、二人ともほとんどしゃべらないし、見るからに退屈そうで、亜津子がそろそろ帰りましょうかと言ったときのアイツらの嬉《うれ》しそうな顔ときたら、ほんと情けない。

そういう俺だって、正直言うと子供たちと何を話せばいいのか皆目わからない。最近の中二女子は何に興味があるのか、小五男子の間で流行《はや》っているものはなんなのか。そんなの見当もつかないから、話題の糸口さえ見つけられない。

無理もないか……。

朝から晩まで仕事仕事で、子供たちとの会話なんてほとんどなかったからな。

郊外に一戸建てを買ったのがそもそもの間違いだったんだ。会社まで一時間半もかかるから、朝は早くに家を出た。夜は夜で入社以来ずっと残業続きだったから、帰宅した頃には奈桜も大和も眠っている。だからといって、俺の給料で都心に一戸建てを買えるはずもなかった。中古の狭いマンションならなんとか買えたかもしれないけれど、亜津子が一戸建てにこだわった。亜津子は山形の農村の出身だからか、子供たちをマンションで育てるのに抵抗があると言った。マンション暮らしというのは、外出するのにいちいちエレベーターを使わなければならないから、子供たちは家に引きこもりがちになって、部屋でゲームばかりするようになると心配した。そして、庭もなくて犬や猫も飼えない環境では、子供たちがのびのび育たないとも。

そうか、そういうものか、さすが母親だ、女っていうのは男と違って、いろいろと考えているものだ。ひとしきり俺は感心し、家を購入するに当たっては、亜津子の意見を全面的に受け入れた。実は俺自身、犬も猫も大好きで、飼うのが楽しみだったこともある。

しかし蓋《ふた》を開けてみれば、一戸建てなのに子供たちは家でゲームばかりしているし、亜津子は世話が面倒だからと犬も猫も飼っていない。狭い庭もすぐに草ぼうぼうになった。最初のうちこそ、花や料理に使うハーブなどを植えていたが、半年くらいでやめた。実は虫が大の苦手なのだという。亜津子は農村の出だから土いじりが好きで得意だと勝手に思っていたが、亜津子の実家は大きな寺である。農作業は経験がないらしい。せめて草取りぐらいしたらどうだと注意したら、「なんで私が？」と不満そうな顔をした挙句、除草剤を撒《ま》きやがった。

なんなんだ、いったい。

亜津子は見舞いに来ても、ベッドの横で金の計算ばかりしている。家は購入時に団体信用生命保険に入っておいたから、俺が死んだら住宅ローンがチャラになるはずだとか、東都丸菱《とうとまるびし》生命の死亡保険金が三千万円入るから、当面は暮らしには困らないが、その先はどうやって食べていけばいいのかとか。

なんだかんだきれいごと言ったって、金が一番大事だと言ったのは、そうだよ、確かに俺だよ。子供たちのためにもきちんと計算しておいた方がいいと言ったのも俺だ。俺はどうあがいても死ぬのだから、子供たちの将来を最優先に考えて腹を割って話そうと言ったのも俺だ。だが見舞いに来るたび、俺が死んだあとの金の話ばかりっていうのはどういうことだ？　あまりに無神経じゃないか。読んだ本によると、世間には夫の癌《がん》をなんとしてでも治そうと必死になる妻が少なくないそうだ。医者が匙《さじ》を投げても妻だけは希望を捨てず、食事療法だとか温熱療法だとか免疫療法だとか、たとえ怪しげではあっても、万にひとつの可能性に賭《か》けて、あれこれ試してみることが多いと本に書いてあったぞ。中には藁《わら》にも縋《すが》る思いで、宗教にのめり込む妻も少なくないってさ。

それなのに亜津子、お前は俺の体調は心配ではないのか？

一日でも長生きしてほしいという気持ちは微塵《みじん》もないのか？

俺が死ぬのが悲しくも寂しくもなんともないのか？

俺はいったい家族にとってなんだったんだ？

給料運搬人か？　それだけのことだったのか？

ああ、なんという空《むな》しい人生だろう。もしも人生をやり直すことができたら、絶対に残業はしない。誰が何と言ってもしない。俺はもっともっと家族と一緒に過ごしたかった。上司にどんなに嫌みを言われようが、ちゃんと夏休みを取って、子供たちをプールに連れていったり旅行をしたりしたかった。普段の土日には近所の公園で遊んだり、ドラえもんの映画に連れて行ったりしたかった。

俺がもっと子育てに深くかかわっていたならば、子供たちに人間として大切なことをたくさん教えてやれたはずだ。亜津子に子育てを任せたのが間違いだった。亜津子という女は、余命三ヶ月と宣告された亭主の前で、金の話ばかりして平気な人間なのだ。そういうレベルの女だったのだ。そんな母親に育てられた子供が、情の深い人間に育ったりするか？

ああ、やり直したい。かけがえのない、たった一度きりの、俺の人生……。

強い後悔の念が、聴診器を通じて私の耳に伝わってきた。

いま私が聴診器を当てている患者は、日向慶一《ひゅうがけいいち》といって、IT関連会社に勤める三十七歳の男性だ。胃癌が全身に転移していて、既に末期だった。

「体調はいかがですか」

そう尋ねると、眉間《みけん》に深い皺《しわ》を寄せていた慶一は、はっと我に返ったようにこちらを見た。

「大丈夫です。薬がよく効いてるみたいで」

隣に控えていたマリ江が、慶一の脇の下から体温計を抜き取った。「三十六度五分です」

「熱も下がったようですね」

私は聴診器をはずしながら言った。「ご気分はいかがですか」

「はい、まあまあといったところです」

「沈んでいらっしゃるようにお見受けしましたけど」

「えっ？」慶一が、驚いたように目を見開いて私を見上げた。

ついさっき聴診器から聞こえてきたのは本当に慶一の声なのだろうか。この聴診器には少しずつ慣れてきてはいたが、いまだに信じ難くて、探りを入れずにはいられなかった。

背後でマリ江がわざとらしく大きな音を立てて、回診車の器具を片づけだした。また余計なことに首を突っ込もうとしてと、非難しているのだろう。

――患者の心に寄り添うことも医者の仕事なんです。

あまりに頻繁にマリ江が非難がましい目を向けるので、面と向かってそう言ったことがある。そうしたら、マリ江はニヤリと嗤《わら》った。

――ご立派なお考えですこと。だけど先生、いつもそれが裏目に出ているんじゃありませんか？　まだお若いからご存じないかもしれませんけど、世の中には何もしない方が却《かえ》ってマシってこともたくさんあるんですよ。

完全にナメられている。マリ江から見たら、私は医師である前に、〈世間知らずの若いネエちゃん〉らしい。悔しくてたまらない。彼女が、若い職員全員に対してそういった態度であるなら我慢もできるが、男性医師に対しては愛想がいいうえに、尊敬の眼差《まなざ》しさえ向けている。その中でも岩清水はマリ江の大のお気に入りで、誰だったか映画スターのナントカさんの次に愛していると公言して憚《はばか》らない。それじゃあご主人がかわいそうだと若い看護師たちが冗談めかして言ったら、亭主なんてゴキブリ以下よ、姑《しゅうとめ》の肩ばっかり持っちゃってさと憮然《ぶぜん》とした表情で応じた。どうやらマリ江は家庭で苦労をたくさん背負っているらしい。そんな彼女からすれば、私はやはり未熟者ということなのか。

その日の昼休みは珍しく時間があったので、売店でパンを買うのはやめて、地下にある職員食堂へ行くことにした。トレーに焼き魚定食を載せて空いた席を探していると、「ルミ子、こっち、こっち」と香織先輩の声がした。見ると、窓際のテーブルで手を振っている。その隣には笹田部長がいて、部長の向かいには岩清水が座っていた。

「ここ、空いてるよ」と香織先輩が岩清水の隣の席を指差す。

みんなまだ食べ始めたばかりのようだ。

「ねえルミ子、四〇二号室の患者さんて何歳なの？」

私が席についた途端、香織先輩が尋ねた。「三十代後半くらいかと思ってたら、見舞いにきた子供たちが大きくてびっくりしたよ」

「四〇二？　ああ、日向慶一さんのことですね」

久しぶりに食べるほうれん草の胡麻《ご ま》和《あ》えは絶品だった。昨日までずっと忙しくて、売店のパンかコンビニ弁当ばかりだったので、職員食堂の総菜でも身に沁《し》みるほど美《お》味《い》しく感じた。

「日向さんは三十七歳ですよ。お子さんたちが大きいのは、大学四年生のときにできちゃった結婚をしたからだと聞いています」

「いいなあ、学生結婚。ロマンチックだね。私も早く結婚すればよかった」

香織先輩は溜《た》め息《いき》混じりに言った。

「私なら青春真っ只中《ただなか》に赤ん坊と格闘しなきゃならないなんて真っ平ゴメンですけどね。日向さんの奥さんは、そのとき大学二年生だったから中退したそうですよ」

そう言いながら、ふと隣を見ると、岩清水がキンピラ蓮根《れんこん》の小皿にまだ手をつけていなかった。

「岩清水、さっさと食べないと時間なくなるよ」

「あっ、まずい」

岩清水は壁の時計にちらりと目をやったが、満腹なのか、小皿に箸《はし》を伸ばそうとしない。私はキンピラ蓮根を見つめた。ほどよく照りがあり、一見くったりして見えるが、シャキシャキ感もありそうだ。

「もしかして、そのキンピラ、食べないの？」

「食べたかったらどうぞ」

岩清水は、小皿をすっと滑らせるようにして私の前へ置いた。

「マジ？　ほんとにいいの？」

岩清水って案外いいヤツかも。キンピラは私の大好物だ。嬉しくて、自然と顔がほころぶ。

「どうしたんだ、岩清水、さっきから何か考えごとしてるみたいだけど」

部長が岩清水を覗《のぞ》き込む。

「ええ、ちょっと……。ルミ子、その患者の奥さんは専業主婦なのか？」と、岩清水が尋ねた。

「たぶん、そうだと思うよ。ほぼ毎日、見舞いに来てるところをみるとね」

「だとしたら、奥さんは一度も働いた経験がないんじゃないのか？」

「そうかもね。大学を中退してすぐママになったんだもんね」

「ダンナさんが亡くなったあと、どうやって食べていくんだろう」

岩清水はコップを持ち、水が揺れるのを見ている。

「何か仕事を見つけるでしょうよ。まだ若いんだしさ」

香織先輩がフォークにパスタを巻きつけながら、気楽な調子で言った。

「そう簡単にいきますかねえ。手に職があるんならともかく、今まで家にいた女性が子供を抱えて生きていくのって、なかなか大変だと思うけどなあ」

岩清水はそう言うと、コップの水を飲み干した。

その日の午後だった。

疲労が溜まっているせいか、目がしょぼついてきた。少し休憩を挟んだ方がいい。そう思い、廊下を医局へ向かって歩いていたときだった。日向慶一の病室の前を通り過ぎようとしたとき、中からいきなりドアが開き、妻が飛び出してきて、ぶつかりそうになった。

次の瞬間、病室の中から、「もう金の話はうんざりなんだよ！」と怒鳴り声が聞こえてきた。私は聞こえなかったふりをして、その場を足早に立ち去ろうとした。いくら鈍感と言われている私でも、他人に聞かれたくない会話だってことぐらいはわかる。

しかし、意外にも妻の方から「早坂先生」と声をかけてきた。

「先生、今お忙しいでしょうか」

見ると、困惑しきったような顔をしている。

「どうかされましたか？」

「主人がなんだか苛々《いらいら》してしまって。ああいうのも病気のせいなんでしょうか」

──それは奥さん、あなたが余命短い夫の前で、お金の話ばかりするからじゃないですか。

そう言いたいところだが、口にするわけにもいかない。

「精神的に不安定になるのはよくあることです。今なら少し時間がありますので診《み》ましょうか」

そう言って私が病室に入ると、妻も続いて入ってきた。

「お加減いかがですか？」

「早坂先生、聞いてくださいよ」

いきなり日向が大きな声を出した。「こいつ、見舞いに来ても俺が死んだあとの金の話ばっかりするんですよ」

そう言って、糾弾するように、妻を人差し指で鋭く差し示す。

「慶ちゃん、やめてよ。先生の前でそんなこと言うの」

「へえ、お前でも一応は、人に聞かれたら恥ずかしい話だという自覚はあるんだな」

「ひどいよ。そんな言い方。それに……」と言いかけて、妻は口をつぐんだ。

「それに？　なんだよ。言いたいことがあるんなら、この際はっきり言えよ」

「じゃあ聞くけど、お金の話以外、慶ちゃんと何の話をすればいいの？」

日向が驚いたように妻を凝視し、一瞬の間が空いた。

「なんだよ、それ。いくらなんでも……」

「だって慶ちゃんは結婚以来、残業残業で、うちは母子家庭みたいだったよ。奈桜が怪我《けが》したときだって、私ひとりで救急車を呼んで、どれくらい心細かったか」

「またその話かよ。結局はたいした怪我じゃなかったくせに」

日向の呼吸がどんどん荒くなってきた。はあはあと、苦しそうに顔を歪《ゆが》める。

「大丈夫ですか？」

私はかけよって聴診器を当て、目を閉じて意識を集中させた。

――やっぱり亜津子はイカレた女だ。普通の神経してたら、死にゆく人間を前にして、過去の恨みつらみを言ったりするかよ。結婚前は、素朴で純粋でかわいい子だと思ってたのに、今では思いやりのかけらもない。

あきらめたような大きな溜め息のあと、呼吸が少しずつ落ち着いてきたので、私は目を開けた。「特に異常はないようです」

聴診器を外したものの、夫婦の会話をもう少し聞いていたかったので、脈を測るふりをして日向の手首を取った。

「慶ちゃん、私、もう帰る」

「さっき来たばかりじゃないか」

「だって、お金の話をしちゃいけないんでしょう？　だったら何をすればいいの？」

日向は息を吞《の》んで妻を見つめた。

「ごめん。ちょっと言い過ぎた」

妻の言葉で、日向はふうっと息を吐いた。

「それより亜津子、俺が死んだあとどうするんだ？　仕事の当てはあるのか？」

「あるわけないじゃない。なんの資格もないし、できちゃった婚で大学も中退だし」

私は日向の手首を放してから、ベッドの反対側へ行き、点滴の落ちる速度を調整するふりをしながら、夫婦の会話に耳を澄ませた。

「じゃあどうする気なんだ」

「当面は死亡保険金でなんとかなるよ」

「その先は？」

「わかんない」

「介護の仕事なんてどうだ？　人手不足だと聞いてるぞ」

「私には無理。ああいう仕事はやりたくない」

「やりたいとかやりたくないとか、そんな贅沢《ぜいたく》言ってる場合じゃないだろ」

「そのうち考えるよ」

「そんなにのんびりかまえていていいのか？　就職するにしても資格を取るにしても、若ければ若いほど有利だぞ」

そのとき、私の医療用ＰＨＳが鳴った。薬剤部からの呼び出しだ。

「では、お大事に」

そう言って、私は点滴の袋から手を放した。

「先生、ありがとうございました」

「先生、お忙しいのに、お呼び止めしてすみませんでした」

私はドアに向かった。背後で会話が続いている。

「亜津子、何をするにしても、スタートは早い方がいいぞ」

「そうだね。私はまだ三十五歳だし、こう見えても結構まだ……」

妻の言葉が途切れた。

気になって思わず振り返ると、彼女は何かを考えるように宙を見つめていた。

「準備しなくちゃね。いろいろと、私も」

妻がそう言いながら含み笑いをしたように見えたのだが、錯覚だろうか。


数日後の夜、当直だった私は日向の病室をノックした。

「はい？　どなたですか？」部屋の中から訝《いぶか》しむような声が聞こえてきた。

ドアを開けながら「具合はいかがですか」と尋ねると、日向は首だけを起こしてこちらを見た。

「先生、こんな時間にどうされたんです？」彼は不思議そうな顔で首を傾《かし》げた。

「今夜は当直なんです。急患がない限り時間があるものですから見まわりに来ました」

「そうでしたか。ありがとうございます」日向は安心したように枕に頭を沈めた。

私はベッドの近くのパイプ椅子《いす》に腰かけた。

「日向さん、悩んでいることを、よかったら私に話してみませんか」

「とんでもない。お医者さんに聞いていただくような高尚なことじゃないんですよ」

そう言って苦笑して見せる。

「私みたいな若輩者では頼りないでしょうか」

「先生は独身ですよね？」

「そうです。独身者には話しにくいことですか？」

「正直言うと、結婚して子供のいる人にしかわかってもらえないと思います」

そう言うと、日向は咳《せ》き込み始めた。

「大丈夫ですか？　ちょっと聴診器を当てさせてください」

日向は咳をしながらうなずき、パジャマのボタンを二つ外した。「お医者さんの力ってすごいですね。横にいてもらえるだけで、なんだかすごく安心です」

咳が収まってきた。「最近は眠るのが恐いんです。二度と目が覚めないかもしれないと思うと、どんどん目が冴《さ》えてくるんです。夜というのは嫌なものですね。忘れてしまいたいようなことばかりを思い出してしまう。三十七年間の人生の中には、楽しかったことや嬉しかったこともいっぱいあったはずなのに……。ああ、この聴診器の冷たさ、気持ちいいです」

日向は心地よさそうに言うと、「あれ？　何か変な物が見える」と、目を閉じたまま言った。

「何が見えるんです？」

「大きなドア、かな？」

私は目を閉じて聴診器に神経を集中させた。

すると、大きな何かが目の前に立ちはだかっているのが見えた。しかし、雨にけぶった景色のように、おぼろげにしか見えない。

なんだろう。壁のような、仕切りのような……。

目を凝らしてみると、次第にくっきりと見えてきた。

それは、大きな木製の扉だった。

過去に通じる扉の形態は、人によって異なるらしい。

「その扉を開けてみてください」

「えっ、先生にも見えるんですか？」

びっくりしたような声に目を開けると、彼は目を見開いて私を見ていた。

「私にも見えました。信じられないかもしれませんが」

「もちろん信じられませんよ。先生に見えたのはどんなドアですか？」

日向は眉間に皺を寄せて不機嫌そうな顔で私を見た。

「ああいうの、マホガニーって言うんでしたっけ？　少し赤みがかった光沢のある木材で、ヨーロッパの家の玄関にある重厚な感じの扉で、真ん中あたりに頑丈そうな金色のライオンノッカーがついていて、それとモスグリーンの縁どりが……」

「信じられない。先生、それ、俺が見たのと同じですよ」

「扉の向こうはたぶん、過去だと思います」

「カコ？　カコって何ですか？」

「扉の向こう側に行くと、過去をやり直すことができるんです」

一瞬にして、私を見る日向の目つきが変わった。まるで気味の悪いものを見るようだ。

「あっ、すみません。私は決して怪しい者ではありません」

慌ててそう言うと、日向は予想に反して噴き出した。

「先生、今さら取り繕っても遅いです。もう十分怪しい。要は催眠術でしょう？」

「いいえ、違います」

「いいんですよ。俺は別にかまいません。催眠術、結構じゃないですか。扉の向こうに行ってみようじゃないですか」

「いえ、だから催眠術ではありませんてば」

「夜はつらい。俺にとって夜は恐怖です。だから、そういう暇つぶしは大歓迎ですよ。じゃあ、先生、その扉を押して、向こう側にある過去ってものを見てきますよ」

日向はそう言って目を瞑《つぶ》った。私も急いで目を閉じると、日向の後ろ姿が見えた。彼は全体重をかけて扉を押していた。ぎぎっと音がして、そろりそろりと開く重厚な扉の隙間から、細くて鋭い光が差し込んできた。

あれ？　俺は今どこにいるんだろう。

それにしても狭い玄関だな。女物のサンダルや子供用の小さな靴が何足か置いてあるだけで、もう靴脱ぎはいっぱいだ。

見覚えが……ある。入ってすぐのところに四畳半のダイニングキッチンがあって、その隣に風呂《ふろ》とトイレ……。あっ、ここは高円寺の賃貸マンションじゃないか？　奥に六畳の和室があって、そのまた奥に六畳の和室、そしてベランダへと続く、南北に細長い間取りの2DKだ。郊外に家を買う前に住んでいたところだ。狭かったけれど、会社には近かった。

でも、どうして俺が今ここに？

これが、あの女医さんが言ってた過去ってヤツか？

自分の着ている服を見た。紺色のスーツにストライプのネクタイを締めて、四角い革の鞄《かばん》を提《さ》げている。腕時計に目をやると、十二時前だった。窓の向こうが暗いところからして、昼じゃなくて、夜中の十二時だろう。

家の中は静まりかえっている。俺はたったいま会社から帰ったところなのか?

靴を脱いで上がると、キッチンのテーブルの上に、ラップのかかったオムライスとサラダが置いてあった。奥へ通じる襖《ふすま》をそうっと開けてみると、蒲団《ふとん》が一組だけ敷いてある。更にその奥の襖を開けると、亜津子と奈桜と大和が並んで眠っていた。規則正しい寝息が聞こえる。奈桜と大和の顔が、窓から差し込む月明かりで照らされている。二人とも小さい。奈桜はまだ小学生だろうか。

この当時は、毎日これほど帰りが遅いわけではなかった。九時台に帰れることもあったし、少なくとも朝食には四人が揃《そろ》ったから、朝はいつも慌ただしかったものの少しは会話があった。しかし、この何年後かに郊外に一戸建てを買い、会話はなくなった。俺は朝飯を食う時間がなくなり、夜九時台に会社を出たとしても、家に着くのは十一時前後になる。振り返ってみれば無茶苦茶な生活だった。心身ともにゆとりのない毎日だ。しかし、東京のサラリーマンであれば誰だって似たりよったりで、だから仕方がないと考えていた。

余命を宣告された病院のベッドの中で初めて気がついたのだ。まわりの会社員がみんな同じような生活だからといって、それが普通だと思っていたのは間違いだったと。普通なんかじゃなくて、大都市部のサラリーマン全員が異常なのだ。

上着を脱いでネクタイを外した。亜津子が作ってくれたオムライスを電子レンジにかけ、キャベツとソーセージのコンソメスープの鍋に火を点《つ》けて、乾いてしまったサラダにドレッシングをかけた。冷蔵庫から缶ビールを出して椅子に座り、オムライスをひと口食べたとき、テーブルの隅に「遠足のお知らせ」と書かれた学校のプリントが二枚あるのに気がついた。それによると、奈桜はいま小三で、大和は幼稚園らしい。ということは、俺は今三十二歳だ。この五年後に癌が発覚し、あっという間に全身に広がる。そして、余命三ヶ月と告げられる。

サラダを頬張《ほおば》りながら考えた。この貴重な五年間を俺はどう生き直すべきか。短い人生だとわかっていたら、これほどのオーバーワークに耐えたりはしなかった。もっと家族を、そして自分自身を大切にしたはずだ。ということは……それを裏返せば、長生きできる人生だったならば、残業続きの毎日でもよかったということか。もしも癌にならなければ、俺は定年までこんな生活を続けていたのか。つまり、人間らしい生活ができるのは、定年後の老人だけなのか。人はみんな老後のために今を生きているのか。老後のために二十代から定年までの四十数年にも及ぶ生活を台無しにするのか。つまり、日本人は老人になってやっと人間らしい生活が許されるのか。じゃあ老後のない俺はどうなる？

サラダを口に運びながら、食器棚の隣にあるテレビをつけた。音量を下げて深夜ニュースを見る。

た。——さて、今日はイクメンと呼ばれる若いお父さんたちにインタビューしてきました。そのときの様子をご覧ください。

公園でよちよち歩きの男の子と遊んでやっている若い父親が映し出された。すらりとしていて、笑顔もさわやかだ。

思わずチャンネルを変えた。最近はやりの〈イクメン〉という言葉が、胸に突き刺さる。

俺は今まで何のために生きてきたんだろう。

翌日は土曜日だった。

肩を揺すられて目を覚ますと、大和が枕元にちょこんと座って俺を見下ろしていた。ふっくらした頬がピンク色に光っている。こんなに幼い時期があったのか……。初めて見るわけではないだろうに、なぜ俺は覚えていないのだろう。忙しさにかまけて、子供に目が向いていなかったのか。

「あのねパパ、キャッチボール……しようよ」

大和が遠慮がちに言う。手にはグローブを持ち、切なそうな目で俺を見ている。子供ながらに、どうせ断わられると思っていることが見てとれた。

——疲れてるからダメだ。

にべもなく答えていたのではなかったか。それどころか……。

——うるさい、あっちへ行ってろ。

そう怒鳴ったことも一度や二度じゃない。

二十代の後半あたりからだったか、土曜日に朝寝したくらいでは、一週間分の疲労がなかなか取れなくなっていた。だが、子供たちも大きくなったらきっとわかってくれると信じていた。それが間違いだとわかったのは、癌で入院してからだ。子供たちの心はとっくに俺から離れてしまっていた。見舞いに来ても共通の話題もなく、俺に親しみさえ抱いていなかった。

次の瞬間、俺は飛び起きた。

「大和、やろう、キャッチボール」

「ほんと？」

大和は満面の笑みになった。あまりに愛《いと》おしくて、思わずぎゅっと抱きしめた。

「パパ、痛いよ。どうしちゃったの？」

俺の腕の中で、大和がクックッと笑った。小さな息子は柔らかくて太陽の匂《にお》いがした。

こんな幸せを、どうして今まで見過ごしていたのだろう。俺はなんと愚かだったのだろう。

ポケットの中の携帯が鳴ったのは、近所の公園でキャッチボールを始めてすぐのことだった。見ると、〈村木《むらき》課長〉と出ている。

「もしもし、悪いけどすぐに会社に出て来てくれないか。プログラムに不具合があったんだ」

「誰が作ったプログラムなんですか?」自分のではないという確信があった。

「例によって、また寅島《とらじま》だ」

もう尻拭《しりぬぐ》いはごめんだ。金輪際ごめんだ。そう、はっきり思った。

自分で言うのもナンだが、俺はかなり優秀なSEだ。自分の設計したプログラムで不備が出たことなどほとんどない。出たとしてもすぐに修正できる。なぜならば、俺が作るプログラムは、誰が見てもひと目で構造がわかるからだ。理路整然としたものを作るように、入社以来、自分なりに試行錯誤を重ねてきていた。それに比べて、同期の寅島の作るプログラムは、本人でさえ解析できなくなってしまうほど、ぐちゃぐちゃなのだ。つまり寅島はこの仕事には向いていない。コンピューター業界は、常に人手不足だから就職こそしやすいが、だからといって仕事が簡単かというと決してそうではない。

俺の勤めている会社は、昔ながらの年功序列だ。入社してすぐの頃から、給料制ではなくてプログラム一本につきいくらと決められていたらどんなにやりがいがあるだろうと思ってきた。職種にもよるのだろうが、ソフトウェア業界は、はっきりと実力が出るし、営業などと違って笑顔もコミュニケーション能力も関係ない。仕事の遅いヤツほど残業が多くなるから、その分、残業代も多くなる。つまり、仕事ができないヤツほど給料が多かった。それを考えれば、サラリーマンというものは、どうにも納得のいかない職業だと思う。そのうえ、俺のような優秀なＳＥは、自分に割り当てられた分をさっさと終わらせたら帰宅できるかというとそうではなかった。仕事が遅いヤツらの分がまわって来る。それが嫌で、同期の中には自分の分が仕上がっても上司に報告せずに黙っている小早川《こばやかわ》みたいなのもいた。

「すみません。母が入院したもので、今日はどうしても見舞いに行かなくちゃならないんです」

とっさに嘘《うそ》をついた。

「それ、何時頃終わる？」

「えっ？」

「見舞いが終わったらすぐに会社に来てくれるよな」

「いや、それが……長引きそうなんで。それより小早川を呼んだらどうですか？　ヤツなら寅島の作ったプログラムもわかっているはずですが」

そもそもいつもバグを出す寅島は、小早川と同じグループだ。それなのに、なぜいつも俺に電話を寄こすのだ。

「そりゃもちろん、お前に電話する前に小早川にしたよ。だけどつながらないんだ」

つながらないのではなく、出ないだけだ。小早川は新人のときから要領がいい。

「寅島本人には連絡したんですか？」

「今こっちに向かってるよ。だけどヤツが来たところで話にならない」

寅島は、自分で作ったプログラムなのに、自分で修正できたためしがなかった。

「で、お前は何時に帰って来られるんだ？　お母さんの病院はどこなんだ？」

「母といっても俺の母親じゃなくてカミさんの母親なもんで、山形なんです」

「山形って、お前……。どうしても行かなきゃならんのか」

「行かないとマズイです。夫婦仲が壊れると思いますから」

「俺んとこなんて、とっくにぶっ壊れてるけどね」

だから？

だから何だっていうんですか。俺の家庭も壊れればいいとでも？

「課長、すみません。カミさんの母親は危篤なんですよ。じゃあ急ぎますので」

これほど嘘がスラスラ出てくるとは自分でも予想外だった。今までも何度か休日出勤を回避しようと試みたことがあった。しかし、その度、懇願する上司に根負けしてしまった。だからか出世は早かった。三十五歳のとき、同期の中でトップを切って課長になり、窓を背にして部下を見渡せる憧《あこが》れの席を与えられた。しかし、役職手当が出る代わりに残業代が出なくなり、給料は激減した。

電話を切ってから、すぐに亜津子に電話をかけ、口裏を合わせるよう頼んでおいた。いくら何でも村木課長が自宅に電話をかけて、妻に真偽のほどを確かめるとは思わなかったが、旅先にまで電話をかけてきて呼び戻したという噂《うわさ》を聞いたことがあった。念には念を入れた方がいい。課長は寅島という出来の悪い部下を抱えているために苦労が絶えない。同情に余りあるとはいえ、いつも俺に助けを求めてくるのはもうやめにしてほしい。俺にだって家庭がある。同情していたらキリがない。

携帯をマナーモードに切り替え、大和とキャッチボールを続けた。身体《からだ》を動かしたのは久しぶりだった。まだ幼稚園生だから、キャッチボールといっても本格的なものではなく、二人の距離も近いので、運動不足の俺にはちょうどよかった。

その日の昼は、家族四人でファミリーレストランへ行った。亜津子も機嫌がよかった。この頃はまだ賃貸マンションに住んでいたから、住宅ローンに追われることもなかった。のちに買った郊外の一戸建ての月々の払いは、それまでの家賃と同じくらいとはいうものの、精神的な圧迫感がまるで違った。賃貸には年に二回のボーナス払いがない。それを考えると、ボーナスをどんと使って、この夏は旅行するのもいいかもしれない。子供たちに思い出を残してやりたかった。

いま三十二歳だから、入社してちょうど十年目だ。それまで有給休暇はほとんど使ってこなかった。二年分の四十日間が貯《た》まったままで、ほとんど使うこともなく、翌年度になると前年分が抹消される。毎年それの繰り返しだった。いったい何が楽しくて会社にこれほどまでに奉仕してきたんだろう。そう考えた途端、急に馬鹿馬鹿しくなった。勤労者の権利として、有給休暇を消化して何が悪い？　今年は堂々と使いきってやる。

「今年の夏は、どこか行くか？」

そう尋ねると、ハンバーグを食べていた奈桜が顔を上げた。

「パパ、ほんと？　私、ディズニーランドに行きたい」

「僕は海がいい」

「慶ちゃん、私は映画を観《み》に行きたい。奈桜が生まれてから一回も行ってないもん」

亜津子までが子供みたいにはしゃいでいるのがおかしくて、俺は思わず笑った。

「わかった、わかった。じゃあ海とディズニーランドと映画、全部行こう」

「すごいよ、パパ」

「どこの海がいいかな。どうせ行くなら最低二泊はしたいよな」

「慶ちゃん、それは無理だよ」

「どうして？」

「家を買う頭金を貯めなくちゃならないんだから」

「亜津子、将来のために備えるのも大切だけど、今を楽しむのも大事だと思うんだ」

人間はいつ死ぬかわからない。子供たちは、中学高校ともなれば親より友だちと出かけたがるようになる。家族揃って楽しめる期間は思ったより短い。そして、これは妻には言えないが、家を買う件に関しては心配ない。団体信用生命保険に入っておきさえすれば、俺が死亡した時点で住宅ローンはチャラになる。だから癌が見つかる前年くらいに限度額いっぱいまでローンを組んで、できるだけ都心に近い高額な家を買ってしまおう。

「だけど慶ちゃん、お盆休みはびっくりするくらい割高だよ」

「大学の同期で旅行会社に勤めてるヤツがいるから、格安の宿を紹介してもらうさ」

「いくらツテがあったとしても、お盆の時期はやっぱり高いってば」

「だったら七月末に行けばいい。お盆になるとクラゲが出るだろ」

日本のサラリーマンが一斉に旧盆の八月十五日前後に休むこと自体がおかしいと、前々から思っていた。帰省して祖先の墓参りに行くという習慣は今どれくらい残っているのか。そもそも俺のような代々東京で暮らしている人間にとって、盆というのは七月十五日なのだ。

社内規定によると、七月か八月であればいつでも自由に夏休みを取っていいことになっている。しかし実際は、旧盆でなければ取りづらい雰囲気があった。特に俺のいるシステム第三部は、部課長全員が地方出身者だから旧盆に帰省する。彼らに合わせて休みを取るのが慣例になっていた。

小学校の夏休みが一ヶ月以上あることを思えば、わざわざ旅行代金の高い旧盆に旅行する必要はない。奈桜が小学校に上がってからは、夏休みに入るとすぐに亜津子が子供たちを連れて一週間ばかり山形に帰省するようになった。実家が寺なので、檀家《だんか》まわりが忙しい旧盆を外す。子供たちにとっての夏休みの思い出といえば、山形の祖父母と過ごす日々だけだった。

俺が先陣を切って七月に一週間の休みを取れば、社内の雰囲気も変わるのでは？

そうだ、そうしよう。自分のためだけでなく、ほかの社員のためにもなる。今までの俺は、定年までの長い年月を見据えて、社内で軋轢《あつれき》を生まないよう、居心地が悪くならないよう、細心の注意を払ってきた。出世に燃えていたわけではなく、後輩に追い抜かれるのが嫌だっただけだ。だが、どうせ三十七歳で死ぬ運命なのだし、実際に出世していいことなんかひとつもなかった。

「ほんと？　七月に休めそうなの？」

亜津子の嬉しそうな顔を見て、心が痛んだ。俺は亜津子の気持ちを真剣に考えてやったことがあっただろうか。常に忙しくて、自分のことで精いっぱいだった。それもこれも妻子のためだと思っていたが、それは正しいことだったのだろうか。

　翌月曜日、出社すると、村木課長が会議室で椅子を並べて眠っていた。その横で寅島も同じように寝そべっている。土曜日から今朝にかけて徹夜でプログラムを修正していたらしい。

「あれ？　今回は日向には救援要請の電話はいかなかったのか？」

　隣の机の小早川が小声で尋ねてきた。

「来たよ。だけどカミサンの実家に行ってたんだ。お袋さんの具合が悪くてな。小早川、お前はどうなんだ」

「俺の携帯、なんだか最近になって調子悪くてさ」

　よくもしゃあしゃあと言えたものだ。小早川はスマホもｉＰｏｄもウィンドウズもＭａｃも新しいのが出ると、発売日の前夜から徹夜で並んで買うようなヤツなのだ。調子の悪い携帯なんか使っているわけがない。いつもなら、不信感と腹立たしさでいっぱいになるのだが、今日は違った。俺も小早川を見習ってうまく生きて行こうと改めて決心した。

　その後もなるべく早く帰宅するように心がけた。そうするためには、出社するとまずはコーヒーをゆっくり飲んで新聞に目を通すという習慣をやめて、すぐに仕事に取り掛かるようにした。そんな日々を送ってみると、今までいかに時間を無駄にしてきたかを思い知った。そして、保育園の迎えの時間を気にする子持ちの女子社員が、朝から異常なほど集中して仕事をしていることにも初めて気がついた。彼女らは、昼休みになると十分で食事と歯磨きを済ませ、すぐに仕事を再開する。これほどの緊迫感を保ちながら仕事をしていると、夕方にはへとへとに疲れて頭がまわらなくなり、残業しても意味がないこともわかってきた。

会社を早く退《ひ》けるようになっても、意外にも誰も何も言ってこなかった。態度もそれまでと変わらない。もちろん、俺は自分に割り当てられた分はきちんとこなしているから誰にも文句を言われる筋合いはない。俺は五人グループのグループ長で、男女の後輩が二人ずついるが、幸運なことに四人とも覚えが早くて優秀だ。俺が残業をしなくなったのを歓迎しているムードもある。彼らもまた、先輩の俺が帰らないと自分たちも帰りづらいという、日本の悪《あ》しき習慣の犠牲者だったらしい。俺は自分のことばかり考えていて、後輩の気持ちに気づいてやれていなかった。彼らは技術的にわからないことがあるたび、俺に質問に来ていたが、この頃は気を使ってくれているのか、定時を過ぎると聞きにこなくなった。

数ヶ月後、亜津子は言った。

「慶ちゃん、残業代が入らないと生活していけないよ」

「どうして？　いったい何にそんなに要るんだ？」

俺のひと月の小遣いはたったの三万円だ。スーツだってずいぶん前から新調してもらっていない。いや、Ｔシャツ一枚、下着一枚でさえ、今年になってから亜津子が買ってくれた覚えはない。

「家計簿を見せてみろよ」

「そんなのつけてないよ」

「じゃあ、だいたいでいいから紙に書き出してみてくれ」

亜津子の服装や持ち物を見ても、贅沢しているようには思えなかった。

「家賃と、水道代とガス代と……」

亜津子がひとつひとつ書き出していく。

「この〈塾〉っていうのは、なんの塾だ」

「奈桜も大和も公文《くもん》に通ってるじゃない。一教科六千三百円で、それぞれ国語と算数を習ってたんだけど、奈桜は今年から英語も増やしたの。このこと、慶ちゃんにも相談したはずだよ」

「……ああ、そうだったね」

まったく覚えがなかった。子育ては亜津子任せで、まるで自分には関係がないかのように思っていた。

「どの程度の内容なんだっけ？」

声が聞こえたらしく、隣室でアニメのビデオを見ていた奈桜と大和が、公文でもらったプリントやテキストを持ってきた。ここのところ、少しずつ父親に親しみを抱くようになったのか、頼まなくても気を利かせてくれることが多くなった。

「この程度の計算問題なら俺が教えるよ。奈桜の英語だって初歩の初歩じゃないか」

「そういわれてみればそうだね。私にも教えられそうだよ。今までどうして自分で教えようと思わなかったんだろう。近所の子供たちがみんな塾に行ってるから、うちも行かせなきゃって焦ったんだね、きっと」と、まるで他人事《ひとごと》のように亜津子は言った。

「となると、塾の費用分が浮くってことだな」

俺は塾のところに、二重線を引いた。

「すごいね。三万円以上も浮くんだね」

胸の前で手を叩《たた》いて喜ぶ亜津子を見て、俺は少し驚いていた。

もっとしっかりした女性ではなかったのか？

もしかして、俺は亜津子のことをよく知らないのではないか？

亜津子とは、サークル活動を通じて知り合った。俺の通っていた大学の近くにある女子大の二年生だった。亜津子の妊娠がわかったのは俺が大学の卒業を間近に控えた二月のことだ。亜津子の両親に会いに山形に行き、結婚の許しを得た。その後、双方の親の援助で新居のアパートを借り、家具を調えて簡単に結婚式を挙げた。そして四月になって新社会人として俺はサラリーマン生活をスタートさせた。その時点から残業続きで家庭を顧みる余裕のない生活が始まった。結婚前、亜津子とは半年ほどの短いつきあいだった。俺は亜津子の何を知っていただろう。

「この、〈おけいこごと〉っていうのは何だ?」

「奈桜のバレエと、奈桜と大和のスイミング教室だよ」

この数年後に一戸建てを買うのと同時に、奈桜はヴァイオリンも始めるはずだ。いま住んでいる安普請のマンションは、音が隣に筒抜けだから楽器を習わせることができなかった。しかし、奈桜は中学に上がるとバドミントン部に入って忙しくなり、バレエもスイミングもやめることになる。大和は本格的に野球に夢中になり、スイミングは続かなかったはずだ。

「どれも必要ないんじゃないか?」

「それ本気で言ってる? 慶ちゃん、何も習っていない子なんて近所にはいないよ」

近所となんの関係があるのだ。顔を顰めている亜津子を、俺はまじまじと見た。まるで知らない女を見るようだった。

「おーい、奈桜、大和」

隣室に戻っていた二人に声をかけると、「はーい」と声を揃えて返事をし、襖を開けて顔を覗かせた。

「お前たちは、これからもバレエやスイミングを続けたいのか？」

「バレエは私には向いてないみたい。スイミングもいまいちうまくならないし」

「僕もスイミングはやめたい。淳《じゅん》ちゃんとキャッチボールしてる方が楽しいもん」

「じゃあ決まりだ。今度の日曜はプールに行こう。水泳は俺が教えてやるよ」

俺自身はスイミング教室には通ったこともないし水泳部だったこともないが、それでも水泳は得意な方だ。

「すごいね、パパ」

姉弟は顔を見合わせて嬉しそうに笑い、「ビデオの続き見よう」と襖を閉めた。

「亜津子、この〈衣類〉というのは何を買ったんだ？　ずいぶん高価だな」

本当は細かいことまで言いたくなかった。妻の裁量に任せたかったし、妻が好きな洋服を買うことにも口を出したくなかった。自分の父がそうだったし、おしゃれな母はいつもこぎれいにしていて、たくさんの洋服やアクセサリーを持っていたが、それなりにうまくやりくりしていたように思う。

「奈桜のワンピースと靴だよ」

「いくらなんでも高すぎないか？」

「だって慶ちゃん、近所の人はみんな子供にはいい服着せてるんだよ」

「みんなって誰だよ」

「みんなっていえばみんなだよ。奈桜と同じクラスの子とか同じ町内の子とか」

まるで幼い子供と話しているようだった。

「だから、例えば誰なんだよ」

問い詰めていくと、思った通り、「みんな」ではなくて特定の人物だった。奈桜と同じクラスで近所に住んでいる柏木若菜《かしわぎわかな》という女の子のことらしい。どうやら亜津子は若菜の母親にライバル心を燃やしているらしいが、亜津子本人は、自身の心理状態に気づいていないようだった。

「身長がぐんぐん伸びている時期だから来年は着られないだろ？　妹がいるならまだしも、大和は男なんだからワンピースなんて着られないし、もったいないよ」

「それはそうだけど」亜津子は不満そうに口を尖らせた。

「食費はどれくらい使ってる？」

「言いにくいけど……十万円は使ってると思う」

「そんなに？　どうして」

「わかんない」

「たくさん買い込んで腐らせてしまうってことはないのか？」

「そりゃそういうことは誰にだってあるでしょ」

冷蔵庫からビールを取り出すとき、様々な物がぎっしりと詰め込まれていて庫内が薄暗いのを思い出した。

もしかして俺は、今までずっと亜津子を買い被《かぶ》っていたのではないか。

「買物は毎日行ってるのか？」

「うん、行ってるよ。慶ちゃんにはわからないだろうけど、主婦っていうのは大変なんだよ。献立がなかなか決められなくて、スーパーの中を一時間くらいうろうろすることもあるんだよ」

働けど働けど楽にならなかった原因がたくさん見えてきた。俺は決して高給取りではないが、それほど給料が安いわけではない。

「一時間も？　そしたら余計な物もたくさん買ってしまうだろ」

「よくわかるね、やっぱり慶ちゃんて頭いいんだね」

「あのさ、これからは俺が家計を管理するよ」

反発するかと思い、恐る恐る口に出してみたのだが、意外にも亜津子は、肩の荷が下りたとでもいうように、ほっとした顔を見せた。

ますます亜津子の性格がわからなくなった。

日向が大きく息を吐いて目を開けた。

「日向さん、ご気分、大丈夫ですか？」

「大丈夫です。それより先生、時間はまだいいんですか？」

「平気です。私がこの病室に来てから、まだ五分くらいしか経《た》っていませんから」

「ほんとですか？　たったの五分？　催眠術というのはすごいものですね」

「だから、催眠術ではありませんてば」

「いいんですよ、先生。いい夢を見せてもらいました。だけど少し疲れました」

「神経を集中させてますからね。もうお休みになった方がいいでしょう」

「先生、催眠術を次回もお願いできますか？　是非、続きを見てみたいんです」

「もちろん、いいですよ」

彼が穏やかな表情になったことに安心して、私は病室を出た。

今日は朝から空がどんよりしている。

朝の回診で、私は日向の脈を測りながら、病室の窓から灰色の空を見上げていた。

そのとき、ドアをノックする音とともに四十歳前後の見知らぬ女性が入ってきた。

「あっ、すみません。回診中なのに」

そう言って、申し訳なさそうな顔をした。

「俺の姉貴です」

「そうでしたか。もうすぐ終わりますから、かまいませんよ」

日向の姉は、日向によく似ていた。眉《まゆ》が濃く、宝塚の男役にしたらいいような凛々《りり》しい顔立ちをしていて、背も高い。

「姉さん、こんなに朝早くからどうしたの？」

「今日は午後から用事があってね、朝しか来れなかったもんだから」

私はカルテに病状を書き込みながら、二人の会話を聞くともなしに聞いていた。

「義兄《にい》さんは忙しいのか？」

「相変わらずよ。殺人事件を担当しているから毎晩張り込みよ」

どうやら姉の夫は刑事らしい。

「俺は義兄さんが羨《うらや》ましいよ。年中忙しくて家にはほとんどいないっていうのに、優《ゆう》太《た》も翔太《しようた》も知美《ともみ》も父親のことが大好きだろ？」

「そりゃあそうよ」

「人徳のなせるわざなのかね。そこいくと俺なんて子供たちに全然好かれてないよ」

「人徳？　冗談でしょ。私が子供たちに言い聞かせてきたからよ。『お父さんは正義のためにお仕事をしていて、とても立派な人なのよ。あなたたち子供を養うためにも毎日がんばってるのよ』って。ことあるごとにそう言ってきたわ。そうじゃなきゃあ、子供たちが父親を尊敬するわけがないじゃない。ただでさえ不在がちのうえに無口だから子供たちとの会話もなくて、父親がいったいどういう人物なのか全然わからないんだから」

「そうだったのか。姉さんは大人だね」

日向は大きな溜め息をついた。

「母親ならみんなやってることよ。それこそが母親の役目ってもんでしょうよ」

「ふうん」

日向はそれきり黙ってしまった。

その日の夜、私は日向の病室に出向いた。

「さあ、目を瞑ってください」

「先生、お忙しいのにすみません」

日向は少し楽しそうに見えた。

「催眠術を受けているときだけが、つらい現実を忘れられる束《つか》の間の安らぎですよ」

催眠術だと思っているのなら、それはそれでいい。この聴診器のお蔭《かげ》で、先の長くない患者に、少しでも安らぎを与えられることが嬉しかった。

私は日向の胸に聴診器を当てて目を閉じ、全神経を耳に集中させた。

課長が俺に話しかけてこなくなった。

今までずっとAだった査定が初めてBになった。残業時間が少なくても、俺はきちんと仕事をしている。後輩の面倒もちゃんと見ているし、グループ長としての役割は果たしている。

「変な噂を聞いたぜ」

隣席の小早川が小声で言った。「寅島が課長代理になるらしい。俺たち同期の出世頭だ」

「冗談だろ?」

「ミカがこっそり教えてくれたから間違いない」

小早川は独身で、人事課の山口《やまぐち》ミカとつきあっている。だから、彼の持ち込む噂は確実だった。

「ミカの話によると、寅島のヤツ、バツイチ独身の村木課長に美人の従姉《いとこ》を紹介したらしいよ。来月めでたく結婚だってさ」

「そんなことで出世できるのか？　いったい世の中って……」

「だろ？　あの馬鹿が俺たちの上司になるんだぜ。俺、なんだか嫌な予感がする」

小早川はそう言って顔を顰めた。

「嫌な予感て、なんだ？」

「今にわかるさ」

小早川の予感は的中した。弱い犬ほどよく吠《ほ》えるというが、馬鹿なヤツほど威張りたがるらしい。寅島のあからさまなイジメは、それまで散々尻拭いをしてきた俺に集中した。新規の仕事ではなくメンテの仕事ばかりをまわしてくる。誰だって新規の仕事がしたい。メンテは、他人の作ったわけのわからないプログラムを修正しなくてはならないから時間がかかり、面白くないからストレスが溜まる。そのくせ新規と違って儲《もう》けは少ないから、会社への貢献度は低い。このままでは、この先ずっと寅島の尻拭い専門のグループにさせられてしまいそうだった。

「しかし寅島って恩知らずなヤツだなあ」

小早川は呆《あき》れたように言った。

「今まであんなに面倒見てやってきたのに、なんで俺ばっかり目の敵《かたき》にするんだろう」

「寅島は己の馬鹿さ加減がお前にバレてると思ってる。だからお前の存在が目障りなんだよ」

そう言って、小早川はハハハと声高らかに笑った。よくも笑えるものだ。他人事だと思いやがって。小早川も寅島に負けず劣らず嫌なヤツだ。

「それにしても、村木課長までがお前を軽んじてるのは許せないなあ」

「そういえば小早川、お前はどうして標的にならないんだ？　村木課長にどんなに頼まれても、誰の尻拭いもしてこなかったじゃないか」

「俺は入社早々からマイペースな人間として社内で通ってる。俺に休日出勤を頼むのを上司も先輩も最初からあきらめている。そこへ行くと、お前は優しい男だよ。人が困っているのを黙って見ていられない人間だ。そういう人間がある日を境に自分の割り当て分の仕事しかしなくなって、ほかのグループに手を貸さなくなる。そうすると不信感が生まれるんだ。いいヤツだと思って信頼していたのに本当は冷たいヤツだったんだなあって、裏切られたような気持ちになる。人間ってのはややこしい動物なんだ。それが嫌で俺は最初からマイペースを通している」

「小早川、お前って大人だな」

「大人？　それ、三十歳を過ぎた人間に言う言葉かよ」

溜め息ばかりが出た。人の心理は複雑で、上手《うま》く生きていくのは難しいらしい。

それから数ヶ月後、どういう経緯なのかわからなかったが、なぜか俺は新規プロジェクトを任された。大きな仕事で、五つのグループが一緒になって作業することになり、俺はプロジェクトリーダーに任命された。サブリーダーは小早川だ。子供向けの教育システムで、内容も面白そうで、納期にも余裕があり、社内の誰もがやりたがる仕事だった。

「噂によると、寅島がお前をリーダーに推したらしいぜ」

小早川はニヤニヤしながら言った。

「どういう心境の変化だ？」

「俺が寅島を飲みに誘って脅《おど》してやったんだ。『お前の実力のなさも日向の優秀さも周知の事実だから、日向をイジメ続けたら、そのうち痛い目に遭うぞ』って。『部長もいつまでも黙っちゃいないぞ、仕事はできなくても、せめて性格だけはいいという線しか、お前の生きる道はないんだぞ』って、親切に忠告してやった。そしたら寅島のヤツ、真っ青になってたよ」

おかしそうに笑う小早川の顔を穴の開くほど見つめた。こんなにいいヤツだとは知らなかった。人間とはわからないものだとしみじみ思う。

「その代わり、頼みがある」

小早川が真顔になるなんて、珍しいことだった。「今回のシステムを高い品質に仕上げたいんだ。それも、残業なしでやり遂げたい。みんなに称賛されて、のちのち社内の伝説になるようなものにしたいんだ。きっとそのスマートさがかっこいいと評判になって、社内の雰囲気も変わるはずだよ。これまでみたいに納期間近になって徹夜続きなんていう習慣を葬り去りたいんだ」

「大賛成だよ」

初めて社内で同志を見つけた思いだった。

残業せずに早い時間に帰宅するようになってから、亜津子ともよく話すようになり、妻の本当の姿が少しずつ見えてきた。

妻は深刻な孤独を抱えていた。まだ奈桜が赤ちゃんだった頃、女子大時代の友人たちが遊びに来てくれるのを亜津子は楽しみにしていた。その後もちょくちょく会っているものだと勝手に思っていたが、とっくに疎遠になっていたらしい。当時、友人たちはまだ大学生だった。彼女らはどんどんおしゃれになってゆき、青春を謳歌《おうか》している時期だった。そんな自由な姿を見て、亜津子はひとり取り残された気分になり、それ以降は会わなくなったという。もしかして亜津子は女子大生の頃からあまり成長していないのではないか。そう思い、俺は愕然《がくぜん》とした。女性というものは自然と母親らしくなり、子育てもそれなりにできるようになるものだと思っていた。しかし、考えてみると亜津子は子育て以前に家事が苦手で、簡単な料理を作るのにも四苦八苦していた。結婚後十年近く経った今でも、お世辞にも手早いとは言えない。かといって、厳格な家で育ったためか、手抜きをする要領の良さは持ち合わせておらず、掃除も隅から隅まで雑巾《ぞうきん》がけをする毎日だ。山形の実家は遠く、俺の帰りは遅く、頼る人もなく赤ん坊を抱えて二十歳の頃から孤軍奮闘の毎日だったことに気づいてやれなかった。俺の実家は都内にあるから、お袋が何か手伝えることはないかと電話を寄越すことはよくあったが、「大丈夫ですから」と亜津子が断わっていたのを思うと、姑の鬱陶《うっとう》しさよりは孤独の方がマシということかもしれない。

——じゃあ聞くけど、お金の話以外、慶ちゃんと何の話をすればいいの？

亜津子が見舞いにきたときに言った言葉が頭に浮かび、胸が張り裂ける思いだった。

そのとき、いきなりドアをノックする音が聞こえてきた。

どこのドアだ？

俺は狭いマンションの部屋の中を見まわした。

✚

私は聴診器を外し、ドアの方を振り返った。

こんな時間に誰だろうと思っていると、いきなり岩清水が入ってきた。

「岩清水先生、こんな時間にどうされたんですか？」

患者の前では互いに敬語を使うようにしている。

「早坂先生、それはこっちが聞きたいですよ。今日は俺が当直なんですけどね」

そうだった。勝手に残っていたのは私の方だった。

「それより日向さん、この前のご質問ですが」と言ってから、岩清水がこちらを見た。

「前回の当直のときに、日向さんから臓器提供について聞かれたのでね」

「先生、やはり癌だと無理なんでしょうか」と日向が尋ねる。

「提供できるかどうかは日向さんの身体を詳しく調べてみなくてはわかりませんが、少なくとも角膜なら大丈夫だと思います。それと、献体という方法もありますが」

岩清水が落ち着いた声で説明した。

「献体というと、医学生の実習用に使われるってことですか?」

「そうです。臓器提供の場合は、臓器を取り出したあと、元通りに縫合されてご遺族のもとに返されますが、献体の場合は、茶毘《だび》にふされてから返されます」

「ということは、焼き場へ行く手間が省けるということですか?」

「そういうことになりますね」

「じゃあ俺、献体します」日向は迷いのない口調で言った。

「本当ですか?」

思わず私は岩清水と顔を見合わせた。医療に携わる人間にとって、とても有り難い申し出ではあるが、しかし……。

「ご家族とよくご相談なさった方がいいと思いますよ」と岩清水は慎重に言った。

「その必要はありません。焼き場に行く手間が省けるだけでも有り難いです。妻はあまりしっかりしたタイプではないので、少しでも負担を減らしてやりたいんです。妻の実家は遠いですし、私の両親は数年前に交通事故で亡くなったものですから、私の死後の処理は妻がやるしかないんです。それに、角膜を提供したり献体するような立派なオヤジだったと子供たちに思われたい。自分のことより公共の利益を優先する父親だったという思いが、子供たちの生きる指針になるかもしれない。子育てにかかわってこなかった自分が、子供たちに残してやれるのはそれくらいしかないんです」

「そうですか。そこまでおっしゃるなら……わかりました。早速上司に伝えます」

岩清水は言いながら、何度もうなずいた。


その日、午前の検査を終えると、職員食堂へ行った。

今日は朝起きたときから、好物のタコの酢の物を絶対に食べると決めていた。忙しいからか、食べることだけが楽しみとなっていて、食べ物に対してどんどん意地汚くなる自分を感じていた。ひとりで集中して食べたかったが、またもや香織先輩に「ルミ子、こっち空いてるよ」と手招きされてしまった。

笹田部長の向かいに座ると、天ぷらソバを食べていた部長が、いきなり顔を上げて私を睨《にら》んだ。

「いったい今度は何をやらかしてくれたんだ?」

「なんのことですか?」

「日向慶一という患者だが、主治医を変えてほしいと言ってきたぞ」

「えっ、そんな……」

自分では気づかないうちに、日向の気に障ることを言ったのかもしれない。だけど、もしそうなら、私に直接言ってほしかった。ナースステーションに告げ口のような形で言いに行かれるのが最もつらい。あれほど〈催眠術〉に対して感謝の言葉を繰り返したくせに。

人間不信に陥りそうだ。

だが、聴診器からは、私に対する不満はまったく聞こえてこなかったはず……。

「あら、ルミ子、また無神経なこと言っちゃったわけ?」

香織先輩が呆れた顔で私を見る。「まっ、悪気はないんだろうけどさ」

「ルミ子、思い当たる節はないのかよ」

岩清水が私の顔を覗き込むたびに、隣のテーブルの若い看護師たちが睨みつけてくる。彼女らが岩清水のファンクラブを作っていることは耳に入っていた。部長の恐い顔は見たくないし、岩清水の目を見たら周りに誤解されそうだし、もうどこを見ていいのかわからない。だから仕方なく、久しぶりに食べるタコの酢の物を見つめた。

「鈍感なルミ子に思い当たる節なんてあるわけないじゃん」と、香織先輩が平然と言い放つ。

「患者さんは、私のどこが気に入らないと言ってきたんですか？」

知るのが恐い気もしたが、やはり尋ねずにはいられなかった。

「患者本人じゃなくて奥さんが言いにきたんだ」と部長は答えると、味噌汁《みそしる》をずずっと啜《すす》った。

もしかして、私が日向の病室にたびたび訪れていることを、妻は何かの拍子に知ったのでないか。そしてそのことを、変な風に誤解したのかもしれない。

「どっちにしても主治医を変えるつもりはないよ。俺の方からきっぱり断わっておいた。患者側の要望で簡単に変えられるなんていう前例ができると、のちのち面倒だからな。それにしても――」

部長はいったん言葉を切り、眉根を寄せた。「主治医を岩清水にしてくれなんて、いったいどういうことなんだろう」

「えっ、俺ですか？　主治医を俺にしてくれって、名指しだったんですか？」

岩清水が驚いた顔で部長を見た。

朝の回診のとき、久しぶりに日向の妻を見て驚いた。

見違えるほどきれいになっていた。髪を短く切り、明るい色に染めてウェーブをかけていて軽やかだ。この前までは、ゴムでひとつにくくった髪がほつれて頬にかかっていて、服装も地味で、三十代半ばの割には所帯じみていた。だが今日は檸檬《れもん》色のシャツに白いパンツという爽《さわ》やかな格好に、ピンクの口紅が華やかさを添えていて、年齢よりずっと若く見えた。

「先生、すみません。こんな時間に来てしまって。午後から授業参観があるもので」

「かまいませんよ」

そう言って、私は日向の手首を取って脈を測った。

「主治医を変えてほしいと要望されたのは奥様ですか？」

単刀直入に尋ねることを、昨夜決めたのだった。というのも、気になって昨夜は眠れなかったからだ。このままだと体調を崩してしまいそうだった。

「えっ、亜津子、そんなこと言ったのか？　どうして？」

日向が驚いていることからして、どうやら夫には内緒だったらしい。

看護師のマリ江が、興味津々といった表情で妻の顔を凝視している。

「それは、えっと……岩清水先生は主治医でもなければ当直でもないのに、主人の様子を見に来てくださったと聞きましたので、熱心な先生だなと思って……」

「早坂先生だって熱心だよ。だいたい失礼だろ。いや、それ以前になんで俺に相談もなくそういう勝手なことをするんだよ」

「あなたが死んだあと、パートでは子供たちを養っていけないと思ったから」

子供を養っていくことと主治医の交代と、いったい何の関係があるのだろう。

「亜津子、いきなり何の話だ？」日向は妻の顔を覗き込むようにして先を促した。

「だからね」と妻は、言いにくそうに目を伏せた。

「はっきり言ってみろ。俺はもうすぐ死ぬんだ。遠慮している場合じゃないだろ」

「先のことを考えたらね、私がお医者さまと結婚したら将来が安泰かと思ったの」

背後でマリ江が息を呑んだ気配がした。

日向は固く口を閉じたまま、じっと妻を見つめていた。その表情に怒りはなく、憐《あわ》れな小動物を見つめているかのようだった。

次の瞬間、日向はいきなりわざとらしく咳き込んだ。そして私が首からぶらさげている聴診器をじっと見つめている。心を読み取ってくれという合図か。

「日向さん、大丈夫ですか？」

声をかけると、日向は自分からパジャマのボタンを素早く二つ外した。催眠術ではないことを知っていたのか。私は聴診器を日向の胸に当て、目を閉じて耳に神経を集中させた。

なんです。

——先生、愚かな妻を笑わないでやってください。妻は二十歳で子供を産んで専業主婦になりました。その後はうまく友人も作れず、孤独の中で生きてきたんです。子供のまんまなんですよ。恋愛にしても、俺との半年ほどの恋愛期間以外、たぶん経験がないのでしょう。恋の駆け引きというような高度なスキルは持ち合わせていない女なんです。

——大丈夫ですよ。

私は心の中でそう応えながら、何度もうなずいて見せた。

診察を終えてマリ江とともに病室を出ると、廊下の向こうから岩清水が歩いてくるのが見えた。

マリ江は岩清水に駆け寄った。「岩清水先生、聞いてくださいよ」と彼の白衣の袖《そで》をつかむと、すぐ横の休憩コーナーへ引っ張っていった。

「マリ江さん、いったいどうしたんです？」

岩清水は尋ねながら、マリ江の背後にいた私をちらりと見た。

「日向さんの奥さんたらね、若い看護師を捕まえては岩清水先生のプライベートを根掘り葉掘り聞いてたんです。独身なのか、恋人はいるのかって。そのときから私は怪しいと踏んでたんです。だけどここまで恐ろしい女だったとは。亭主が死んでから岩清水先生と結婚しようって算段だったんです。図々しいにもほどがありますよ」

「なるほどね。だからあの奥さん、主治医を俺に変えてくれって言ったんですね」

「先生、感心している場合じゃないでしょう」

「いやあ、なかなかいいアイデアじゃないですか」

岩清水は穏やかな笑顔を見せた。

「もう先生ったら、ご冗談ばっかり」

マリ江は岩清水の腕をポンと叩いた。

「ところでマリ江さん、お願いがあるんですけどね」

岩清水は笑みを消した。「今のことを、ほかの人には言わないでおいてあげてほしいんですよ」

「どうしてですか？　だって、あの奥さんときたら……」

「藁《わら》にも縋る思いだったんだと思いますよ。子供のためには必死だったんでしょう」

「やだ岩清水先生ったら、私だってそれくらいのことわかってますよ。女手ひとつで子供を育てるなんて、本当に大変なことですもの」

「ああ良かった。マリ江さんが聡明な女性で」

岩清水はふんわりとした笑顔を作り、マリ江を見つめた。

「聡明だなんて、いやだわ、先生ったら」

マリ江が両手を口に当て、ククッと笑った。

「じゃあ、マリ江さん、よろしくお願いしますよ」

岩清水はそう言うと、また私を一瞥《いちべつ》してから、廊下を進んで行った。

その後ろ姿を、マリ江は「惚れ惚れするわ」と言いながら眺めていた。


その一週間後、日向は安らかな表情で息を引き取った。

――先生、一日一日を大切にしてください。人間誰しも明日死ぬかもしれないと思って生きているくらいがちょうどいいんじゃないかと思います。

それが、日向が私に残してくれた言葉だった。

数日経って、妻の亜津子が外来にいるのを見つけた。声をかけてみると、保険会社などに提出する書類一式を取りにきたと言う。

「先生、本当にお世話になりました」

そう言って彼女が頭を下げる隣で、同じように深々とお辞儀した老人がいた。すらりとした体軀《たいく》に坊主頭で、その落ち着いた物腰と清潔感から、ひと目見て僧侶《そうりょ》だとわかった。

「先生、娘婿がたいへんお世話になったそうで、本当にありがとうございました」

聞けば、亜津子と子供たちは山形の実家に帰るらしい。

「慶ちゃんが言ったんです。実家の両親はまだ六十代で元気だから、親元で寺の手伝いをしろって。そしてしばらくして落ちついたら、優しい男を見つけて再婚しろって」

そう言うと亜津子は、悲しみを呑み込むように、ぎこちなく微笑んだ。

「家内も、亜津子と孫たちが帰ってくるのを楽しみにしております。早くに嫁いでしまったものですから、家内もずっと寂しい思いをしてきたようです」

「そうですか。親元に戻られるのですね」

亡くなった日向も、今頃あの世で安心していることだろう。

今日は頼れる父親が一緒だからか、亜津子は肩の力が抜けたような穏やかな顔をしている。

「それではお元気で」

「ありがとうございます。先生もお元気で」

玄関先で、二人の後ろ姿を見送った。

# 第3章　marriage

どうして毎子《まいこ》の結婚にあんなに反対してしまったんだろう。

——羊太郎《ようたろう》と結婚できないなら、私、一生誰とも結婚しないから！

涙を溜《た》めた目で私をじっと睨《にら》んだのが、つい昨日のことのようだ。

時の流れとはなんと早く、なんと残酷なものだろう。

あれからもう二十数年！

毎子ももう四十代半ばになってしまった。

あんなだらしない男と結婚したいだなんて、世間知らずの娘の一時の気の迷いだと思っていた。そのうち悲劇のヒロイン気分は泡と消えて、羊太郎のことなどケロリと忘れ、それ相応な男と結婚するだろうと気楽にかまえていた。

それなのに……本当に独身を通すとは。

親といえども、娘の人生に口出しする権利なんかなかったのではないか。

ベッドに横たわっている患者の強い後悔が、聴診器を通じて私の耳に伝わってきた。

いま私が聴診器を当てているのは、七十六歳の雪村千登勢《ゆきむらちとせ》の胸だ。

「具合はいかがですか？」

そう尋ねると、後悔の渦に巻き込まれて苦しげな表情をさらしていた千登勢が、はっと我に返ったようにこちらを見上げて、静かに答えた。

「はい、お蔭《かげ》さまで。薬がよく効いておりますので」

私は耳から聴診器を外して尋ねた。「ご気分はいかがですか。落ち込んでいらっしゃったようにお見受けしましたけど」

「え？」

千登勢は驚いたように目を見開いた。「お医者さまが、そんなことまで気にかけてくださるなんて……ありがとうございます」

視線を感じて隣を見ると、傍らに控えていた看護師のマリ江が、今にも舌打ちしそうな顔をして私を見ていた。

「あのう、先生」

千登勢の顔がつらそうに歪《ゆが》んだ。「私、このままでは死にきれません。無念でならないんです」

縋《すが》るような目をしている。千登勢からすれば、私は娘の毎子よりも下の世代だ。そんな若い医者を頼りにしているところに、彼女の孤独を見た思いだった。

「雪村さん、よかったら今度、じっくりお話を聞かせてください」

すぐ背後で、マリ江が回診車を前後に揺すって音を立てた。余計なことをするなと言いたいのだろう。わかってはいるが、患者を安らかな気持ちで死なせてあげたいという気持ちは譲れない。だから、いつものようにマリ江を無視した。そんなことだから私は院内でどんどん孤立していく。マリ江はきっとまた看護師長に報告するだろう。そして、数日のうちに部長の耳にも入る。

「お忙しいのに私のつまらない話を聞いていただくなんて、そんな図々しいこと」

千登勢が上目遣いにこちらを見る。患者の後悔話を聞くためだけに、医者がわざわざ病室に足を運ぶかどうかを確かめたいのだろう。裏を返せば、話を聞いてもらうことを切に願っている証拠でもある。千登勢が言うように、目がまわるほど忙しいのは確かだ。しかし、この聴診器さえあれば、たったの五分やそこらで扉の向こう側の世界を体験させてあげることができる。いくら忙しくても、それくらいなら融通が利く。

「心のケアも医者の大切な仕事です。当直の日は急患がない限り時間があるんです」

マリ江の非難の視線が頬《ほお》に突き刺さるようだった。私はマリ江の姿が視界に入らないよう、身体《からだ》の向きを微妙にずらした。

「ああやっぱりこの病院に来てよかった。ルミ子先生に診《み》てもらった患者さんたちは、みんな安らかに死ねるって評判なんですよ」

「あら、ほんとですか？」

聴診器を拾ってからというもの、そういった噂《うわさ》があることは耳に入っていたが、言われる都度、いま初めて聞いたような顔をすることにしていた。そうでないと、マリ江に自惚《うぬぼ》れていると言い触らされかねない。

ドアをノックする音とともに、小さな花束を持った女性が入ってきた。千登勢の娘の毎子だった。独身だからか、それとも小柄で痩《や》せているからか、それとも若い頃から髪型や服装の趣味を変えていないからか、四十歳を過ぎていてもオバサンという雰囲気はなく、少女がそのまま老けた感じだった。

「あら、まだ回診中だったんですね。すみません」

そう言って毎子が踵《きびす》を返そうとする。

「大丈夫ですよ。もうすぐ終わりますから」

私がそう言うと、毎子はにっこり笑って「ありがとうございます。先生、母の具合はいかがでしょうか」と尋ねた。

「今日のところは安定してます」

「そうですか。よかった」

そう言いながら、毎子は窓辺に置いてある花瓶の方へ歩いていく。

その後ろ姿を、私は見るともなしに見た。猛暑だというのに、きちんと白いジャケットを羽織っている。上質な麻素材で、仕立ても良さそうだ。差額ベッド代の高い個室に入院しているくらいだから、雪村家は経済的にはかなり余裕があるのだろう。ガウンから下着まで病院内の洗濯屋に出しているらしく、毎子が甲斐甲斐《かいがい》しく洗濯物を家に持って帰ったりしないのを見てもわかる。

「今日はお仕事はお休みなんですか？」

毎子は大手商社に勤めている。私は毎子の生活を、大まかではあるが把握していた。聴診器から伝わってくる千登勢の後悔の声から知ったのだ。

「夏休みを取ったんです」

毎子は明るく振る舞ってはいるが、本当はつらいのではないか。聴診器から得た情報によれば、毎子は一度もひとり暮らしをしたことはなく、今でも親元から会社に通っている。ひとりっ子だというから、母親の千登勢が死んだら、きっと寂しい思いをするだろう。

「毎子、せっかくの夏休みなんだから、海外旅行でもすればいいのに」

強がりを言っているのだろうか。千登勢はもう長くはない。毎子が旅行をしている間に逝ってしまう可能性も十分あるし、そのことを千登勢自身もよくわかっているはずだ。

「旅行なんて、いったい誰と行くのよ」

「大学時代の仲良しグループと行けばいいじゃない。もうみんな子育ても一段落して、のんびりしてるって言ってたでしょう」

「無理よ。あの人たちは暇はあってもお金がないの。いま子供たちが高校生や大学生でしょう。だから授業料に毎年百万円単位でお金が出て行くって嘆いてたもの。愛子《あいこ》のところは、ご主人が定年するまで十年を切ったとかで、今は老後の資金を貯《た》めるのに必死なの。みんなものすごく節約してて海外旅行どころじゃないのよ。まだ住宅ローンが終わってない人がほとんどだし」

「だったらノンちゃんを誘えば？　脚本家なんだからお金はあるんじゃない？」

「ノンコは売れっ子だもの。お金はあっても暇がないよ。それに、有名人に知り合いがたくさんいるらしくて、今さら私なんかと旅行しないってば」

「……ふうん、そうなの」

千登勢は沈んだ声を出した。

この母娘の仲は本当のところ、どうなのだろう。毎子は結婚に反対された過去を今ではどう思っているのか。親を恨んではいないのだろうか。

「一週間も夏休みを取って会社の方は大丈夫？　毎子がいないと困るんじゃない？」

ついさっき海外旅行を勧めたばかりなのに、千登勢は矛盾したことを尋ねる。

「冗談でしょ。私なんか休んだって全然問題なし」

花を活《い》け替えながら、毎子はそっけなく答えた。

「そんなことないわよ。毎子はベテランだから、総務部では頼りにされてるはずよ」

娘が会社で必要とされていて、娘自身も仕事に生き甲斐を感じていると思いたいのだろうか。もしそうであれば、二十数年前に結婚を思い留《とど》まらせてしまった後悔も少しは和らぐのか。

「総務部の若い女の子たちは喜んでるよ。お局様《つぼねさま》がいなくてせいせいするって」

毎子は母親の方を見ないまま、古い花を新聞紙に包むと、入り口近くのキッチンに移動した。

「毎子がお局様だなんて……」

「会社ってところはそういうもんなのよ」

ずっと専業主婦だった母親とは話が通じないとばかりに、毎子は衝立《ついたて》の向こう側で背を向けて、小さなキッチンでハーブティーを淹《い》れ始めた。いい香りが漂ってくる。

私は腕時計をちらりと見る。

そろそろ引き上げなくては。もうこれ以上ここに留まってはいられない。マリ江の目もあるが、私は主治医として二十八人の患者を受け持っている。急がないと時間がなくなる。では、お大事に、そう言って病室を出ていこうとしたとき、「それにね……」と毎子は言いかけて、口を噤《つぐ》んだ。それが気になり、私は忘れ物がないか確めるふりをして、ドアのところでベッドの方を振り返った。背後でマリ江が苛々《いらいら》しているのがわかる。

「毎子、いま何を言いかけたの？」

「別に、なんでもない」

「気になるわ。言ってちょうだい」と、千登勢は切羽詰まったような声を出した。

——私はもうすぐ死ぬのよ、言いたいことがあるんなら、いま言ってくれないと、もう聞いてあげられなくなるわ。

そういった気持ちなのかもしれない。こっちまでつらくなってくる。

「じゃあ聞くけど、私が海外旅行に出かけたら、そのあいだ、お父さんのご飯は誰が作るの？」

毎子の言葉を聞いて、千登勢は深い溜《た》め息《いき》をつき、「それもそうね」と言ったきり口を閉じた。

「先生、まだ何か？」

マリ江がしびれを切らしたように、先に立ってドアを開けたので、私は仕方なく病室を出た。

午前の仕事を終えると、急ぎ足で一階の売店に向かった。

サラダ巻きと納豆巻きの詰め合わせパックと牛乳を買い、医局へ戻る。あと十分で午後の診療が始まるから、食堂でゆっくりと昼食を取っている時間はない。

医局には岩清水だけがいた。

「じろじろ見ないでよ」

「見てねえよ。言っとくけど俺は、女ってものは誰でも俺に惚《ほ》れるなんて思ってないからな」

「あっそう」

時間がないので急いでパックを開け、大口を開けてかぶりつく。

「お前ら、また仲良さそうにおしゃべりして」

香織先輩が入ってきた。

続いて部長の笹田篤志も入ってきた。「いいなあ、ラブラブで」

「だから、違いますってば」

私は反論したが、今日も笹田部長は私を無視した。

錯覚だろうか。以前にも増して笹田部長の視線が冷たい気がするのだが。

「早坂くんに関してはいろいろと良くない噂が飛び交ってる」

部長が疑《うたぐ》り深い目を向けてくる。

「またですか？」

「幻覚を起こさせる薬物を処方していると聞いたぞ」

「だから、そんなことしてませんよ。そんなことしたら刑務所行きでしょ」

「冗談で言ったんだよ。ずいぶんムキになるんだな」

そう言って部長は馬鹿にしたように嗤《わら》う。

「ムキにもなりますよ。そんな濡《ぬ》れ衣《ぎぬ》を着せられて、医師免許を剝奪《はくだつ》されたら困りますからね」

部長は返事もせずに背中を向け、コーヒーメーカーからカップにコーヒーを注ぎ始めた。

「ルミ子は嫉妬《しっと》されてるんだよ」と香織先輩が続ける。「ルミ子を主治医にしてほしいと頼む患者が増えてるからね」

「俺は別に嫉妬などしとらんぞ」

今度は部長がムキになって言ったが、香織先輩は平然と無視した。

先頃乳癌で亡くなった若い女性の母親は南條千鳥という有名な女優だった。彼女はマスコミに囲まれたときに言ったらしい。

――担当医の若い女医さんのお蔭で、娘は安らかな気持ちで天国へと旅立つことができました。本当に感謝しております。

その姿がワイドショーで流れたせいだろう、最近では是非ともルミ子先生に診てもらいたいと指名する入院患者が増えてきていた。医師の整然とした序列で成り立っている病院内の秩序が乱れるが、金は惜しまないと患者が言えば、事務長も無下にはできないらしい。

「ついこの前まで、早坂くんは患者の気持ちがわからない鈍感な医者だと俺は見ていたんだがな」

部長がわざとらしく首を傾《かし》げる。

「俺が聞いたところでは……」

岩清水が、私の胸のあたりを人差し指で指し示す。「その聴診器が怪しいんじゃないかって」

えっ？ 私は思わず聴診器を手で押さえた。

どうしてばれたのだろう。聴診器の秘密を知っているのは患者だけだ。そしてその中で、今も生きている患者はひとりもいない。

「どう怪しいんだ？」

部長が振り返り、興味を示した。

「聴診器から患者の気持ちが聞きとれるとか、そんなわけないよね」と岩清水が笑う。

「岩清水、おまえ漫画の読み過ぎなんだってば。ルミ子、その聴診器、ちょっと貸してみなよ」

香織先輩が手を差し出した。「あれ？　貸せないわけでもあるの？」

「あるわけないじゃないですか。どうぞ」

私は聴診器を香織先輩に渡した。

「おい、岩清水、胸を貸せ」

そう言って香織先輩は、白衣の上から岩清水の胸に聴診器を当てた。

「あっ聞こえる聞こえる」

「何が聞こえるんだ」と、部長が興味津々といった表情で尋ねる。

「岩清水の本音が聞こえるんですよ。『俺は部長が大嫌いです』って」

「あっそう。嫌いで結構だよ」と部長が憮然とした表情で岩清水を睨《にら》む。

「香織先輩、いい加減にしてくださいよ。僕は部長を尊敬しています。内視鏡検査の神様って言われてる方なんですから」

岩清水が部長を持ち上げると、部長は満更でもない表情になった。本当に口のうまいヤツだ。

「真面目《まじめ》な話、この聴診器、何の変哲もないよ」

そう言いながら、香織先輩が聴診器を返してくれた。

「当たり前だろ。人の気持ちがわかる聴診器があったら、俺だってカミさんの胸に当てて聞いてみたいよ」と部長は言ってから、「いや、今の嘘《うそ》」と大きく首を左右に振った。「やっぱりカミさんの本音なんて恐ろしくて知りたくない」

「そもそもルミ子の聴診器は、私が使ってるのと同じだよ。あー馬鹿馬鹿しい。おい岩清水、さっさと誰かと交際宣言しろよ。岩清水とルミ子が喧嘩《けんか》ばかりしてるのは、仲がいい証拠だって噂になってるよ。みんなに妬《ねた》まれるルミ子の身にもなってみろ」

「なんでよりによって、こんな憎たらしい女と俺が噂になるのかなあ。この病院には、かわいい看護師さんや薬剤師さんがいっぱいいるっていうのにさ」

「憎たらしい女で悪うございましたね」と言い返しながらも、私は胸を撫《な》で下ろしていた。ここに来る直前、あの聴診器をロッカーに隠しておいてよかったと。


外来の診療を終え、医局へ向かって歩いていた。

廊下を曲がったとき、前方にでっぷり太った男性の後ろ姿が見えた。胸を反らせたあの歩き方は千登勢の夫に違いない。今日も見舞いに来たらしい。戦前生まれにしては背が高く、体重も八十キロは軽く超していると思われる。ほっそりした毎子が、こんな巨漢の父親を介護すれば、間違いなく腰を痛めるだろう。

千登勢の病室の前を通り過ぎるとき、ドアが開いたままになっていたので、中を覗《のぞ》いてみた。

「おい、そんなに残しちゃだめじゃないか。しっかり食べないと元気にならないぞ」

千登勢の夫は耳が遠いのか、声が大きい。廊下にまで聞こえてくる。

「もう食べられませんよ。ごちそうさま」

早めの夕飯にほんの少し箸《はし》をつけただけで、千登勢はお茶を飲んでいた。

「もっと食べろ。体力つけないと話にならんだろ」

「食べたってもう治らないのよ。ひと口食べることが、どんなに大変かあなたにはわからないでしょう。食べること自体がもう苦しいの」

「じゃあリハビリの方はどうなんだ。歩く練習はしてるのか？」

「もうとっくに歩けないわよ。筋力もなくなったし」

「そんなことはないはずだ。昔から病は気からというじゃないか。それにお前がしっかりしてくれないと、俺の世話はどうなる」

千登勢がうんざりした顔を隠すためか、窓の外に目を移したのが見えた。

私は暗い気持ちで、その場をそっと離れた。

その夜、八時ちょうどに千登勢の病室をノックした。

今夜は当直だから時間が空けば訪ねることを、前もって千登勢には言ってあった。

「どうぞ」と、千登勢の緊張したような声が聞こえた。

病室に入ると、寝巻の上にカーディガンを羽織り、ベッドのリクライニングを起こしていた。

「先生、本当に来てくださったんですね」千登勢は安堵《あんど》したようにうっすら微笑《ほほえ》んだ。

ベッドの上の可動式テーブルの上には赤ワインの入った吸い飲みが置かれている。舐《な》める程度ではあるが、千登勢はワインを毎晩飲んでいる。気分が落ち着くそうだ。

私はキッチンの電気を点《つ》けてから病室の電気を消した。そうすると、衝立を通して室内がぼんやりとした橙色《だいだいいろ》の灯《あか》りに包まれるので、話しやすい雰囲気になる。

「先生、私、話し出すと長くなると思うんですが、お時間は……」

「私なら大丈夫ですよ。ただ、雪村さんが疲れて気分が悪くならないかが心配です。途中で休みたくなったら遠慮なく言ってくださいね」

ベッドのそばの椅子《いす》に腰かけ、持参したペットボトルの水を脇のテーブルに置いた。

「リラックスしてください。思ったことをそのままお話しいただければいいんですよ」

「お気遣い、ありがとうございます」

千登勢はワインをほんの少し口に含み、じっくり味わうように飲むと、静かな声で話し始めた。

「私は自分でも死期が近づいているのがわかります。昨日できたことが今日はできなくなっている。そんな毎日です。なのに、絶対に死にたくないという思いが日増しに強くなって、つらくてたまらないんです。癌だとわかる前までは、きっと九十歳くらいまでは生きるだろうと漠然と思っていました。だって今どき九十歳なんてザラでしょう。ですから、とても残念で、だって毎子をひとり置いて死ぬなんて……」

千登勢は悲しそうな目をして宙を見つめた。「あれは、毎子が総合商社に就職して二、三年経った頃でした。毎子がはにかんだ顔で言ったんです。『お母さん、紹介したい男の人がいるの』って。毎子の勤めている会社は社内結婚が多いんです。男性社員は忙しいうえに海外出張も多いものですから、なかなかよその女性と知り合うきっかけがないからだと聞いていました。だからいずれは毎子もそうなるのだろうと思っていました。一流商社ですから男性はエリート揃《ぞろ》いです。ですから親としては安心していられる勤め先だったんです。ところが」

千登勢はそこで言葉を区切った。

暗い目をして溜め息をつく。「あろうことか、毎子はビルの窓拭《ふ》きに来ていた男性にひと目惚れしたんです。それが羊太郎です。当時は今のように、正社員になるのが難しい時代ではありませんでした。ですから、清掃会社のアルバイトをしていると聞いただけで、結婚どころか交際すること自体も大反対でした。でも、私も夫も顔には出しませんでした。頭ごなしに反対するのはまずいと直感的に思ったんです。小学校から聖パウロ女子大の付属に通わせていましたから、男性に対する免疫がないのだろうと夫と話しました。心配だったからこそ、相手の男性にも会っておこうと決めました。そうとも知らず、毎子は意気揚々と羊太郎を家に連れてきました。思った通り、彼は……」

そこで千登勢はふうっと息を吐き、ワインの入った吸い飲みを引き寄せた。唇を湿らせる程度に吸う。赤い液体が吸い口の透明な管を上っていくのを私は黙って眺めた。

「羊太郎は思った通り、女性の目を引く外見をしていました。背が高くてがっしりしていて目力があるんです。そのうえ無口だからか、なんだか寂しげにも見える。女の子がときめくのがわかる気がしました。そういった男性、よくいるでしょう。先生の周りにはいませんか？　なにかこう、心の中に複雑な物を抱えて苦悩しているように見えるのに、実は中身はカラッポで何も考えていない男性」

「ああ、いますね、そういう男の人」

私は学生時代のサークルの仲間を何人か思い出した。

「羊太郎と話をしてみると、将来の展望も計画もないし、社会問題にもまったく興味のない軽薄な男だとすぐにわかりました。しかし毎子も毎子です。定職についていないような男と結婚しようとする子供っぽさが、親としてほんとに情けなかった。あのとき毎子は二十四歳だったんですが、まるで思春期の中学生みたいでした。社内の男性がきちんとしたエリートばかりだったせいか、毛色の変わった羊太郎に魅力を感じたんでしょうね。あの当時、私は毎子のことを、恋をした若い娘がのぼせあがっているだけだと思っていたんです。舌の根も乾かないうちに、すぐにまた違う男性を好きになるだろうと楽観していました。それにちょうど、毎子の同級生は結婚ラッシュに突入していました。毎子も披露宴にちょくちょく呼ばれていましたから、彼女らがそうそうたる経歴の持ち主と結婚していくのを見ていれば、毎子もきっと考え直すだろうと思っていたんです。羊太郎と別れた当初はつらいでしょうが、そのうち社内恋愛でもすれば、羊太郎のことなんてすっかり忘れるだろうって。いつの日か、当時を振り返ってみたとき、どうしてあんな男を好きになったりしたんだろう、親の言うことを聞いて正解だったと思える日がきっと来るはずでした」

そう言うと、千登勢は苦しそうに咳《せき》をした。顔に疲労が滲《にじ》み出ている。今日の午後は夫が見舞いに来ていたから、おちおち昼寝もできなかったのかもしれない。

「念のため、聴診器を当てさせてください」

そう言うと、千登勢のパジャマの胸のボタンをひとつはずした。鎖骨《さこつ》がくっきりと浮かび上がるほどに痩せている。

「雪村さん、もう声に出してお話しにならなくて結構です。心の中で話してください」

「えっと……それは、どういう意味でしょうか」

「心の声が私には聞こえるんです」

「まさか先生、その聴診器を通して、とか？」

目の周りは隈《くま》で黒くなっているが、千登勢はちゃめっ気のある目をして尋ねた。

「そうなんです」

「それは面白いですね」

千登勢は気を遣っているのか、無理してフフフと声に出して笑った。

「あのう……信じられないとは思うんですが」

私が真剣な顔をしているからか、千登勢も顔から笑みを消した。「もちろん信じられません」

「じゃあ、ためしに心の中で何か言ってみてください」

「は？　はあ、じゃあ何か……何を言おうかしら。声を出さずに、ですよね」

「ええ、声に出さずに」

「えっと、それでは……」

――ドビュッシーの『アラベスク』が聴きたい。

「私もドビュッシー大好きなんですよ。仕事でつらいことがあったときに聴くと、気持ちが落ち着くんです」

「えっ」と言ったきり、千登勢は絶句している。

「『アラベスク』も好きですが、私は『月の光』も好きなんです」

「信じられない。本当に聞こえるなんて……」

「雪村さん、このことは秘密ですよ。誰にも言わないでくださいね」

「もちろんです。先生、秘密は墓場まで持っていきますから安心してください」

千登勢は真顔で応《こた》えた。平常なら信じられないようなことでも、死期が近づいた人々の中には、藁《わら》にも縋りたい気持ちで超常現象や奇跡といったものを信じようとする人がいる。千登勢が簡単に信じたのは、そういったこともあるのかもしれない。

彼女は安心したように目を閉じ、心の中で語りだした。

——先生、聞こえてますか？

「はい、聞こえてますよ」

——私も主人も、羊太郎との交際をやめるようにはっきり言いました。恋というものは、反対されればされるほど燃え上がるものです。だから、親に隠れてこそこそつき合うようになるんじゃないか、駆け落ちするんじゃないかと心配でした。でも杞憂《きゆう》でした。というのも、羊太郎の方からあっさり離れていったからです。そのことがショックだったみたいで、毎子はしばらく落ち込んでいました。その後は浮いた話もなく、平穏な年月が流れていきました。先生、あの当時は今と違って、女性は二十代後半ともなると嫁《い》き遅れと言われた時代だったんです。ですから私ども夫婦は焦りました。見合い話もいくつかあったんです。それなのに、『ママ、もう忘れたの？　羊太郎と結婚できないなら一生誰とも結婚しないって言ったでしょ』と毎子は言い、決して見合いをしようとはしませんでした。とはいえ、さすがの毎子も三十歳の誕生日が近づけば焦り出すだろうと思っていたんです。それなのにまったく焦ることもなく、外見も性格も地味だからか男っ気もないままに、あっという間に三十歳を過ぎてしまって……あれよあれよという間に年を重ねて、今年四十六歳になりました。同級生の中には、もうすぐ子供が結婚するなんていう女性もいるんですよ。先生、いったい私たち夫婦は、毎子からどれだけ多くのことを奪ってしまったんでしょう。私の時代は、結婚して子供を産み育てるのが当たり前でしたから、そこから得るものを、ことさら語る人はいません。でも今になって振り返ってみると、家庭を持って一家を切り盛りしていく中から、たくさんの苦労や喜びを経験しました。そういうことを通して女性は賢くなっていくんです。家族が快適に暮らしていく上での工夫だとか、将来設計を見据えた家計のやりくりだとか、家庭を持つとたくさんのことを否応なく学びますからね。

「あら、ごめんなさい。先生は独身でしたね」

千登勢は目を開け、慌てたように言った。「でも先生は医師という立派なお仕事をされていますから、同じ女性といえども私や毎子と同列には考えられません。毎子は女子大の英文科を出ただけの平凡な女性です。仮に私が先生みたいに女医さんだったら結婚はしなかったと思いますよ」

気を遣ってくれているらしい。千登勢の世代から見ると、三十三歳にもなって独身でいる私は、職業がなんであれ、〈かわいそうな女〉なのだろう。

「先生、私だって結婚しなきゃよかったと思ったことは今まで数えきれないんですから。世間のおばあさんを見てくださいよ。夫が亡くなった途端、みんな生き生きしだすじゃありませんか」

「ハハハ、確かにそうですね」

千登勢にこれ以上気を遣わせずに話を進めるため、私は屈託なく笑ってみせた。

「毎子と仲の良かった同級生たちは……」

そこまで言うと、千登勢は目を閉じて心の中で語りだした。

――彼女らのほとんどが一流企業に勤める男性と結婚して専業主婦になりました。そして、結婚、妊娠、出産と次々に人生の大イベントを経験していきました。子供がハイハイしただの、立って歩いただの、七五三だの、小学校に上がっただの、おけいごとやら塾やら運動会やら学芸会やら受験やら……もう盛りだくさんです。そりゃあ楽しいことばかりじゃなかっただろうとは思いますよ。だって中年以降は、夫たちが子会社へ出向させられたり、挙句に会社を辞めて転職したり、外資に吸収合併されたりと、様々な憂き目に遭った例が少なくありませんもの。順調に出世コースに乗れた夫は少ないと聞いています。ですから、結婚さえすれば人生バラ色なんてことはないし、苦労の多い人生になるかもしれません。ですが、毎子はそういったことを何ひとつ経験しないまま自宅と会社を往復する日々が淡々と続くうちに歳《とし》を取り、この頃では目尻《めじり》に皺《しわ》ができました。友人の中には、ノンちゃんのように、子供が三人もいるのに脚本家として成功している女性もいるんですよ。もちろん結婚なんかしなくても仕事に生きがいを感じているとか、恋人を取っ替え引っ替えして楽しんでいるとか、独身の女友だちがたくさんいて頻繁に連絡を取りあって旅行にでかけているとか、そういったことでもあればまだいいのですが……。

「先生、いま私、不良娘みたいなことを言いましたでしょ。恋人を取っ替え引っ替えだなんて」

千登勢は目を開けて私を見ると、苦笑してみせた。「自分の口からこんな不謹慎な言葉が飛び出すようになろうとは、つい最近まで思いもしませんでしたよ」

再び目を閉じると、小さな溜め息を漏らした。

——癌が体中に転移していることがわかってからです。人生は一度きりなんだから、人に迷惑をかけない限りは、どんどん積極的に楽しんでいいんじゃないかと思うようになったのは。毎子が品行方正なんかじゃなくて不良娘だったらどんなによかっただろうと、勝手なことを思うようになりました。そうなんです。羊太郎との恋愛が、毎子にとって人生最初で最後の相思相愛だったんです。今さら何を言っても始まらないことはわかっています。でも末期癌を宣告されてからずっと、後悔が一瞬たりとも頭から離れなくて苦しいんです。考えたって仕方がないのに、一日中頭の中を堂々巡り。だけど先生、ひとことだけ私にも言い訳をさせてください。どこの親でも、自分の娘が羊太郎みたいな男と結婚したいと言い出したら反対するんじゃないでしょうか。羊太郎本人だけじゃなくて親兄弟もろくでもない連中ばかりだったんですよ。

「相手の御家族にもお会いになったことがあるんですか？」

心の中で尋ねてみると、目を閉じたままの千登勢はうなずいた。

——羊太郎の家をひとりでこっそり見に行ったことがあるんです。そのとき……。

私の脳内にも駅構内の情景が広がった。きっと夏だろう。半袖《はんそで》のワンピース姿の千登勢がぼんやりと見える。

——降りたことのない駅だったので、まごついておりますと、偶然にも女学校時代の上級生に出会ったんです。私は学生時代、軟式テニス部に入っておりました。彼女はそのときの先輩で、勉強も運動も校内で一番という優れた人でした、そのうえ美人ときていますから、下級生の憧れの的でした。お父様が有名な漢学者で、矢口伽羅《やぐちきやら》という、当時としては異色の名前だったことも、下級生の思慕の心を一層くすぐりました。下級生はみんな伽羅様と呼んで慕っていたんです。

私の頭の中に、すらりとした年配の女性の姿が浮かんだ。きっと、千登勢が今思い出している光景だろう。

──伽羅様は、顔の皺こそ増えましたけれど、相変わらず華やかでした。『よく私だとわかりましたね』と言うと、『だってあなた、世も末みたいな暗い顔して歩いてるんですもの。誰だって目が行くわよ』と伽羅様はおかしそうに笑ってから、私の顔を心配そうに覗き込みました。知性と包容力のある雰囲気が、女学生の頃とちっとも変わっていませんでした。だからか、恥を忍んで私どもの事情を聞いてもらいたくなったんです。そしたらなんと、伽羅様は羊太郎を知っているというのです。伽羅様の息子さんと羊太郎が中学のとき同級生だったというじゃありませんか。羊太郎の家族は、PTAの中でも噂の一家だったというのです。父親は飲んだくれで、雨の降る日には仕事に行かずに酔っぱらってばかりいるし、羊太郎の兄と弟は早くから暴走族に入っていたそうです。でも羊太郎だけは、暴走族には入らず、かといって部活もやらず、勉強もできなかったし、なんだか覇気のない子供という印象しかないと伽羅様は言いました。そのあと伽羅様に案内されて、羊太郎一家が住むアパートの近くまで行ってみました。

私の頭の中にも、古いアパートが浮かんできた。最近はあまり見かけなくなったが、鉄製の外階段がついていて、刑事ドラマなどで貧困の象徴とされているような、木造モルタル塗りの二階建てだった。道路を挟んだ向かい側には、それとは対照的な威風堂々としたレンガ調のマンションが建っている。だからか、羊太郎一家の住むアパートの老朽化が一層目立った。

——向かいのマンションには、伽羅様のボランティア仲間の主婦が住んでいました。そのリビングの窓から、羊太郎のアパートが正面に見えたのです。あの一家は、世の中にカーテンというものがあるのを知らないのでしょうか。

あかあかと電灯のついた部屋が、まるで見てくれと言っているみたいに、夕闇《ゆうやみ》迫る中に浮かび上がっている。部屋の中はこれでもかというくらい物が散乱していた。

——片づけるとか掃除をするといった習慣がないとしか思えませんでした。先生、その部屋を見たら、どんな母親だって結婚には反対すると思いますよ。それに、その当時、兄弟は三人とも揃いも揃って高校中退で定職に就いていませんでしたしね。私は一層暗い気持ちになってマンションを出たんです。まだ夕飯の買い物を済ませていないという伽羅様と駅に向かって一緒に歩いていると、伽羅様はいきなり立ち止まり、前方に顔を向けたまま、私の脇腹を肘《ひじ》でつっきました。そして大きな声で、『あらあ、羊太郎くんのお母さん、こんにちは』と前方から来る女性に挨拶したんです。向こうは、意外にも落ち着いた物腰で挨拶を返しました。私はその数秒間に、羊太郎の母親を観察しました。そうですねえ……真面目な女性に見えないこともなかったです。苦労が顔に滲み出てるっていうんでしょうか、小柄な痩せた身体に目尻の皺が深くて、化粧もせずおしゃれもせず、なんというのか、薄幸を絵に描いたような人でした。

「先生、私ね」

千登勢は目を開けた。「この二十年余り、毎日のように自分に言い聞かせて自分を慰めていたんです。仕方がなかったのよ、あんな男と結婚させるなんて考えられないことだったじゃないのって。育った環境が違いすぎて苦労するに決まってるって。結婚に反対したのは間違いじゃなかったんだって」

「私もそう思いますよ。娘さんの結婚に反対なさったのは無理もないって。それなのに、どうして今それほどまでに後悔なさっているのかが、正直言って私にはわからないんですが」

千登勢は自分が末期癌だとわかってから、考えが根本的に変わったのかもしれない。人生はこんなにも短いのだから、誰しも思ったように生きればいいと悟った、ということだろうか。

「喉《のど》が渇きました」と、千登勢は唇を湿らせる程度にワインを舐めた。「先生、実は主人にも話していないことなんですが、あれはいつだったかしら、羊太郎がテレビに出ているのを偶然見たんです。『成功者に聞く』というトーク番組、先生もご存じでしょう？」

それは有名な長寿番組で、ゲストで呼ばれることが、財界人のステータスになっていると聞いたことがある。

「パリッとスーツを着こなした羊太郎が画面に映ってるじゃありませんか。昔のだらしない面影なんて微塵《みじん》もありませんでした。それどころか、スポーツマンタイプといってもいいくらいです。笑顔が爽やかで清潔感があって。こんなこと言いたくないんですが、要は、とっても素敵だったんですよ」

千登勢の息が荒くなってきた。

「声に出さなくて結構ですよ」と私が言うと、千登勢は目を閉じ、再び心の中で語りだした。

──先生は〈お菓子の安売り王〉というお店をご存じでしょうか。彼はなんと、あのチェーン店の社長なんです。創業者なんですよ。全国に五百店舗もチェーン展開していて、中国と香港と台湾にも店があるそうです。日本に観光に来る中国人や東南アジアの人々は、家電製品だけでなく、お菓子もどっさり買って帰るらしいですね。羊太郎はずっと以前から袋菓子に目をつけていたらしいんです。先見の明があったんでしょう。聞いたところによると、羊太郎には子供が三人いて、その全員が有名大学を出て、弁護士だったか税理士だったか……はっきり憶《おぼ》えていませんが、ともかくそれぞれ立派な職業についているんです。毎子がつきあっていた当時、彼は高校中退で職を転々としていて、見るからにだらしのない男でした。そんな男が、あれほどの変身を遂げるとは誰が想像したでしょう。それとも、見る人が見たら彼の将来性を見抜けたんでしょうか。そのとき私は思ったんです。彼の良さを見抜けなかったのは私たち夫婦だけだったんじゃないかって。当時から芯《しん》のある頭のいい男だったに違いないんです。家庭環境があんなだったから、子供の頃は学習意欲が湧《わ》かなかっただけのことだったんでしょう。今さら気づいてもどうしようもないですけどね。とはいえ、やっぱりどこの親だって反対したと思うんですよ。自分の娘は女子大を出ているのに、相手は高校中退なんですよ。そりゃあ今の時代なら、少しは違っていたかもしれません。なんせ大学を出ても就職がないだとか、学歴よりも語学力や特技が必要だという時代ですからね。でも当時は学歴が人生の分かれ目といった時代でした。その番組では、羊太郎の弟も取材の対象でした。弟は上海支店を任されていて、そこでも大成功を収めていました。兄だけはなぜか羊太郎の仕事は手伝わずに、別の仕事をしていたようです。飲んだくれだった父親は、既に亡くなっていましたが、晩年は羊太郎のお蔭で贅沢な暮らしを満喫できたようでした。母親は羊太郎に建ててもらった大きな家で、ずいぶんと優雅な暮らしをしていました。極めつけは羊太郎の妻です。楚々《そそ》とした美人で、丁寧にゆっくりとお話しなさる。シックなワンピースに、アクセサリーと言えば小さな真珠のペンダントひとつだけ。品のある微笑みといい、まるで皇族のようでした。しかるべき家のお嬢様に違いありません。どういう家柄かを自慢しないところが、また奥ゆかしいじゃありませんか。私どもはね先生、羊太郎から毎子を無理やり引き離したあと、彼がストーカーになりはしないか、恨んで家に火を点けたりはしないかと警戒していたんですよ。セコム？　もちろん契約を強化しましたよ。笑っちゃいますでしょう。心の中で日に何度も叫ぶんです。毎子、許してちょうだいって。夫を置いて私が先に死んでいくことも本当に申し訳なくて涙が出ます。夫は家事が一切できない人ですから、この先も毎子がずっと面倒を見て行かなきゃなりません。昔の男の人って、みんな頑固でプライドが高いでしょう。歳を取れば人間が丸くなるかと期待していたら大間違いでした。逆でしたわ。どんどん意固地になっています。今はまだ夫も元気ですが、なんといっても七十八歳ですから、これから先は病気もするでしょう。

千登勢はそう言うと、目を閉じたまま吐息をひとつついた。

——あれは確か毎子が三十歳の誕生日を迎えた春でした。夫が会社の部下を家に連れてきたことがありました。ずんぐりむっくりした、度の強い眼鏡をかけた男性でした。偶然を装うという演技くらいすればいいのに、『毎子、お前はこいつと結婚しろ。こいつは東大出のエリートだ』と強制的に結婚させようとしたんですよ。夫も娘の行く末が心配だったんでしょう。娘によかれと思ってやったことなんでしょうが、あのことで毎子と夫の関係が一層ぎくしゃくしてしまいました。あれからずいぶん経ちますが、夫と娘の間には、ついぞ打ち解けた雰囲気が戻ってきていません。もちろん毎子も大人ですから、夫が話しかければ、表面上は穏やかに応えていますが、心の中の溜まりに溜まった恨みのようなものが見え隠れするときがあるんです。一瞬の冷たい目つきとでも申しますか。薄い微笑みが嘲笑《ちょうしょう》に見えることもあります。もちろん夫は気づいていないと思いますよ。人の顔色なんて見ようともしなくなって何年も経ちますから。ああ毎子、本当にごめんなさい。あなたの人生を台無しにしたうえに、お父さんの世話まで押しつけることになってしまって……。

千登勢は悲痛な面持ちで天井を見つめ、ぽろぽろと大粒の涙をこぼした。ティッシュを差し出すと、千登勢は「先生、取り乱してしまって恥ずかしいです」と言いながら涙を拭いた。「財産を残してやれるのが、せめてもの償いです。成城の家は、売れば二億円は下らないでしょう。夫が亡くなったら売りなさいと毎子には言ってあります。預金もありますから、なんならお局様呼ばわりされるような会社を辞めて、それこそ海外旅行でもすればいいんです。でも、夫は丈夫な人ですから、あと十年や二十年は生きるかもしれません。それを思うと胸が塞《ふさ》がります。先生、私……」

声は掠《かす》れていたが、訴えかけるような面持ちだった。「毎子に謝りたいんです。でも、そうしたところで過去が取り戻せるわけじゃない。それどころか、毎子に向かって『あなたの人生は失敗だったのよ』と言ってるのも同然ですから、謝ることなんてできません」

千登勢は吸い飲みを傾け、ワインをまた少し舐めた。

「雪村さんのお気持ち、よくわかりました」

「先生、ありがとうございました。聞いていただいて少し気持ちが晴れました」

その言葉とは裏腹に、表情には翳《かげ》りが見えた。

翌日曜日、午前中に千登勢の夫が見舞いに来た。

聴診器を当てる私の横で、マリ江が点滴の袋を新しいのと取り替えている。水分補給の点滴だけで、痛みを取る以外の治療はしていない。苦しい思いをして二、三日長く生き延びたところで仕方がないから、延命治療は一切しないでほしいと、千登勢本人からも言われていた。

「先生、すみません。見舞いの時間帯じゃないのに、うちの主人たら」

千登勢が力ない声で謝る。

「ほんとすみませんねえ、先生。歳を取ると朝早く目が覚めてしまいましてね」

千登勢の夫は医者には一目置く人間なのだろう。しかし、その医者が若い女性とあっては、尊敬の気持ちと、それとは相反する舐めきった目線が入り混じり、ぎこちない愛想笑いとなって現われている。

「あなたももう歳なんだから、毎日見舞いに来てくれなくてもいいのよ」

千登勢は夫の健康を気遣うような言い方をしたが、思いきり眉間に皺を寄せている。

「遠慮するな。俺は暇だからいいんだ。それより、ここんところ毎子の帰りが遅いんだよ。本人は残業だと言うんだが、酒の匂《にお》いがする日もある」

途端に、千登勢の表情が明るくなった。娘の日常が、会社と家との往復だけでないことに、救いを見出《みいだ》したのかもしれない。

「何時に帰ってきてもいいじゃありませんか。毎子にだってつきあいがあるでしょうよ。もうあの子も四十半ばなんですから、高校生みたいに門限を設けたりするのはくれぐれもやめてくださいよ」

「毎子の心配などしとらん。俺のメシはどうなる」

「近所のコンビニにお弁当を買いに行ったらどうですか」

「そんなかっこ悪いことできるか」

「じゃあ出前でも取ればいいじゃないですか。お寿司《すし》でも鰻《うなぎ》でも」

「その手があったか。鰻重か……」と言うと、夫はごくんと生唾《なまつば》を飲み込んだ。

「先生、そろそろ時間が」

苛ついた声に振り返ると、マリ江がこちらを睨んでいた。

「先に戻っていいですよ」と言うと、マリ江は不審そうな一瞥《いちべつ》を投げて病室を出て行った。

「あなた、毎子にあんまり世話をかけないでくださいね」

「世話なんてかけてないさ」

「毎子はお勤めしてるんですよ。あなたの食事を作るのだって大変なんですからね」

「わかってるよ」

「たまには料理を褒めてやってくださいね」

「薄味で食べた気がしないんだよ」

「何を言ってるんですか、あなたの血圧を気遣ってるんですよ」

「俺のこと、年寄りだと思ってるんだ。豆腐と魚ばっかりだよ」

「だって事実、年寄りでしょう」

「俺がステーキが好きなのは毎子だって知ってるだろ」

千登勢は呆《あき》れたように大きな溜め息をついた。

「お願いですから、なるべく毎子に頼らないで、自分でできることは自分でやってくださいね」

「窓ガラスが汚れてきたんだよ」

急に話が変わった。

「は？」と、千登勢が悲しげな表情で夫を見つめた。

「土日くらいは家にいて窓ガラスを磨けって毎子に何べん言っても出かけやがる。あいつ、この頃ちょっとおかしいぞ」

千登勢の呼吸が荒くなってきた。

「大丈夫ですか？」

私が千登勢の胸に聴診器を当てた途端、千登勢の声が耳に響いてきた。

――おかしいのは毎子じゃなくてあなたの方でしょう。でも……そういう夫にしたのは私かもしれない。やっぱり悪いのは私なのね。

これ以上夫が病室に留まると、千登勢は一層ストレスを溜めるに違いない。

「お疲れのようですから、そろそろお休みになった方がいいと思います」

私の言葉に促され、夫はしぶしぶといった感じで椅子から立ち上がり、「また明日来てやるからな」と言い置いて病室を出ていった。

こんな我儘《わがまま》な父親と二人で暮らしている毎子の苦労を考えずにはいられなかった。もしも毎子に夫や子供がいたならば、手伝いの手が多少なりとも増えるかもしれないし、父も娘婿の手前、遠慮もあって状況も変わるのではないか。そう考えると、千登勢の後悔も理解できる気がした。

医局へ向かう途中、毎子と廊下ですれ違った。父親が帰っていくのをどこかで見張っていたとしか思えないタイミングだった。そういえば、毎子と父親は同じ家に住みながら、二人連れ立って見舞いに来ることがない。必ず時間をずらして現れる。家での会話もほとんどないのだろう。

会釈しようとしたが、毎子は心ここにあらずといった浮き立った感じで、母親の主治医である私に気づかずに通り過ぎてしまった。すれ違ったとき、微《かす》かに香水が匂った。そのうえ、今日は珍しく派手なピンク色の口紅をつけている。何か生活に変化があったのだろうか。

次の当直の夜、私は千登勢の病室をノックした。

「あら、先生」千登勢は力なく微笑んだ。

「お気遣いありがとうございます」

「途中で具合が悪くなったら言ってくださいね」と言いながら聴診器を当てる。

「先生、あの扉はなんですか？　扉が風でぱたぱた揺れて、いかにも誘うような感じ」

目を閉じて聴診器に意識を集中させると、白い扉が現われた。

「あれは過去へ通じる扉です」

「まさかタイムマシンみたいに、ですか？」

「そうです」

「聴診器といい、過去への扉といい、おとぎの国に迷い込んだみたい」

「雪村さんは人生をやり直したいと思っておられますか？」

「そりゃあもちろん。そうなったら、もう二度と毎子の結婚に反対しません」

「では扉の向こう側へ行って、過去をやり直してきてください。途中でこちらの世界に戻りたくなったときは、心の中で『戻りたい！』と叫べば戻れます」

「それじゃあ……騙《だま》されたつもりで、思いきって私、行ってみます」

そう言った途端、千登勢は扉に吸い込まれるようにして消えてしまった。

目を開けると、病室の中は静まりかえっていた。私はもう一度目を閉じ、心の中で呼びかけた。

――雪村さん、大丈夫ですか？　どこにいるんですか。返事をしてください。

――先生、こっちです。

扉から顔だけ出して千登勢が手を振っている。

——先生のおっしゃる通り、こっちの世界では、人生をやり直せるみたいです。

千登勢は嬉々《きき》としていた。目を凝らすと、立派な調度品の置かれた広いリビングが見えてきた。

ここはどこなの？

あら、ここは自宅のリビングじゃないの。

「ダメだと言ったらダメなんだよ」

大声に驚いて隣を見ると、夫の吾朗《ごろう》が眉間に皺を寄せて毎子を睨んでいた。夫は五十代半ばくらいだろうか。顔にはまだ老人性シミもできておらず、それほど太ってもいない。

「よく考えてみろ。あんな男と結婚してどうやって喰《く》っていくんだ。子供ができたらどうやって育てるんだ。そもそも、きちんと大学を出て正社員として働いている毎子が、どうして定職にも就いていない男と結婚しなけりゃならないんだよ」

コーヒーテーブルを挟んだ向かい側には、目に涙を溜めた毎子が黙ったままうつむいている。肌に透明感があって若い。

「あのな毎子、相手の親に会ったことあるんだろう。どう思った？　母さんから聞いてるぞ。無教養で下品な家族だって」

「そういう言い方やめて。ああ見えてもいい人たちなんだから」

「狭いオンボロアパートに親子五人でひしめきあうように住んでるんだってな。お前とは育ちが違いすぎる。苦労するに決まってるじゃないか。それに、あんな連中と親《しん》戚《せき》になることを考えただけで俺はぞっとするよ」

「お父さんやお母さんに迷惑はかけません」

毎子は涙を手の甲で拭い、毅《き》然《ぜん》とした態度で応酬した。「彼は今はアルバイトだけど、きっとそのうちちゃんとした仕事を見つけられると思うし、私だって働いてるんだから大丈夫だよ」

「あいつは月にいくら稼いでるんだ？」

「今は十万ちょっとだけど……」

「要は、女のヒモになって食っていくつもりなんだろ」

「そういう言い方しないでってば」

「定職にも就いていないのに、よくも結婚しようなんて言えるな。軽薄な証拠だよ」

「彼が言ったんじゃないわ。私から結婚してって頼んだの」

「お前ってやつは……二十四歳にもなって、これほど世間知らずだとは」

夫が大きく溜め息をついた。しかし次の瞬間、夫は気持ちを入れ替えようとでもするように座り直し、落ち着いた調子で尋ねた。「もっと具体的な話をしよう。結婚したらどこに住むんだ？」

「彼の家の近くのアパートを借りるつもり。あそこらへんは東京の中でも家賃が安い方だから」

「いくらぐらいだ？」

「十万円くらい」

「月に十万円しか稼いでない男と結婚して、十万円のアパートに住むのか？」

夫が鼻で嗤う。しかし、目は真剣そのものだった。わざと嘲笑してみせたのだろう。そのことで、この結婚が客観的に見ればどれほど馬鹿げたことであるかを、毎子に感じ取ってほしいに違いない。なんとかして娘の心を翻させようと必死なのだろう。

私は、夫の横顔をしみじみとした思いで見た。まだこの頃の夫はまともだったらしい。いったい、いつ頃から我儘放題になったのだろう。周りの空気を読もうとしなくなり、そのうち一方的に命令するだけで会話も成り立たなくなっていった。

「狭い１ＤＫなら五、六万円くらいからあるって聞いてるわ」と毎子も必死だ。

「五万円？　そんなのは、地方から出てきた学生が住むようなところだろ。そこにいつまでいるつもりだ？　たとえば子供ができて小学校に行くようになっても、そこに住むのか？　まさか中学生や高校生になっても、その狭い1DKにひしめき合って暮らすつもりなのか？」

「まさか。1DKは最初のうちだけよ。子供ができたら広い所に引越すに決まってるでしょ」

「引越す？　金もないのに？　どうやって？」

「だから何度も言ってるでしょ。彼だって、いつまでもアルバイトのままじゃないんだってば。そのうちドカンと大きいことやるんだって本人も言ってるし」

「ドカンと？　お前ってやつはどこまで馬鹿なんだ」

夫が怒るのも無理はない。まるで小学生と話しているようだ。毎子は鋭い嗅覚《きゅうかく》で、羊太郎の才能に気づいている。だが、彼の商才をこの時点でうまく説明するのは難しいのだろう。とはいえ、いくらなんでも「ドカンと大きいこと」などという幼稚な言い方では、誰をも説得することはできない。私はやきもきしながら聞いていた。

「母さんも黙ってないで何とか言ってやりなさい」

夫はいきなりこっちを振り返った。助け船を出してほしいらしい。「当然、母さんも反対なんだろ」

「いえ、私は……」口ごもると、夫と毎子は驚いたように私を見た。

「お母さんは賛成してくれるの？」毎子が期待を込めた目を向ける。

「馬鹿、そんなわけないだろ。母さんは呆れてものが言えないだけだ」

「羊太郎と結婚できないなら、私、一生誰とも結婚しないから！」

毎子はそう言って、涙を溜めた目でこっちを睨んだ。

ああ、この場面だ。

何度も何度も夢に出てきたこの光景。

——毎子ごめんなさい！　あなたの一生を台無しにしてしまって——

夢の中でうなされて、何度夜中に目が覚めたことだろう。

「あなた、そう頭ごなしに反対するのもどうかと思うの」

「何を言ってるんだ。お前も大反対だったじゃないか。いったいどうしたんだ」

「羊太郎さんは、ああは見えても実は芯はしっかりしてるんじゃないかと思えてきたんです。大器晩成という言葉もありますし」

夫が訝《いぶか》しげな顔をしてこちらを覗き込む。「アルバイトを転々としていると聞いていたが、本当はそうじゃなかったのか？」

「いえ、それはそうなんですけど、だけど将来もこのままとは言えませんし」

「何が言いたいのかさっぱりわからん」

「ですから、たとえば、有名な作家の中には、過去にアルバイトを転々とした経験が役立っているという人もいますでしょう」

「作家？　やつは小説家になろうとしているのか？」

「いえ、そういうわけでもないんですが」

「じゃあ、どういうわけだ？　さっきからわけのわからないことばかり言って」

なんと説明すればいいのかわからないのだから仕方がない。羊太郎の未来を知っているなどと正直に言ったら、頭がおかしいと思われる。

「賢い毎子が選んだ男性ですから、間違いないのではと思うんです」

毎子は黙ったまま両親のやりとりを真剣な表情で追っている。

「千登勢、いったいお前はどうしてしまったんだ？」

一旦《いったん》落ち着こうとでもするように、夫は冷めたお茶をごくりとひと口飲んだ。「どうして急に考えが変わったんだ。俺にわかるように説明してくれないか。千登勢は俺に何度も言ったよな、毎子は小学校のときから女子大の付属に通っていたから、男に免疫がなくて変なのに引っかかったんだって」

「ええ、言いました。でも、実はそうじゃなかったんです」

「というと？」

「毎子は、彼と結婚できないなら一生誰とも結婚しないとまで言ってるんです。その気持ちは本当なのよね、毎子」

「うん、本気だよ」と毎子は力強く言った。

「そこまで覚悟を決めている人間に対して、親といえども反対する権利があるんでしょうか」

「そりゃあ法律上は親といえども権利なんかないさ。だけど、自分の娘がみすみす不幸になるのを見逃すなんてこと、俺には到底できない」

「不幸になるかどうかなんてわからないじゃないですか」

そう言うと、夫は不思議な物でも見るかのように私を見た。「もう一度聞くけど、何がきっかけで考えが変わったんだ？」

それは未来を知っているからです、羊太郎は商売で大成功を収めるんですよ、そして私たちが無理やり別れさせたら、毎子は生涯独身を通してしまうんです、などと言えるわけがない。

「毎子を信用してみようと思ったんです。毎子には人を見る目があるように思えて」

夫は黙ったまま腕組みをして宙を見つめた。

「あなたの会社にも、学歴はなくても優秀な人がいっぱいいるじゃないですか」

夫の世代は、男性の一割しか大学へ進学しなかった時代である。夫は大手証券会社に勤めているが、当時は都市銀行でも大手保険会社でも高卒の人間がたくさん勤めていた。

「俺の同期の山内《やまうち》や渡辺《わたなべ》や松木《まつき》のことを言ってるのか？　彼らは経済的理由で進学で

きなかっただけで、優秀なうえに努力家だ。こんな豊かな時代に育ったのに、不良になって高校を中退する怠け者とはわけが違う」

「ですけど、今の時代でも学校に飽き足らなくて中退して立派に成功する人もいます」

「それはほんのひと握りの才能のあるヤツらだけだ」

「だから、羊太郎さんはそのうちのひとりなんですよ」

「は？　どうしてお前にそれがわかる」

「それは……直感です」

怒鳴るかと思ったら、夫は微かに首を傾げて静かにお茶を飲んだ。この頃の夫は、まだそれほど短気ではなかった。亭主関白ではあったが、私のことを「女にしてはしっかりしている」と言い、妻の意見にも耳を傾けてくれた。

「あなた、毎子に任せてみたらどうかしら。会社できちんと仕事もしていますから、人を見る目も養われているはずですよ」

夫は黙って茶を啜《すす》っている。なんといってもかわいいひとり娘だ。毎子の涙は応《こた》えるのかもしれない。

この頃の夫は、サラリーマン人生の中で最も充実していた時期を過ごしていた。横浜支店長となり、給料も十分すぎるほどもらっていた。成城の大きな家は、夫の父親が買ってくれたものだから住宅ローンもなく、節約せずとも預金がどんどん貯まっていった。定年退職したら夫婦であちこち旅行をしようと約束をしたのもこの頃だ。

しかし、定年退職してから夫は変わった。町内会も趣味の会も、どこにも馴染《なじ》むことができなかった。エリートコースを歩んできたからか、自分ではそんなつもりはなくても他人から見ると態度が尊大なのである。あちこちで他人と衝突し、孤立していった。ずっと専業主婦だった私は、茶道教室や俳句教室の友人たちと、旅行や観劇を楽しむ日々だったが、「女がそんなに出歩くもんじゃない」と夫が文句を言い始めてから外出しづらくなり、ストレスを溜めていた。暇を持て余した夫が「旅行なら夫婦で行けばいいじゃないか」と言い出し、スーパーやデパートにもついてくるようになり、挙句は私の通う茶道教室と俳句の会にも入会したいと言いだした。教室に夫がいることを想像しただけでぞっとした。夫が入会するのなら私は脱会したい。押し問答の続いたある日、溜まりに溜まった怒りが爆発してしまい、「女ばかりで行動する方がよほど楽しい」とつい本音を漏らしてしまったことから、夫は更に意固地になっていった。

そこから更に二十年近くの歳月を経て、夫は短気になり、ますます頑固になった。人の話は聞かなくなり、自分に非があっても他人を平気で怒鳴りつけ、交通ルールさえ守らなくなった。私が末期癌で入院を余儀なくされてからは、毎子はこんな偏屈な父親の世話をしながら会社に通っている。ひとりっ子だから毎子ひとりに負担がかかる。やはり、どんなことがあっても羊太郎と結婚させなければならない。羊太郎は三人兄弟で、数年後にはそれぞれが結婚し、子供にも恵まれるはずだ。しっかりした親族が周りにいるだけでも、いざというとき安心だ。

数日後、夫は折れた。「千登勢の直感に賭《か》けてみることにしたよ。実は俺、人を見る目には自信がないんだ」

「意外なことをおっしゃるのね。会社では、採用試験の面接官をやることもあるんでしょう？」

「だから自信がないんだよ。今まで俺が推した中で、とんでもない新入社員が何人もいた。真面目そうで、はきはきしていて、どこから見ても好青年と思えた大学生が、入社してみたら、実は無気力な人間だったり、常識外れだったり、新人研修が終わった途端に会社を辞めたり……それはもう散々な目に遭ってきたんだよ」

「知りませんでした。そんなことがあったんですか」

「俺と違ってお前は勘が鋭い。お袋の食が細ったのを見て胃癌の検査を勧めてくれたときもそうだった。それに、バブルのときに北海道の土地を不動産屋に勧められてハンコを押す直前に、なんだか怪しいと言って止めてくれたのも千登勢だった。お前がいなかったらまんまと沼地を買わされるところだったよ」

夫はいろいろと言うが、本当は、もうこれ以上毎子の涙を見るのがつらいのだろう。

両親に結婚を認めてもらった毎子は、一気に華やいだ。人間とはつくづく不思議な生き物だと思う。目が生き生きとして、肌が美しくなった。笑顔でいることが増え、とげとげしいところがなくなった。それまで黒っぽい洋服ばかり着ていたのに、明るい色を好むようになり、パンツ一辺倒でなく、少し短めのシフォンのスカートなども穿《は》くようになった。化粧まで変わった。それまでは眉墨と口紅だけの、三分で済むような簡単なものだったのに、今では夜はパックやマッサージをして、朝はファンデーションをつけたあと頬紅を刷《は》き、マスカラは念を入れた重ね塗りだ。顔も性格もあんなに地味だったというのに。

自分に自信を持つようになると、女はこうも輝きが増すらしい。

「先生……」

千登勢は目を開け、口を開いた。「こんなに幸せそうな毎子を見るのは初めてです」

目が落ち窪《くぼ》み、更に衰弱したように見えた。

「それなのに無理やり羊太郎と別れさせて、私はなんて罪深い親なんでしょう」

「雪村さん、そんなに自分を責めないでください。だって本当に好きなら、親の反対を押しきってでも結婚する人はざらにいるじゃないですか」

「いいえ、先生」

千登勢は私の言葉を遮った。「時代が違います。先生はお若いからご存じないかもしれませんが、あの頃は今と違って親の言うことを聞かざるを得ない雰囲気があったんです」

もうこれ以上、夢の続きを見せない方がいいかもしれない。混濁する意識の中で夢を現実と勘違いして安らかに亡くなっていく患者もいて、それを千登勢にも期待したのだが、時期尚早だった。千登勢はベッドから起き上がれないほど衰弱しているとはいうものの、まだ頭はしっかりしている。なかなかこういった秘密の時間が持てないからと焦ってしまったのがいけなかった。

「先生、続きを見せてください」

私は躊躇《ちゅうちょ》した。このまま続きを見せたら、安らかに死ねるどころか、後悔がもっと重くのしかかるに決まっている。

「先生は気にしないでください。これは私自身の問題なんです。毒を食らわば皿まで、ですよ」

そう言って自嘲気味に笑った。上品でかよわそうに見えても肝が据わっている。年齢を重ねてきた強さなのか。それとも死期を前にした覚悟なのか。

「それより先生、お時間は大丈夫なんでしょうか？」

心配そうに尋ねて、壁にかかった時計を見る。

「大丈夫です。私がこの部屋に入ってから、まだ五分も経っていませんから。では、さっきと同じように扉の向こうへ行ってみてください」

私は千登勢の胸に再び聴診器を当てた。


私たち夫婦と毎子は、六本木の料亭にいた。双方の家族が顔合わせをする日である。羊太郎一家五人は十五分も遅刻してきたくせに悪びれる様子もなく、ぞろぞろと入ってきた。父親の正夫《まさお》などは酒の匂いをぷんぷんさせている。しかし、夫は怒りを顔に出さず、丁寧にお辞儀をした。「本日はお世話になります」

家で見る夫とは違い、長年の会社勤めで鍛えられた社会性を前面に出し、微笑みさえ顔に載せていた。夫の憤りを敏感に感じ取っているのは妻の私だけだろう。のっけから嫌な気分にさせられたが、娘の嫁ぎ先だと思えば、険悪な雰囲気になるのは避けたかった。

「それでは、羊太郎くんのお父さん、乾杯の音頭をお願いします」と夫が言うと、羊太郎の父親はグラスから唇を慌てて離した。既にひとくち飲んでしまっていたらしい。

「うちの主人は、あらたまった席での挨拶なんか苦手ですから、雪村さん、お願いします」

羊太郎の母親のノブが、申し訳なさそうに言う。

「でも、ここはやはり花婿側のお父さんじゃないと」

「うちは、そんなことにこだわっておりませんし……」とノブが言いかけると、「じゃあ、乾杯！」と正夫の捨て鉢な声が響いた。ごちゃごちゃ言ってないで早く飲ませろといった、ふてくされたような顔をしていた。

襖が開き、小鉢に入った料理が一品ずつ運ばれてきた。色鮮やかな器に少量の煮物が品よく盛られている。羊太郎三兄弟は、賀茂茄子《かもなす》の煮物をまるで麺《めん》でも啜るかのように、ずるずると音をさせて食べ始めた。千登勢は思わず毎子を見た。こういう下品な食べ方をする男をなぜ好きになれるのだろう。私なら、それまで憧れていた男性であっても、この瞬間に嫌いになる。

いや、そういう早計なところが私の悪いところだ。『成功者に聞く』に出ていた羊太郎は立派な紳士に変貌《へんぼう》していたではないか。親が気づかない間に、毎子は学歴や育ちなどで人を判断しない立派な女性に育っていたのだ。親として喜ぶべきことだ。

「毎子、結婚式はどこでやるんだ？」

くちゃくちゃと咀嚼《そしゃく》する音だけが聞こえる中、夫が尋ねた。

「羊ちゃんとも相談したんだけど、簡単でいいと思ってるの。だって、たった二時間やそこらの披露宴で何百万円も使うなんて馬鹿馬鹿しいじゃない」

「ほんと申し訳ありません」

突然、ノブが畳に頭をこすりつけんばかりにして謝った。「うちではそんなお金、とてもとても……」

「やだ、お義母《かあ》さんたら、私はああいうの好きじゃないからいいんですよ」

既に〈おかあさん〉と呼んでいるらしい。娘が姑と仲良くしてくれることは母親としては安心だが、娘を取られたようで寂しくもあった。

「ひとり娘ですから、それなりの支度はしてやりたいと思っています」

夫が箸を置いて続けた。「結婚式と新婚旅行の費用はうちで持ちますから」

「それは、いくらなんでも……」とノブが消え入りそうな声で言う。

私も夫と同意見だった。親としては花嫁衣装くらい着せてやりたい。門出を祝ってやりたいのは親心である。

「甲斐性のない息子で申し訳ありません」

ノブはそう言って小さくなっているが、その隣に座っている父親はと見れば、何食わぬ顔で手酌でどんどんビールをグラスに注《つ》いで飲みまくっている。

その帰り、タクシーの中で、「先が思いやられるな」と夫がぽつりとつぶやいた。

「大丈夫ですよ。きっとうまくいきますよ」

「やけに自信があるんだな」

「ええ、まあ」

「そうか……千登勢がそう言うなら、そうかもな」

夫はつらそうな横顔を見せ、窓の外に目をやった。

簡単でいいと毎子が言っていた割に、披露宴は盛大だった。夫が「請求書はこっちにまわせばいいから、毎子たちの好きなようにしなさい」と言ったからだろうか。東京でも三本の指に入る有名な結婚式場で、招待客は百人を超えていた。羊太郎側の出席者が七割を占めた。親戚が多いらしい。彼らは何日も飲まず食わずだったのかと思うほど、ものすごい食欲を見せた。

「いやあ、今日は豪勢だな」

「それにしてもこのパン、いくらなんでも硬すぎねえか」

羊太郎側の親族は揃いも揃って声が大きかった。いちばん後ろの私たち夫婦のテーブルにまではっきりと聞こえてくる。

「こんな古いパン出しやがって、よう、そこのネエちゃん」

「お客様、それは今朝焼いたフランスパンでございまして……」

「なんだか知んねえけど俺はヤマザキパンの方が好きだね」

「あれはふわふわしててうまいよな」

「お前らタダで食わせてもらって文句言うなよ。それにさ、ここ飲み放題らしいぜ」

「ほんとかよ」

フレンチのコース料理だったのだが、彼らはゆっくり味わうことなく、ボーイが料理を運んでくると、一瞬にして平らげた。

「皿ばっかりでかくて、中身これだけかよ」

「この緑色のタレは何でできてんだ？」

「タレじゃなくてソースっていうんだよ」

「てめえ、ハイカラなこと知ってるじゃねえか」

新郎側のテーブルだけが盛り上がっている。

夫はと見ると、暗い表情で、ほとんど料理に手をつけていなかった。

「吾朗ちゃん、どうして毎子をあんなのと結婚させたのよ」

夫の姉が顔をしかめて夫の脇腹をつつく。同じテーブルには夫の姉夫婦と兄夫婦が座っていて、その全員が非難の目を私たち夫婦に向けていた。

「腹《はら》ボテだから仕方がなかったんだろうさ」

義姉の夫が呆れ顔で言う。彼は大手ゼネコンの重役である。

「いえ、妊娠はしていないんですが」と夫は言いにくそうに言った。

「だったら、どうしてよりによってあんな家に嫁がせるんだ?」

学究肌の夫の兄が尋ねた。帝都大学の工学部の教授をしていて、一般企業で働いた経験がないからか、世俗にまみれていない純粋な目で、夫を不思議そうに見つめた。

「ねえ千登勢さん、あなたはああいう種類の人間とつきあっていけるの? お嬢様育ちのあなたには無理なんじゃない?」

教授夫人である義兄嫁《あによめ》が心配そうに尋ねる。

「義姉《ねえ》さん、ああ見えても新郎は芯の強い人間なんです」

「悪いけど、私は親戚づき合いはしないわ。今日一日だけで勘弁してもらうわよ」

夫の姉がきっぱり言うのも無理はない。羊太郎の輝かしい将来を知らないのだから。

「千登勢さんて苦労知らずだもんね」と夫の姉が馬鹿にしたように言う。

「お前だって同じだろ」

夫の姉は、自分の夫に突っ込まれてぺろっと舌を出した。「だけど、品はなくてもお金だけはあるようね。こんなに豪華なお式をあげられるんだから」

「向こうのお父様は町工場か何かを経営なさってるの? この前テレビでNASAから注文が来る下町の工場を特集してたわ」と義兄の妻が言う。私たち夫婦に助け船を出したつもりなのだろう。

「あらすごい。宇宙船の部品を作ってるの？　ねえ吾朗ちゃん、お式の費用は両家折半なんでしょう？」と夫の姉が当然のように尋ねる。

「それは……もちろん、だよ」と夫は答えながら、私の方をちらりと見た。

その夜、夫は帰宅後、ひとこともしゃべらなかった。

✚

私は千登勢の胸から聴診器を離した。

「今日はこれくらいにしておきましょう。顔色がよくないですから、お休みになった方がいいです」

時間は短くても、過去十年分を一分で見ているのだから、過度な意識の集中で、ぐったり疲れてしまうのだろう。聴診器を通して同じ夢を見ていた私も疲れを感じ始めていた。

「先生のお手すきのときでいいので、是非続きを見せてください。まだ毎子の輝かしい未来を見てないんです」

切なそうな目を向ける。

輝かしい未来を見てどうするのだろう。現実と比べて余計落ち込むだけではないか。

「ここまできたら最後まで見届けたいんです。来週でも再来週でもいいですから」

千登勢に来週や再来週が来る保証はなかった。

「そこまでおっしゃるのなら……明日の夜、また来ます」

医者といえども患者の命の灯《ともしび》が消える日を的確に推測することはできないが、それでもう長くはないだろうと思われた。


翌日の夜、私はまたしても千登勢の病室にいた。

「先生、来てくださって、ありがとうございます」

千登勢が微かに笑って言うその唇は乾いていた。

私は、千登勢の好きな赤ワインに脱脂綿を浸けて唇を拭いてあげた。

「ああ……芳醇《ほうじゅん》な香り。気持ちが落ち着きます」

「さあ、目を瞑って扉を開けてください。今夜は納得のいくところまで人生をやり直してくださいね」

夢を見るには体力が必要だ。かなり衰弱してきている様子から、今夜で最後にした方がいいだろうと私は判断していた。

聴診器に意識を集中させると、山茶花《さざんか》の生け垣に囲まれた庭が見えてきた。

ここはどこ？　私は周りを見渡した。ああ、ここは自宅の庭だ。

私は花壇の前にしゃがんでいる。手には小さなスコップを握っていた。

「こんにちは」

遠慮がちな声が頭上から降ってきた。驚いて見上げると、隣家の林田《はやしだ》家の主婦が垣根越しに顔を覗かせていた。珍しいこともあるものだ。いつもなら、どんな小さな用事であっても、必ず表玄関にまわって訪ねてくるほど礼儀正しい婦人なのに。

「あのう……」林田さんは言いかけてやめ、目を宙に泳がせた。深窓の令嬢がそのまま年老いたといった感じの物静かな女性だ。

「何か？」私は足もとの土を払い、彼女に近づいた。

「雪村さんのお宅によくいらっしゃる、あの廃品回収業者みたいな方はどなたでございますか？　お知り合いなんでしょうか？」

林田さんは内緒の話でもするかのように、小さな声で尋ねた。決して他人の家のことに首を突っ込んだりするタイプではないことを思えば、よほどの危機感を持っていたのだろう。無理もない。あんな男が、成城の高級住宅街をうろついていたら間違いなく目立つ。

「この辺りは、昼間は家の中に女ひとりだけという家が多ございましょう。宅は小さな孫が小学校の帰りに遊びに来たりするもんでございますから気になりましてね。下町の長屋みたいな小さな家でしたら叫び声なんかも隣近所に聞こえるんでございましょうけれども」

そう言って、心配そうにこっちを見る。「雪村さん、お宅は大丈夫ですか?」

近隣のほとんどの家が、百坪以上の敷地がある。そのうえ防犯設備のしっかりした堅牢《けんろう》な住宅ばかりだ。だから却って、隣家の「助けて!」という叫び声が聞こえづらいかもしれない。

正直に言うしかなかった。見栄《みえ》を張って一旦下手な嘘をつくと、その嘘を貫き通すために、更に嘘を塗り重ねていかねばならなくなる。

「あれは毎子の舅《しゅうと》なんですよ」

林田さんは目を見開いて私を見つめた。

「ごめんなさい。私ったら、なんて失礼なこと……」

彼女は早口で言うと、勝手口へあたふたと消えていった。

結婚式をきっかけに、毎子の実家には金がたんまりあるという印象を羊太郎一家に植えつけてしまったらしい。結婚後、ちょくちょく羊太郎の父親が訪ねてきては金を無心するようになった。

その日の午後も訪ねてきた。彼が来るのは、夫が会社に行っている平日の昼間と決まっている。

「先週、毎子から父の日のプレゼントをもらいましてね」

自分の大切な娘を、こんな輩《やから》に毎子と呼び捨てにされるたび不快だった。この当時でも、舅姑《きゆうこ》が息子の嫁を呼び捨てにする習慣はとっくに終わっていたはずだ。

「毎子が胡蝶蘭《こちようらん》の鉢植えを送ってきましたよ」

夫にも送ってきたから知っている。見事な蘭だった。夫はそれをサンルームに置き、毎日眺めている。まるでそれが毎子の化身でもあるかのように、しんみりした表情で見つめ、今にも話しかけそうだ。毎子のことが心配でたまらないのだろう。

「でね、来年からは花じゃなくて酒か現金にしてもらいたいって言っときました」

「は？」

「だって奥さん、男が花なんかもらったってしょうがないでしょう。うちの女房は母の日にカーネーションをもらいましてね、こんなのもらったの生まれて初めてだなんて言って感激してましたから女ってえのは単純なもんです」

一刻も早く帰ってもらいたかった。同じ空間にふたりきりでいること自体が耐えられない。しかし、毎子の立場を考えると冷たくあしらうこともできなかった。

「困ったことに下の息子がバイクで事故を起こしたんですよ。それでそのう、いろいろと大変なわけなんです」

「おいくらぐらい必要なんですか？」仕方なくそう尋ねると、指を三本立てた。

「三十万ですか？」

神妙な顔でうなずく。「事故は向こうが悪いんでね。バイクの修理代だってあっちが出すべきなんだが、そうすぐには保険が下りないらしいんですよ。もちろん保険が下りたらすぐにお返しにきますけどね」

毎回「すぐに返す」と言うが、今まで一度も返してもらった覚えはない。

事故自体が本当に起こったのかどうかも疑わしかった。しかし近い将来、この一家は成功を収める運命にある。隣家の林田さんだって、人間は外見じゃわからないものだと驚く日が来るはずだ。それまでの我慢だ。三十万円くらいどうってことはない。だが夫には内緒にしておこう。これ以上、夫を傷つける必要がどこにある。夫は羊太郎の輝かしい未来を知らないのだから。


その後、羊太郎の父親の要求する金額はどんどん大きくなっていった。羊太郎は相変わらずアルバイトをしたりしなかったりで、毎子の給料に頼って暮らしている。

リラが生まれ、その四年後に翼《つばさ》が生まれたが、毎子は生活を支えるために正社員のまま勤め続けている。そんな状況下でも、羊太郎は家のことも子育ても手伝おうとしなかった。私は孫かわいさもあって、家事や育児を手伝ってやりたかったのだが、夫に厳しく禁じられていた。ここで手を出したら羊太郎が成長しないというのが夫の考えだった。

会うたび毎子は疲弊しており、心が荒《すさ》んでいくのが感じられた。孫たちは行儀が悪く、成城の家に遊びに来ると、何度注意しても家中を走りまわるのをやめず、花瓶を割っても謝りもしない。それどころか、年寄りを馬鹿にするような態度さえ見せた。

そんな憎らしい孫でも、私たち夫婦は孫が不憫《ふびん》でならなかった。こちらに引き取って、いちから教育してやりたいとさえ思った。幼かったときの毎子のように、ピアノやヴァイオリンを習わせたり、スイミング教室にも通わせてやりたかった。いや、それ以前に、もう少し清潔な衣類を着せてやり、栄養を考えた料理を食べさせてやりたかった。毎子は時間に追われる生活をしているうえに、もともと料理が得意ではないので、できあいの物ばかりで済ませているのではないか。それというのも、うちに遊びに来たときは手料理を御馳走《ごちそう》してやるのだが、孫たちはそれには見向きもせずにお菓子ばかりを食べる。家でもそうなのか、リラも翼も肥満児だった。

その後、いつまで経っても羊太郎は成功しなかった。若いときは女にモテそうな外見だったが、三十代半ばを過ぎるころには、腐った鯖《さば》のようなどろんとした目つきになり、茶色に染めた長髪が汚らしく見えた。

その夏、リラと翼が夏休みの宿題を抱えて二人だけで訪れた。一週間も泊まって行くというので楽しみにしていた。定年退職したばかりの夫が算数をみてやろうとすると、リラが五年生にもなって掛け算も分数もちんぷんかんぷんなのが判明した。夫は大層ショックを受け、学習計画を立てた。

夫が作った学習スケジュール表は、三十分刻みで朝から夕方までびっしりと予定が組まれていた。それを見て、一年生の翼がうんざりした顔で言った。

――勉強なんかできなくたっていいってパパが言ってたよ。成城のじいじはお金持ちだから、いつか遺産がたくさん入って楽できるんだって。じいじとばあばが死んだら、みんなでこの家に引越して来て住むんだよ。

絶句したまま夫と顔を見合わせた。

毎子の人生は、どこでどう狂ってしまったんだろう。『成功者に聞く』というトーク番組は幻だったのか。それでも毎子が、たとえ貧乏でも幸せだというんならいい。しかしどう見ても、羊太郎にはとっくに愛想が尽きていて、結婚を後悔しているのがまざまざと見てとれた。常に苛々していて、リラや翼に当たり散らしてばかりいる。

その翌年、毎子は子会社に飛ばされた。事務職の女性社員が子会社に飛ばされるのは珍しいことだった。毎子に理由を尋ねても、会社の都合だから詳しいことはわからないというばかりだったが、夫がツテを通じて聞き出したところによると、毎子の服装や態度に品がなく、一流企業に相応《ふさわ》しくないと噂になっていたらしい。そんなあいまいなことが本当に原因だったのかは疑わしいが、毎子の勤める一流商社の女性社員といえば、帝都大卒の総合職か、そうでなければ美人の事務職しかいないので、そのどちらでもない毎子は、もとから浮いた存在だったのかもしれない。代議士のコネを使ってまで就職させた高望みへのしっぺ返しが今頃来たのだろうか。

子会社に出向になってから、毎子の給料は激減した。そして、たびたび実家に金の無心に来るようになった。羊太郎三兄弟はといえば、揃いも揃って四十歳を超えてからはアルバイトの口も見つかりにくくなり、「世の中不公平だ、差別だ、俺たちだって金持ちの家に生まれていれば、帝都大だって行けたはず、いい歳して日雇い作業員なんて恥ずかしい」などと声高に言うようになり、ぴたりと働くことをやめてしまった。

そして、私に癌が見つかったときの羊太郎の喜びようといったら……。

たぶんあれでも顔に出してないつもりだったのだろう。「大変ですね」と言って唇の端を歪《ゆが》めたとき、狡猾《こうかつ》そうな目に表われた羊太郎の魂胆――これで老夫婦のうち、ひとりは片づく。残るはあとひとり。もう少しの辛抱で成城の家が手に入る――が手に取るようにわかった。

悲しいのは、毎子までがそういった雰囲気をまとってきたことだ。私たち夫婦が死ぬのを今か今かと待っているかのように、頻繁に実家を訪ねるようになった。毎子の淹れてくれたお茶など恐ろしくて飲めなくなった。いつか私も夫も死んで、財産が毎子夫婦のものになったとしても、あっという間に食いつぶしてしまうのは目に見えている。

中学生になったリラは窃盗で捕まった。ドラッグストアでマニキュアとつけ睫毛《まつげ》を盗んだという。防犯カメラに残った映像から常習犯と判明したらしく、店側が示談で済ませてくれずに警察に通報した。

「言ってくれれば化粧品くらい買ってやったのに」と夫が悲しそうに言う。

「あなた、リラは中学生なんですよ。そもそも化粧なんて」

「それもそうだな。だけど女の子なんだから金欲しさに何をするかわからないだろ」

夫は孫娘が売春でもするのではないかと心配らしい。

「それはそうですけど、だからといって小遣いをやっていたら……」

「そうだよな、きっときりがなくなるよな」

その頃、羊太郎の父からの際限のない借金の申し込みは、夫に隠しきれないほどになっていた。

待てど暮らせど羊太郎が成功する兆しは見えない。

「だから俺は結婚に反対したんだよ」夫が私を詰《なじ》るようになっていった。

今にきっと成功するはず。そんな微かな望みも消えかかっていた。いくらなんでも遅すぎる。もう毎子も四十半ばを超えた。『成功者に聞く』によると、羊太郎は三十六歳で社長になったのではなかったか。あのテレビ番組は、いったいなんだったのだろう。

ある日、夫は毎子に言った。

「毎子、離婚して子供を連れて戻ってこい」

毎子は目を見開いて父親を見つめ、はらはらと涙をこぼした。「ほんとに帰ってきていいの？」

聞けば、ずっと前から離婚したかったという。しかし、親の反対を押しきって結婚した手前、今さら弱音を吐けなかったらしい。

だが、離婚はそう簡単にはいかなかった。羊太郎からすれば金蔓《かねづる》を失うことになるのだから当然といえば当然だ。親権を主張したかと思えば、慰謝料を要求してみたり、別れまいと必死だった。私は考えた挙句、口八丁手八丁の世渡り上手な夫の姉に恥を忍んで相談した。

「ああいうタチの悪い人間に真正面からぶつかっちゃあダメよ。腹立たしいだろうけど、手切れ金を渡した方がいいわ。三百万もやれば判を押すでしょうよ」

たったの三百万でカタがつくとは思えなかった。そんな端《はし》た金など、すぐに使ってしまうだろう。そして、また金の無心に来るのではないか。つまり、離婚後もずっとつきまとわれる。

ああ、もうこんな人生、嫌だ！

そう心の中で叫んだとき、胸の辺りに何かが触れていることに気がついた。

ひんやりとした金属のような物。もしかして先生の聴診器……？

「元の世界に戻してください！」

自分の大声で目が覚めた。目の前にぼんやりと白い物が見える。瞬《まばた》きして見てみると、白衣を着たルミ子先生だった。先生が上から心配そうに私を覗き込んでいる。

「雪村さん、大丈夫ですか？　ここは病院ですよ。現実の世界に戻ってきたんです。人生をやり直すために、扉の向こう側に行ってらしたんですよ」

「……そうでした。思い出しました」

「どうでしたか？　過去をやり直してみられて」

先生はそう尋ねながら、どんな小さな変化も見逃すまいとするかのように、私の顔を観察している。「憑《つ》き物が落ちたような、さっぱりしたお顔に見えますけど」

「毎子の結婚に反対して正解だったようです」

「そうですか。過去をやり直して、相当お疲れになったでしょう」

「疲れました。でも先生、毎子が羊太郎と結婚したらどうなったかを経験できて本当に良かったです。後悔の苦しさから逃れることができました。お蔭で安らかにあの世へ逝けそうです」

そう言うと、ルミ子先生は何度もうなずいて、穏やかに微笑んでくれた。

✚

医局の窓が夕陽《ゆうひ》で赤く染まっている。

ひとり静かに窓の外を眺めながらコーヒーを飲んでいると、岩清水が入ってきた。

「夜な夜な雪村千登勢さんの病室に行ってるんだって？」

マリ江が告げ口したのだろうか。

「いろいろと後悔があるらしくて、話を聞いてあげてたの」

「そりゃあ誰だって後悔はあるだろうさ」

「そう簡単に言わないでよ。死んでも死にきれないほどの後悔なんだから」

「雪村さんは七十代半ばだろ？　だったら小さい子供を残して死ぬわけでもないし、お金に苦労したことがないようにも見えるけどね。いったいどんな後悔？」

「お嬢さんのことなんだよね」

千登勢の事情をかいつまんで話した。知らない間に、患者の気持ちを自分ひとりで受け止めるのが心の負担になりつつあったのかもしれない。誰かに話を聞いてもらうことで、楽になりたかった。それには、口が固くて信頼できる相手でなければならない。岩清水なら大丈夫だろう。少なくとも、患者のプライベートをむやみに口外したりはしない人間だと思う。

「その患者さんの娘は既に四十歳を過ぎてるんだろ？　そんないい歳をした子供をまだ心配しているなんて……」

岩清水は腕組みをして宙を睨んだ。

「母親ってものは、普通はそういうもんなのかな」

「うちの母だって、しょっちゅう電話してきて、あれやこれや注意するもの。鬱陶しくてたまらないよ。もしかして岩清水のお母さんは違うの？　あんまり口うるさくない人なの？　だったら羨《うらや》ましいよ」

「交通事故で死んだよ。俺が高校生のとき」

岩清水は前方を見つめたまま静かに言った。

「それは……知らなかった。あれ？　でも岩清水のお母さんは若くて美人だって噂で聞いたことあるけど」

「それは親父《おやじ》の再婚相手だよ。俺の母親にしちゃあ若すぎる」

意外な思いで岩清水を見つめた。普段の屈託のない笑顔からは想像できなかった。

一点の曇りもない明るい家庭で育ったと思っていたが、どうやら私の勝手な思い込みだったらしい。

千登勢の隣の病室に新しく女性患者が入ってきたのは翌日のことだった。

やはり末期癌の患者で、余命は一ヶ月と診断されていた。また例によって、金は惜しまないから是非ともルミ子先生に診てもらいたいと指名してきたらしい。

「担当の早坂ルミ子です」

「まあ、こんなにお若い先生だとは思いませんでした」と患者は驚いたように言った。

どこから見ても裕福な家の奥様には見えなかった。皺も深く、苦労が滲んでいる。

しかし、広めの１ＤＫの個室は一泊八万円もするし、入院したばかりだと言うのに、むせかえるほどの花束が届いていた。出窓には見舞いの菓子折りが幾つも積み重ねられ、高級な果物カゴがずらりと並んでいる。

聴診器を当ててみたときだ。

――羊太郎が忍《しのぶ》なんかと結婚したのがそもそもの間違いだったのよ。

えっ、ヨータロー？　まさか……。

急いでカルテを見る。そこには、福田《ふくだ》ノブ、八十三歳と書かれていた。

ノブ……羊太郎の母親も、確かノブという名前ではなかったか。そういえば似ている。千登勢に聴診器を当てたときに見えたノブという女性に。

――夫や息子たちを不幸に追いやってしまった。それもこれも、あの鬼嫁のせいだ。ノブはと見ると、天井を睨むように見つめている。

「お加減はいかがですか?」

私が尋ねると、福田ノブははっと我に返ったような表情で「はい、大丈夫です」と答えた。黄疸《おうだん》も出ていないし、貧血もなさそうだ。

「ご気分はどうですか。暗いお顔をなさっていたようですが」

ノブは驚いたように私を見た。「お医者さんが私なんかの気持ちまで聞いてくださるんですか。有り難いです。いろいろと思い残すことがありまして、死んでも死にきれません」

ノブの表情が苦しげに歪む。

マリ江が忘れ物をナースステーションに取りに行った隙に、私は早口で言った。

「福田さん、よかったら心のうちを聞かせてください」

「ほんとですか? でも、ほんとにくだらないことばかりで……」

「どんなことでも話してくださってかまわないんですよ」

「評判は本当だったんですね」

「評判? とおっしゃいますと?」白々しくも尋ねてみた。

「聞いたところによると、先生に診てもらうと安らかに死ねるとか」

「あら、まあ。それは大げさですね。話を聞いて差し上げるだけなんですよ」

そのとき、ドアをノックする音とともに、キャリアウーマン然としたスーツ姿の中年女性が入ってきた。「あら、回診中だったんでございますね。先生、すみません」

そう言って病室を出て行こうとする。

「大丈夫ですよ。もうすぐ終わりますから」

私がそう言うと、女性は品のある微笑みを返し、深々とお辞儀をした。「ありがとうございます。義母《はは》の具合はいかがでしょうか」と尋ねた。

「安定しています」

「そうですか。安心いたしましたわ。義母が是非この病院で早坂ルミ子先生に診ていただきたいと申しますものですから。お義母さま、望みがかなってよろしゅうございましたわね」

この優しそうで品のある女性が鬼嫁だというのか。

数日後の夜、ノブの病室をノックすると、「どうぞ」と落ち着いた声が返ってきた。

「先生、本当に来てくださったんですね」

ノブは嬉しそうに微笑むと、静かな声で話し始めた。「嫁のことを先生に聞いてもらいたいんです。そうです、この前、先生もお会いになった、あの嫁です。私には息子が三人おりまして」

ノブはそう言うと、激しく咳き込んだ。

「声に出してお話しにならなくて結構ですよ。心の中で念じてください。私が聞き取りますから」

私は、ノブの寝巻の胸のところを少しはだけさせて、聴診器を差し入れた。

「念じるというのは？」

青黒い、死期の迫った顔色でノブは掠れた声を出した。

「心の中で思うだけで私には聞こえるんです。信じられないでしょうけど」

「いいえ、信じますよ、先生。この世の中には不思議なことがたくさんありますもの。私の家族だって、そんじょそこらのテレビドラマのストーリーより波乱万丈だったんですから」

「これは魔法の薬です。飲んで下さい」

私は小さな錠剤をひと粒、手のひらに載せてノブに差し出した。

「これを飲めば先生は私の心が読めるんですね」

ノブが微かに笑った気がした。たぶん、そのビタミン剤に見覚えがあったのだろう。それでもノブは信じたふりをしてくれたのか、素直に飲み込んだ。

「じゃあ先生、聞いてください」

私がうなずくと、ノブは安心したように目を閉じた。

――先生、私の息子は上から勇作《ゆうさく》、羊太郎、大吾《だいご》と三人いて、三歳ずつ離れていま す。みんな小学校の頃から勉強はできませんでした。母親の私が悪いんですが、努力するということを教えなかったように思います。そんなこといちいち教えなくても母親が苦労している背中を見て育てば、それなりにしっかり者に育つだろうと思っていたんですが、甘かったです。三人とも揃いも揃って商業高校を中退しました。けれど、三人とも女にはモテました。顔が私に似たんですよ。私はご覧の通り、不細工な女です。ほら、眉が太すぎるし、なんだか男みたいにごつい感じでしょう。これが男となると、結構かっこよくなるんです。だから、それぞれ中学時代から彼女がいましたよ。一度だけ羊太郎が、ああ、羊太郎というのは真ん中の息子ですが、いいおうちのお嬢さんとつきあっていた時期がありました。女子大を出ていて、家は成城にあって御殿みたいだと聞きました。といっても、うちはおんぼろアパート２ＤＫに五人暮らしでしたから、羊太郎の言う御殿というのがどんなものなのかはわかりません。だけど、小学校から聖パウロ女子大の付属に通っていたというから、うちとは比べようもない立派な家なんでしょう。結婚したいなどと言ってましたが、向こうの親が大反対だったので、羊太郎はさっさとあきらめました。羊太郎はまだ若かったし、頭の中はからっぽでも女にはモテましたから、あっさりしたものでした。そのあとすぐに新しい彼女ができたようですが、飽きっぽいのか、モテすぎるからなのか、それとも見かけ倒しだとすぐにバレて振られるのか、その辺は詳しくはわかりませんが、次々につきあう相手が変わりました。数年して羊太郎は忍という女とつきあうようになりました。家に連れて来たので私も会ったんです。それまでつきあってきた女の子を全員知っているわけじゃないですが、その子は、今までのどの女の子ともタイプが違いました。よく言えば繊細とも言えますが、神経が常に毛羽立っているというのか、カミソリみたいといえばいいのか、ともかく鋭い感じの子でした。だけど、そのとき忍はまだ十代だったので、忍の独特の雰囲気は若さから来る痛々しさみたいなものだろうと勝手に思っていました。忍がものすごく頭のいい子だとわかるのは、ずっとあとになってからです。忍は両親を早くに亡くしていて、幼い頃から親戚中をたらいまわしにされて育った苦労人でした。どこの家でも邪魔者扱いされて、施設に入れられたこともあったようです。生意気な性格のせいなのか、どこへ行ってもかわいがられることがなくて、いつも寂しかったんだと思います。だから羊太郎なんかに引っかかったんでしょう。そういう育ちのせいなのか、異常なほど負けん気が強いんです。結婚したとき、羊太郎は二十九歳でしたが、忍は十九歳で既に妊娠していました。先生、二人は十歳も違うんですよ。当然、亭主関白の夫とそれに従う妻という図式を私は思い浮かべました。でも実際は逆でした。今考えると、さすがの忍も若かったんでしょう。まだ男を見る目がなくて、羊太郎の外見や女に手慣れた雰囲気に惚れてしまったんだと思います。忍は結婚してすぐに羊太郎のいい加減さを知って、結婚を後悔したんじゃないでしょうか。それまで羊太郎はアルバイトを転々としていましたが、忍に尻を叩かれてハローワークに通いました。しかし、特技もなければ高校も中退ですし、正社員への道は遠かったようです。その当時はパチンコ屋でアルバイトをしていたんですが、忍が辛抱強くアドバイスをしたお蔭で、珍しく長続きしていました。しかし、忍は羊太郎という男の将来に期待するのを早々にあきらめたようです。自分自身が働かなければ埒《らち》が明かないと思うようになったんでしょう。背中まであった茶髪を短く切って黒く染め直し、駐車場を管理する会社の事務のパートを見つけてきました。そして、乳飲み子を私に預けて働きに出たんです。忍は高校をちゃんと卒業していますし、簿記の資格も持っていますので重宝されたようでした。でもどんなに頑張ったところで、パート主婦を正社員に登用してくれることはありませんでした。しばらくして忍は、安い時給でこき使われることに嫌気が差したと言い、懇意になった出入り業者の紹介で、お菓子問屋に正社員として就職しました。従業員数二十人ばかりの小さな組織でしたが、インターネットを通じての商売でかなり儲けていたようです。忍はそこでパソコンの使い方や経営のノウハウを学んだんです。

忍は二番目の子供を妊娠したのを機にそこを辞め、起業の準備を始めました。区が主催する無料の起業セミナーに通って、熱心に勉強を始めたんです。起業を目指す人に出資金を出してくれる都の制度があるらしく、その審査の書類を忍は何ヶ月もかかって丹念に書き上げました。そして見事に審査を通り、出資金を得ることができたんです。二番目の子を出産すると、またすぐに私に預け、蒲田《かまた》に〈お菓子の安売り王〉という店を構えました。それが一号店です。羊太郎が店番をしたいと申し出ましたが、夫婦共倒れになってはいけないと、軌道に乗るまで忍は羊太郎にパチンコ屋のアルバイトを続けさせました。羊太郎は不満だったようです。たぶん、仕事がつらかったんでしょう。なんせ根性のない男ですから。それでも忍には有無を言わさぬ強さがあり、従わざるを得なかったんだと思います。その後、忍は精力的に店を拡大していきました。いろいろと苦労はあったのでしょうけれど、はたで見ていると、あっという間でした。その間、私も下の孫がやっと小学校に上がり、ほっと一息つけたと思ったら、三番目の孫が生まれて、また育児でフル回転の日々が始まったんです。その頃、私も六十歳を過ぎて三人の子育ては体力的にきつかったんですが、忍の鬼気迫る頑張りを目の当たりにする毎日でしたから、音を上げるわけにはいきませんでした。当時の羊太郎は、パチンコ屋のアルバイトを辞めて〈お菓子の安売り王〉の社長に就任していました。社長といっても名ばかりで、単に忍の指示通りに動いていただけです。それすら羊太郎はうまくこなせないことも多く、毎晩のように忍にこっぴどく叱られていました。

「でもね、先生」

ノブは目を開けて私を見つめた。「忍は金さえ手に入ればいいという女ではなかったんです」

私がうなずいてみせると、ノブは安心したように再び目を閉じた。

――育ちのせいでしょうか、忍は上流社会への憧れが人いち倍強かったんです。マナー教室に通い、微笑み方から箸の運び方まで見事にマスターしました。言葉遣いはもちろんのこと、髪型から服装、爪の先に至るまで上品な女に化けたんです。問題はそこからです。それらを家族全員に強要したんです。でもね先生、私の夫が上品な紳士になれるはずがありません。どう贔屓目《ひいきめ》に見たって、絶対に無理なんです。その頃、忍は私の夫にも小遣いをやってくれていましたから、夫は金まわりがよくなって飲み歩くようになっていました。いつも酒の匂いをさせていたので、忍は常に私の夫に腹を立てていました。私自身は忍の命令通り、立ち居振る舞いや言葉遣いを直すよう努力しました。孫も私のことを「おばあちゃま」と呼んでいましたし、孫の中でも女の子は忍そっくりで、小五にしてレディに化けたんです。それもあって、私も孫に合うように上品な祖母にならなくてはと思うようになりました。私もどうかしてたんでしょう。今考えてみると、ちゃんちゃらおかしいです。その頃、私の顔が見るからに苦労人だというので、皺取り整形をするよう忍に言われました。私はそんなの嫌でしたから、その場で断わりました。一応私も女ですから、きれいになりたいという気持ちがなくはないのです。でも、高価な栄養クリームを顔に塗るくらいのことならいいのですが、いくらなんでも整形まではしたくなかった。誰しも、そこまではしたくないという限界の線がありますでしょう。それに年寄りなんですから皺があったっていいじゃないですか。この皺は人生の勲章なんだって、柄にもないことを忍に言いました。そうしたら、今後は公の場には出ないように言われました。私はもともと社交的な性格じゃありませんし、公の場に出たいなんて思ったこともないですから、苦痛じゃありませんでした。それどころか、若い頃から夫に代わって歯を食いしばって外で働いてきましたから、家にいて専業主婦みたいな暮らしができることに幸せを感じていました。そのうち夫は飲み過ぎが祟《たた》り、肝臓を壊しました。すると、忍は夫を都内ではなくて信州の病院へ入院させてしまったんです。空気がいいからというのが理由でしたが、たぶん嘘でしょう。夫のことを一家の恥だと思っていたらしくて、人目につかないところへ追いやろうとしたんだと思います。知らない土地でひとりぼっちになってしまった夫は、生きる気力を失《な》くしてしまい、まだ七十前だったのに認知症の症状が出始めました。私は夫に苦労させられてきましたが、それでもあんな哀れな姿を見たらかわいそうになりました。だけど、私は多忙を極める忍の代わりに孫たちの面倒を見なきゃいけませんから、家を空けて夫のいる信州へ行くことはできませんでした。お金はあるので、孫たちのために家政婦を雇うことも考えたのですが、忍が家庭に恵まれない育ちでしたでしょう、だから子供の面倒は他人じゃなくて私に見てほしいと言い張りました。子供たちのことを本当に親身になって考えてくれるのは、祖母である私だけだというのです。忍の言うことにも一理ありましたし、私も孫がかわいかったものですから、私は信州には何回か見舞いに行った程度です。そういう意味では、家族の中で私は唯一、忍に信頼されていたのかもしれません。今こうやって病気になっても信州に追いやられることもなく、都心の病院に入院させてくれていますものね。そのうえ無理を言って、評判の高いルミ子先生を担当にしてくれたのも忍の采配《さいはい》です。

それから数年もしないうちに、夫は呆気なく死んでしまいました。飲んだくれの怠け者でしたが、長年連れ添ってきましたから、かわいそうなことをしたとひどく後悔しました。長男の勇作と忍は犬猿の仲でした。勇作から見れば、弟の嫁が偉そうに家長のごとく命令ばかりしているんですから気に入らなくて当然でしょう。ですから忍は勇作夫婦にだけは、商売を手伝わせませんでした。だから一族の中で、勇作夫婦だけが相変わらず貧乏暮らしのままだったんです。勇作は羽振りのいい羊太郎にちょくちょくお金を借りに来ていたのですが、それが忍にばれて、忍は烈火のごとく怒りました。そして羊太郎に勇作と縁を切るよう命じました。その頃の羊太郎は、十歳も年下の忍の言うことを何でも聞くようになっていました。それ以降、勇作から連絡が途絶えて、どこでどうしているのやら今もわかりません。きっと、ろくでもない暮らしをしているんだと思います。勇作を北海道で見ただとか、沖縄で見ただとか、知り合いからいろいろな噂を聞きますが、勇作は私にすら連絡をくれません。私のことを〈忍派〉だと思っているようです。私は忍のお蔭でいい暮らしをしてきました。だけど、家族の絆《きずな》は失われてしまいました。羊太郎も萎縮《いしゅく》してしまって、四六時中嫁の顔色をうかがっています。あれで幸せと言えるんでしょうか。三男は要領がいいので、忍に取り入って支店を幾つか任されていますが、羊太郎と同じで忍の前では卑屈なほど小さくなっています。三男夫婦は高級品を身にまとっていますが、育ちの悪いのを誤魔《ごま》化《か》すことはできません。ちょっとした表情やしぐさに表われてしまうんですよ。なんとも滑稽《こっけい》で憐れなことです。今さら後悔したって始まらないですが、羊太郎を忍なんかと結婚させなければよかったと思います。貧乏でも楽しい我が家、帰ってきたらほっと一息つける家庭を羊太郎にも味わわせてやりたかった。勇作も、死んだ夫も、きっと〈忍派〉の私を恨んでいることでしょう。

「先生」

ノブは目を開けた。「聞いてもらえてすっきりしました。こういうことは、身内に話すことはできません。私がまだまだ長生きできるんだったら、私に『それは違うよ』と言い返すこともできるでしょうけど、もうすぐ死ぬ人間を前に反論することはなかなか難しいでしょう。そのうえ、私の言葉が〈死にゆく人間が遺した言葉〉として、必要以上に重く響いてしまうかもしれませんからね。利害関係のない人で、傷つけることも傷つくこともない、そのうえ先生みたいな知的な人を相手に話せて本当によかった」

そう言って、ノブは涙ぐんだ。「夫の憐れな最期を思うと……それに勇作もどこでどうしているのやら……後悔して夜も眠れないんです」

「じゃあ過去をやり直してみますか？」

私が静かに尋ねると、ノブは悲しそうに微笑んだ。「そりゃあ、やり直せるものであれば」

「目を閉じてみてください」

「えっ？　はい、では……閉じてみますけど」戸惑った表情で、ノブは目を閉じた。

「扉が見えるでしょう」

「あら、ほんとだ。先生、いま見えているものはなんなんです？」

「あれは過去に通じる扉です。思いきって扉を押して入ってみてください」

「先生、それは催眠術の一種ですか？　だったら私には効きません。私は昔から現実主義者のかわいげのない女ですから、催眠術にはかからないと思います」

　そう言ってノブは目を開けて私を見た。

「向こうの世界の十年は、こちらの世界の一分に当たります。だから心配しないで過去をやり直してきてください。こちらの世界へ戻りたいときは、心の中で『戻りたい』とひとこと言えば、すぐに戻れますから」

「……はあ」

「さあ、目を閉じてください」

「そうですか、じゃあ、一応」

　気が進まない様子ながら、騙されたふりをしないと医師に悪いとでも思ったのか、ノブは目を閉じた。私も目を瞑り、聴診器に意識を集中させる。

「さあ、扉を押して！」

「先生がそこまでおっしゃるんなら……ちょっと押してみますけどね」

　私は聴診器を通して、ノブの四角い背中が扉の奥に消えて行くのを確認した。

　ノブがやり直した人生の中での羊太郎は、千登勢がやり直したときとは違っていた。羊太郎は毎子とは結婚しなかった。息子たちは三人とも女にモテるのは変わりなかったが、金がないうえに怠け者だとわかった途端に、女たちは離れていった。あるとき、長男がホストクラブに勤め出したのをきっかけに、弟二人も同じ店に勤め始めた。三人もいるなら金を貯めて協力しあって店でも出せばよさそうなものなのに、三人とも給料を毎月使いきってしまう贅沢な暮らしを送っていた。そのうえ、店長や同僚とも人間関係がうまく築けず、店を転々とした。歳月は容赦なく過ぎて三人とも歳をとり、どことなく薄汚れた雰囲気を醸し出すようになっていった。既にカタギに見えなくなった三人が、揃いも揃ってシケた顔でパチンコ屋から出てきた。そのまま角の弁当屋へ向かい、パートで働いているノブを裏口に呼び出した。図体だけは大きい三人の息子が母親のノブを取り囲んで小遣いをせびったとき、「戻してください！」とノブが叫んで目を開けた。

「どうでしたか？」と私が尋ねても、ノブは呆然と天井を見つめたままだった。「どうもこうも……ほんとに、もう」

「人生はどっちに転んでもプラスもあればマイナスもあるといった感じでしたか？」

「いいえ、とんでもない。嫁の忍には感謝の気持ちでいっぱいです。あれくらいの厳しい躾《しつけ》がなければ常識人になれなかった我が息子たちを情けなく思いますが、でも、よかったんです。私がここにこうしていられるのも忍のお蔭です」

「でも、旦那さんの最期があれでは……」

「いいえ、独身の先生にはわからないかもしれませんが、女っていうのは、飲んだくれの亭主より息子の方が何倍もかわいくて大切ですから、これでよかったんです」

「悔いが残るとすればご長男のことだけですか?」

「勇作は……たぶん、どっちに転んでも大差なかったように思いますよ」

ノブはあきらめたように言った。


その翌日、雪村千登勢が亡くなった。

もう長くはないと毎子と夫には話しておいたので、二人は前日から病院に詰めていた。

「ご臨終です」

私の声が静かな病室に響いたとき、夫は気落ちしたのを隠せないようで、ベッドの傍に呆然と佇《たたず》んでいた。「ご遺体の清拭《せいしき》をしますので、ご家族の方は待合室でお待ちください」

マリ江が言うと、毎子も夫も力ない足取りで病室を出て行った。

その数日後、医局を出て廊下を外来棟に向かって歩いていると、毎子がこちらへ向かってくるのが見えた。入院費用の清算や手続きを済ませてきたようで、胸にたくさんの書類を抱えている。

「ご愁傷様でした。力が及びませんで」

型通りのことを言いながら、私は毎子の表情をそれとなく観察した。毎子はそれほどつらそうには見えなかった。

「先生、私は小学校から大学までキリスト教系の学校に通っていたので、死を悲しむ気持ちがほかの人より少ないのかもしれません」

毎子は私の視線を敏感に感じ取ったのか、言い訳するように続けた。「洗礼は受けていないんですが、死は神に召されることだという意識が心の奥底にあるんです。そりゃあ母が亡くなるのは悲しいですよ。ただ、友人たちを見ていますと、親の介護で苦労している人が少なくないんです。そういう話を聞くたび、母が元気で長生きしてくれるのなら嬉しいですが、寝たきりで長患いされたらと考えますと……」

話の先を促すように、私は無言のまま毎子を見て軽くうなずいた。

「生きていてくれるだけで嬉しいなんていうきれいごとは、やっぱり言えません」

私は今度は大きくうなずいてみせた。すると毎子は安心したのか、少し砕けた調子になった。「それに、めそめそするのは母の望むところではありませんしね」

「そうですとも。今後はお父さまのお世話で大変でしょうけれど、頑張ってください」

私がそう言うと、毎子は一瞬、黙ってしまった。

他人から安易に頑張ってくださいなどと言われて腹が立ったのかもしれない。

「ごめんなさい。私また何かお気に障るようなことを……」

「先生、私は家を出ます。母が死んだらマンション暮らしをしようって決めてたんです。私、若いときに好きな人がいたんです。それで……」

　毎子は言おうかどうか迷うように、宙に目を泳がせた。

「それで？」

「羊太郎と、いいえ、昔の恋人と先月ばったり再会しまして、やっぱり好きだった人は何年経っても好きなんだって自分でも驚きました。だから一緒に暮らそうと思って」

「でも、お相手は結婚なさってるのでは？」

「あら、どうしてわかるんです？」

「えっ？　今のお話だと、毎子さんと同世代の男性かなと、だとしたらきっと……」

「おっしゃる通りです。彼には妻子があります。ですが、彼の奥さんというのが仕事でアジア中を飛びまわっているヤリ手らしくて、年中留守がちなんですって。かわいそうに彼は、『俺は家庭の温かさに飢えてる、君と人生をやり直したい』なんて言うんですよ」

　思い出すたび感激するのか、毎子はうっすら涙ぐんだ。

「だけど、毎子さんはご自分のお父様はどうなさるおつもりですか」

「そんなの知りません。結婚に反対して私の人生を台無しにした人なんか、関係ないですから」

毎子はそう言うと、まるで何かから解放されたように晴れやかに笑った。

そして軽やかにお辞儀をすると、フレアスカートをひらりと翻《ひるがえ》して廊下の角に消えていった。

# 第4章　friend

あれは確か、大学に入学した年だった。

道でばったり出会った純生《すみお》の母は、笑顔を作ろうとして失敗したのか、頰《ほお》が引きつっていた。

――純生くんは元気ですか？

僕がそう尋ねたとき、純生の母はびっくりしたように目を見開いて僕を見た。

――知らなかったのかい？　うちの純生はね……。

言葉に詰まり、うつむいたが、次の瞬間すっと顔を上げ、僕を真正面から見た。

――行方不明なんだよ。あれからずっと。

――あれからって、まさか……。

――そう。高校を中退してからずっと。置き手紙して家出してから、帰ってきてないんだよ。

語尾が震えていたのは、純生が帰ってこない悲しみだけではなく、僕に対する憎しみもあったのではないか。一瞬だったが、涙の滲《にじ》んだ目で僕を睨《にら》んだ気がした。

中学三年生だったあの日、僕が罪をかぶるべきだったのか。

純生にだけ罪をかぶせて、今日まで自分だけのうのうと生きてきてしまった。

✚

目を開けて、聴診器を耳から外した。

患者は八重樫光司《やえがしこうじ》といい、大手建材メーカーに勤めている四十五歳の会社員だ。現在は休職中の身だが、膵臓《すいぞう》にできた癌《がん》が肝臓に転移し、既に末期だ。

１Kの個室は静かだった。

「先生、三十六度三分です」

隣に控えていたベテラン看護師のマリ江が、八重樫の脇の下から体温計を抜き取って言った。

「特に変わりはないですね。ご気分はいかがですか」

「はい、まあまあです」

「気持ちが塞《ふさ》いでおられるようにお見受けしましたが」

「えっ？」と八重樫は、驚いたように私を見上げた。

「何か大きな心残りでも？」

「先生はお若いのによくわかっていらっしゃる。死期の迫った患者を、これまでたくさん診《み》てこられたんでしょうね」八重樫は力なく微笑《ほほえ》んだ。

「八重樫さん、よかったら今度じっくりお話を聞かせてくださいませんか」

「お気遣いありがとうございます。しかし、わざわざ先生に聞いていただくようなことじゃないんです。なにせ中学時代のことですしね。もうずいぶん昔の話ですよ」

苦笑してみせるが、すぐに暗い表情に戻る。

「私みたいな若輩者では頼りないでしょうか？」

「いえ、そういうわけでは……」

無理に勧める類《たぐい》のものではないことは承知している。だが、少しでも心痛が和らげばと思う。自分でなくても、臨床心理士を紹介するのもいいかもしれない。

そのとき、ドアをノックする音とともに、八重樫の妻が病室に入ってきた。

「あら、すみません。まだ回診中だったんですね」

すらりとした美人で、今日もパンツスーツがよく似合っている。さりげないスカーフがおしゃれで、ファッション誌から抜け出てきたようだった。

「かまいませんよ。もうすぐ終わりますから中へお入りになっていてください」

妻は深々とお辞儀をした。「ありがとうございます。いつも主人がお世話になっております」

八重樫の妻は、いつ見ても笑みを絶やさず気丈に振る舞っている。しかし、大黒柱を失う心細さは察するに余りある。専業主婦と聞いているから、経済的にも不安を感じているに違いない。ひとり息子はまだ小学生だ。

妻は持参した紙袋から下着やパジャマなどを取り出し、棚に並べだした。

「僕が死んだあとのことだけど……」

八重樫が妻に話しかけると、「そんな縁起でもないこと言わないで」と妻が遮る。

癌の末期であることは妻も知っているが、最期まで夫を励ますつもりなのだろう。

「いいか、真っ先に保険会社へ連絡しろよ。加入してる保険会社は三社だぞ。全部に連絡するんだぞ。それと、会社の方で遺族に支払われるのは……」

「もう何度も聞いたわ。ちゃんとメモしてあるから大丈夫」

縁起でもないと言ったばかりだが、夫の心配を取り除いてやりたい気持ちもあるのだろう、あとのことは心配無用と言わざるを得ない。微妙にバランスを取りながらの、聞いているこちらまで切なくなる会話である。

「そうか、それならいいが。それと……」

八重樫は眉間《みけん》に皺《しわ》を寄せ、何か言い忘れていることがないかというふうに、宙を睨む。「昨日の夜ふと思いついたんだが、僕が死んだら君のお袋さんを呼んで晴人《はると》と三人であの家で暮らしたらどうだ？　いいアイデアだろう」

私はカルテに書き込みながら夫婦の会話を聞いていた。

そのとき、ドアをノックする音がして、「父さん、具合どう？」と言いながら、ジーンズにTシャツ姿の少年が入ってきた。母親とよく似た整った顔立ちをしている。息子は悲しさを隠しきれないようだった。父親がもう長くはないことを知らされているのだろう。

「晴人、学校はどうしたんだ？」

「今日から夏休みだよ」

「今年は父島に珍しい昆虫を探しに行く約束だったのにな。ごめんな、晴人」

「父さん、いいんだよ、そんなこと」

晴人は泣きそうな顔になった。

「それより父さん、何か欲しい物ない？　食べたいものとか読みたい本とか」

「そうだなあ、特には」

ここのところ八重樫は食欲がなく、けだるそうな様子が続いていた。たまに点滴スタンドを引きずって売店に足を運び、新聞や雑誌を買ったりしているようだが、売店に行くだけで体力を使い果たすといった感じだった。

「欲しい物、何かないの？」

切ない目をしてじっと父親を見つめる。その表情を見て、八重樫は何か頼んだ方がいいと考えたのか、「そうだなあ、あのコーヒーが飲みたいな」と言った。

「どのコーヒー？」

「ほら、前によく母さんが友だちからもらってきたろ。ハワイ土産の」

「ああ、コナコーヒーだね。母さん、手に入る？」

「デパートに行けば売ってると思うわ」

そのとき、背後からわざとらしい咳《せき》が聞こえてきた。振り返ると、看護師のマリ江が不審そうな目を向けていた。「先生、まだ何か？」

もう少し家族の様子を見ていたかったのだが、私は仕方なく病室を出た。

数日後の夜、私は八重樫の病室をノックした。

「はい？　どなたですか？」

部屋の中から訝《いぶか》しむような声が聞こえてきた。

「八重樫さん、具合はいかがですか」

ドアを開けながら尋ねると、枕から首だけを起こしてこちらを見た。

「先生、こんな時間にどうされたんですか？」と驚いたように尋ねる。

「当直ですので、急患がない限り時間があるものですから、見まわりに来たんです」

「そうでしたか。ありがとうございます」

八重樫は安心したように枕に頭を沈めた。「この前は、先生の親切な申し出を断わってしまいましたけれど、実は少し後悔してたんです」

私はベッドの近くの椅子《いす》に腰かけた。

「過去の過ちを誰かに話せば、少しは気が晴れるかもしれないと思い直したんです。でも、誰でもいいわけじゃない。やはり信頼のおける人でないと。となると、お医者さんに聞いてもらえるのは幸運かもしれないと考えたんです。だけど……」

八重樫はそこで言葉を区切り、白けた笑いを片頰に浮かべた。「要は、『あなたは間違っていなかった』だとか、『あのときはあれで仕方がなかったんだ』なんてことを言って励ましてもらいたいだけなんですよ」

「そのお気持ち、よくわかります」

八重樫の言うことは正しいと思う。誰かに心の内の苦しみを吐露し、相手から、あなたは正しかった、精いっぱいやったじゃないか、あなたなりに誠実を尽くしたのだ、あなたは立派だった、いい人生だったじゃないか、そう言って励ましてもらう。結局のところ、心穏やかに死ぬには、それしか方法がないように思う。

「僕ってずるいですよね。だって、もうすぐ死にそうな人間に、『あなたは間違ってた』なんて、面と向かって言う酷な人も滅多にいないでしょう?」

「確かに」

私がはっきりそう答えると、八重樫はハハハと力なく声を出して笑った。

「じゃあこうしましょう。お話がどんな内容であろうと、聞き終わったらすぐに『あなたは間違っていなかった』と力強く言うことをお約束します。だから安心して話してください」

「それは有り難いですね」

八重樫は冗談を言いながらも、話を聞いてもらうべきかどうか迷っている様子だった。私は立ち上がって入り口に近いキッチンの電気を点《つ》けてから、室内灯を消した。ガラスの衝立《ついたて》を通してキッチンの橙色《だいだいいろ》の灯《あか》りがぼんやりと室内を照らす。少し薄暗いくらいの方が、人間はリラックスできる。

「思いついたままお話しください。順序立てて話そうとすると疲れますからね」

「そう言っていただけると気が楽です」

八重樫は吸い飲みの水を少し口に含み、ゆっくり飲み込むと、静かな声で語り始めた。「後悔しているのは親友のことなんです。中学時代のサッカー部の仲間で、クラスも同じでした。僕がキャプテンでゴールキーパー、ヤツはフォワードでした。名前を奈須野純生といいます」

スミオ……以前、聴診器から伝わってきた名前と同じだ。

「途中で具合が悪くなるといけませんから、聴診器を当てさせてください」

八重樫は素直にうなずくと、パジャマのボタンをひとつ外してから、「あれは、中学三年生の秋のことでした」と遠い目をした。

目を閉じてみると、聴診器を通じて、夕陽《ゆうひ》に染まる教室が頭の中に浮かんだ。教室の中に男子生徒が二人いる。ひとりは八重樫だろうか。顔がはっきり見えない。それはたぶん、八重樫が中学時代の自分自身や友人の顔かたちまで、くっきりとは思い出せないからかもしれない。

「放課後でした。美術室には純生と二人だけでした。体育祭で使う看板の準備をしていたんです。二人とも黙々と看板に絵の具を塗っていきました。確か『燃やせ青春の日、二組優勝へ』というような文字のレタリングだったと思います」

不思議なことに、私の胸にまで懐かしさが込み上げてきた。そもそも八重樫と私では世代が違う。それなのに、まるでその場にいたかのように、当時の空気の匂《にお》いまで感じ取れる。

「僕も純生もレタリングに集中していて、教室の中は静まり返っていました。ときどき遠くの方から応援の練習が微《かす》かに聞こえていました。そのとき、隣の美術準備室から物音が聞こえたんです。準備室は、僕たちがいる美術室を通らなくても、廊下から直接入れるドアがありました。日中は美術教師の書斎みたいになっていて、放課後は美術部員の溜《た》まり場になりました。しかし体育祭の準備期間は、どの部活も休みだったので、誰もいないはずでした。最初は気のせいかと思いましたが、やはり気配がする。気になってふと顔を上げると、純生もこっちを見て首を傾《かし》げました。それで、僕らはどちらからともなく、そっと立ち上がって、抜き足差し足で準備室のドアに近づいていきました。なぜ忍び足だったかというと、隣から聞こえてきたのがこっそりとした物音だったからです。美術教師ならこそこそする必要はないし、美術部員なら、うるさいくらい足音をさせて椅子をがたがたいわせるのが常でした。というのも、その年の四月、それまで男所帯だった美術部に新入生の女子が入部したんです。そのせいで、思春期の男どもは同級生の僕から見ても滑稽《こっけい》なくらい、どいつもこいつも浮き足立っていました。だから美術教師でもなく美術部員でもなく、捨て猫か何かが迷い込んだに違いないと見当をつけていました。あの当時、中学校の周りには野良猫が多かったし、僕は動物が大好きだったから、どんな猫か想像するだけで、かわいくてたまらない気持ちになりました。あとで聞いたところによると、純生はネズミかゴキブリだろうと思っていたそうです。ドアに耳を近づけてみると、やはり微かな物音がしていました。純生と僕は、あうんの呼吸で一斉にドアを開けて中に踏み込みました。そしたら……」

　八重樫はふうっと長い息を吐いた。

ドアの向こうに、いったい何がいたのだろう。猫でもネズミでもゴキブリでもない何か。

私は彼の唇を見つめて次の言葉を待った。

「そこに……」

八重樫はまた言葉を区切る。聴診器に神経を集中させると、ひとりの女子生徒が見えてきた。

「そこに爽子《そうこ》がいたんです。僕の初恋の人です。彼女は勉強もできるし運動神経も抜群なのに、控えめで翳《かげ》があり、なんとも気になる存在でした。爽子の家は貧乏でした。父親が亡くなり、母親は病気がちで、小学生の弟と妹がいました。なのに、なんとなく品があるというんでしょうか、顔立ちもそうだし、いつも毅然《きぜん》としているんです」

そこまで話して八重樫は目を開け、ふうっと溜《た》め息《いき》をついた。吸い飲みを手に取り、唇を湿らせる程度に水を飲む。少し話をしただけで、もう疲れが見え始めている。

「八重樫さん、もう声に出してお話しにならなくて結構ですよ。心の中で語りかけてくださるだけで、私にはわかりますから」

「どういう意味でしょうか」

「私には八重樫さんの心の声が聞こえるんです」

八重樫は冗談だと受け取ったらしい。さしておかしくもなさそうにハハハと声に出して笑った。

「嘘《うそ》じゃありません。信じられないかもしれませんが」

「もちろん信じられませんよ」

少し怒りが混じったような表情で私を見る。「先生、気休めにしてはちょっと、そういうの、どうなんでしょう」

叱《しか》られているようで、私は思わず下を向いてしまった。「だって……本当なんです」

「冗談にしてはあんまり面白くないですよ」八重樫の表情に不信感のようなものが表われた。

「嘘はついてません」

「そうですか、そこまで先生がおっしゃるんなら、ちょっと試してみましょうか」

呆《あき》れたような顔をして、八重樫は再び目を閉じた。「僕が今から心の中で言うことを聞き取ってみてください。いいですか、言いますよ」

──純生は左ききでした。先生、聞こえましたか？

八重樫の心の声が、聴診器を通して私の耳にはっきり伝わってきた。

「どうですか、先生。僕がいま心の中で言ったこと、わかりましたか？」

八重樫がにやりと笑って尋ねる。

「ええ。私の叔母も左ききなんですよ」

八重樫は目を丸くして私を見つめた。「そんな馬鹿な……もしかして、僕いま声に出して言っちゃったのかな。じゃあもう一度」

――僕は小学生のとき水族館が好きでした。

「楽しいですよね、水族館。私も遠足で行きました」

八重樫は黙ったまま私をじっと見つめた。「……信じられない」

「でしょうね。実は私もいまだに信じられないんです。八重樫さん、このことは誰にも言わないでおいてもらいたいんです」

「ええ、もちろん……」

八重樫は眉間に皺を寄せて宙を見つめた。「誰にも言いませんよ。だって……とても言えません。もしも言ったりしたら、とうとう脳にまで転移したかと思われるのがオチですから」

八重樫の表情からは驚きが消えないままだ。

「先生、その代わり冥土《めいど》の土産にして、あの世に逝ったら言いふらしますけど、いいですか？」

「ええ、どうぞ」

冗談を言い合いながらも、互いににこりともしない。

私は、この神秘的な現象に畏《おそ》れを抱いていた。きっと八重樫も同じだろう。

「先生、もしかしてその聴診器を通すことで、僕が思っていることや僕の頭に浮かんだ映像なんかもすべてわかってしまうんですか？」

「すべてというわけではありません。八重樫さんが意識して語りかけようとしている言葉が聞き取れるだけです」

「そうですか、安心しました」

本当はすべて見えていたし聞こえていた。嘘をつくことに罪悪感はあったが、下世話な興味から患者のプライベートを知りたいわけではない。この聴診器は治療の一環として役立っている、患者の気持ちを共有できて、元気づけることができる。今まで自分は不用意な言葉で患者や家族の気持ちを傷つけてきた。しかし、これさえあれば患者の本当の気持ちを見逃すことはない。

「八重樫さん、お話の続きを聞かせてくださいませんか」

「はい」

彼は気分を落ちつけるように、大きく深呼吸してから目を閉じた。

――僕と純生は見たんです。爽子が黒革の長財布から、一万円札を抜き取る瞬間を。彼女のすぐそばに美術教師の鞄《かばん》があって、鞄の口が大きく開いていました。驚いて声も出ませんでした。純生だってそうです。振り返って僕たちを見た爽子までが、まるで金縛りにあったみたいに固まっていました。いま思うと、ほんの数秒間のことだったんでしょうが、そのときはすごく長く感じたのを覚えています。次の瞬間でした。爽子ははっと我に返ったように、視線を財布に戻しました。そして信じられないことに、平然と一万円札を何枚か抜き取って、制服のポケットにねじ込んだんです。そして爽子は、静かに部屋を出て行きました。まるで、僕たちがそこに存在していないかのようでした。タッタッタッタと足音が聞こえました。バタバタでもドスドスでもない。タッタッタです。きっと、つま先立って、足音をさせないように細心の注意を払いながら……でも全速力だったと思います。純生と僕は無言のまま準備室を出て美術室に戻りました。体育祭の看板はまだ仕上がっていませんでしたが、どちらからともなく絵の具を片づけて校門を出ました。

僕は盗みを働いた経験はありませんでした。たぶん純生もなかったと思います。だからでしょうか、目の前で起きたことがピンときていなかった。現実のものとは思えなかった。爽子の堂々とした態度は、こちらの見間違いだったのかもしれないと思うほどでした。普通なら慌てて逃げるとか、とんちんかんな言い訳をして誤魔化《ごまか》そうとしたりするでしょう。だって僕らまだ中学生だったんですよ。

きっと、なりふりかまっていられないほど急ぎの金が必要だったんでしょう。彼女は賃貸アパートに住んでいましたから、もしかしたら家賃を滞納していて、追い出されそうだったのかもしれません。しかし、中学生の娘が何万円もの大金を持ち帰ったとき、彼女の母親はどう思ったんでしょう。問い詰めなかったんでしょうか。それはいまだに疑問です。

　その翌日のことです。帰りのホームルームのとき、担任教師の竹内《たけうち》が、僕と純生に職員室に来るように言いました。僕は、窓際の席に座っている爽子をちらりと見ましたが、彼女は窓の外を見ていて、どんな表情をしているのかわかりませんでした。

　純生と二人で職員室に行くと、竹内は奥にある小さな応接室に僕たちを招き入れました。応接室に入ると美術教師がソファに座っていて、僕たちをじっと見つめました。

「そこに座れ」竹内が、いつもより更に威張った態度で命令しました。

　僕たちは言われた通り、ソファに並んで座りました。

「昨日の放課後、おまえら美術室にいただろ。伊藤《いとう》先生の財布から四万円が抜き取られたことは知ってるはずだ」

　向かい側に座った竹内が、ソファから乗りだして言った途端、あろうことか純生は噴き出してしまいました。竹内の言い方が、その当時はやっていたテレビドラマの刑事気取りだったからでしょう。本当は僕もおかしかったのですが、かろうじて笑いを抑えていました。

　竹内は純生を睨みました。「何がおかしいんだ。ふざけやがって」

　竹内は数学の教師でしたが、頭はあまりよくなかった。数学の例題を黒板で解いてみせるとき、教師用の参考書を見ながら書き写すのです。ですから、途中で式が抜けたり、ひどいときには、ほかの例題の答えを書いてしまったことも何度か。そのたびに純生は、間違いを指摘しました。純生には天性の数学的才能があって、全国模試で十番以内に入ったこともありました。もちろん純生に悪気なんてなかった。でも、クラスのみんなが、担任の竹内をプライドばかり高くて本当はたいしたことないヤツだと小馬鹿にするきっかけになってしまった。

たぶん、竹内は純生のことを憎んでいたんだと思います。おまけに、純生はカッコよくて女子にモテてましたし、既に竹内より背が高かった。そんなことも、当時二十五歳で小太りだった竹内には面白くなかったんでしょう。僕はといえば、サッカー部ではキャプテンでしたが、人の上に立つ人間というわけではなかった。単に敵を作らないタイプです。だからまとめ役を任されることが多かった。教師から見ても、中学生らしくて素直な子供だと思われていたと思います。要は、教師の受けがよかったんです。

「正直に言った方が身のためだぞ」竹内は純生だけを見て言いました。

どうして僕を疑わなくて純生だけを疑うのか。不公平だし納得できないと思いました。だけど僕たち二人は、その時点でも、まだことの重大さに気づいていなかった。盗んだのは爽子だと言いたくなかったので、知らぬ存ぜぬで通すしかない。どうしてそのことについて、職員室に行く前に純生と口裏合わせをしておかなかったんだろうと悔やまれます。職員室に呼ばれた理由は想像がついていたっていうのに。

「なに黙ってるんだよ」竹内はまたもや純生の方を見て言ったんです。

そしたら、なんと純生は、「俺が盗みました」と応《こた》えたんです。

びっくりしました。なんてことを口走るんだろうって、純生の横顔をまじまじと見ました。純生は真っすぐ前を向いて、担任を真正面から見つめていました。

——先生、嘘です。純生は嘘をついています！

何度も喉元《のどもと》まで言葉が出かかりました。

——盗んだのは純生じゃありません。犯人は……。

その先を言うことができそうにありませんでした。いや、それよりも僕は、純生の爽子に対する気持ちに衝撃を受けていました。僕だって爽子を犯人として名指しするのは忍びなかった。なにせ中一のときからずっと憧《あこが》れていましたから。しかし、いくら好きだとはいえ、自分が罪をかぶろうなどという考えは微塵《みじん》もありませんでした。だって中三で受験前なんですよ。誰だって内申書に響くようなことは避けたいでしょう。

純生が名乗り出たあと、すぐに僕は無罪放免となり、純生だけがそこに残されました。いま考えると、それもおかしい。普通なら、お前は純生が盗むのを黙って見ていたのかとか、なんで注意しなかったんだとか、見て見ぬふりは同罪だとか、教育者なら言うべきでしょう。

まったく、もう……。

その夜のことです。純生のお母さんが僕の家を訪ねてきました。

――犯人はうちの純生じゃないよ。その証拠にあの子の部屋を隅々まで捜してみたけど四万円もの現金は出てこなかったんだから。

純生が誰かをかばっているか、そうでなければ誰かが裏で糸を引いていると言うのです。どう聞いても、その〈誰か〉は僕を指していました。うちの母親は、最初こそ冷静に応対するよう努力していたようですが、僕が犯人扱いされていることに気づいてからは態度が変わりました。遠慮がちだった押し問答から、激しい言い争いに発展していきました。

――犯人は爽子だよ。

何度そう言おうと思ったことでしょう。しかし、純生が自ら進んで爽子の身代わりになろうとしているのです。ここで僕が真相をバラせば、人の恋路を邪魔するのも同然です。それに、女性のために自分を犠牲にする純生が大人の男に感じられて、強烈な劣等感が芽生え始めていました。自分がガキに思えたんです。純生のお母さんは、いくら話しても埒《らち》が明かないと思ったのか、敵意をむき出しにした表情のまま帰っていきました。

　盗みのことはすぐに全校生徒に知れ渡りました。警察には通報していないはずですから、窃盗事件を知っているのは、少数の人間です。その中で、他人に言いふらす可能性のあるのは誰だろうと考えたとき、竹内の意地悪そうな顔が思い浮かびました。中三の二学期でしたから、僕たちは既に部活は引退していましたが、クラスは同じでしたので純生とは毎日顔を合わせていました。しかし純生は登校してきても誰とも口をきかず、授業が終わるとさっさと帰宅するようになりました。純生とはつきあうなと親に言われたわけでもないのですが、口には出さなくとも母の気持ちがわかっていたので、なんとなく疎遠になってしまいました。

　今になって考えてみれば、あんな狭い町の中では秘密にすることなんてできません。たぶん職員会議にもかけられたでしょうから、教師全員が知っていただろうし、うちの両親や純生の両親も知っています。それぞれが誰かに相談したかもしれない。そう考えれば、内密にすることは無理です。田舎の人間はみんな話題に飢えています。いい噂《うわさ》は全然広まらないけれど、悪い噂はすぐに広まるという典型的な田舎町です。

　純生が急に自分の殻に閉じこもるようになってさっさと下校するのは、盗みがばれたのだから当然の成り行きだとクラスのみんなは受け止めていました。店からジュースを一本盗んだという程度であれば、不良っぽくてかっこいいだとか、スリルがあるだとか、万引きくらいは少年が通過する、取るに足らない悪さだなどと考える人もいるでしょう。だけど財布から現金を盗むのはそれとは違います。純生が頭のいい生徒だっただけに、「僕たちとはちょっと違うヤツ」として少し不気味に感じ始めた。そんな雰囲気が徐々にできあがっていったように思います。

そのうち僕は僕で、受験勉強や塾通いに忙しく、二学期もあっという間に終わり、クリスマスに家族でケーキを食べたと思ったらすぐに正月になり、気づいたら二月になっていて、高校受験本番を迎えていました。

純生が公立も私立も全部だめで、二次募集さえ不合格だったという噂を聞いたときは、三月に入っていました。あんなにも成績優秀だった純生が落ちて、僕と爽子は緑が丘高校に合格しました。僕は純生と一緒に通学できるものだと信じていて、二人してサッカー部に入るつもりだったんです。そもそも僕と純生の仲が悪くなる要因などどこにもない。僕が彼に罪をなすりつけたわけでもない。だから時間が経《た》てば互いに歩み寄って、サッカーを通じてまた仲良くなれるのだと単純に考えていました。僕たちは自分で思っている以上に子供でした。こうなるまで、事の重大さにまったく気づいていなかったんです。

担任の竹内が、純生の内申書にひどいことを書いたという噂を教えてくれたのは、同じクラスの前田《まえだ》穂高《ほたか》でした。純生の父親が関東中を探しまわって、受け入れてくれる高校をやっと探し出したそうです。近県にある、不良の溜まり場と評判の私立の商業高校でした。遠いので寮に入ったと聞きました。それ以来、純生とは町ですれ違うこともなくなり、とうとうそのまま疎遠になりました。

高校二年生になった頃、僕の母がどこからか純生の噂を聞いてきました。高校を中退して寮を出たものの実家には帰っていないだとか、そのまま東南アジアに流れて麻薬の売人になっただとか。頭が切れるだけあって、裏社会で稼ぎまくっているというものでした。まるでテレビドラマの過激なストーリーみたいでした。狭い町には、人のことを面白おかしく言い触らしたがる輩《やから》が多いんです。特に中学時代の純生は頭脳明晰《めいせき》なうえにカッコよくて女子にモテましたから、嫉妬《しっと》心から純生のことをよく思っていなかったヤツらも多かったんだと思います。でも、まったくの嘘ではないのかなと、ちらりと思ったことがありました。というのも、純生の父親が、それまで勤めていた会社を辞めて、近所のスーパーで働きだしたんです。まだ四十代半ばだったと思います。それともうひとつ。純生のお姉さんの結婚が破談になったという噂を聞きました。式場まで決まっていたらしいのに、です。

その一方で、僕は純生には申し訳ないほど順調な人生を歩みました。学校推薦で城南大学へ進み、卒業後はゼミの教授推薦で今の会社に就職しました。もちろん順調といっても、サラリーマンなら誰もが経験するような苦労はたくさんしましたよ。でもまあ、それなりに今日までやってこられました。

八重樫は目を開けた。「先生、今まで僕が心の中で言ったこと、本当に聞こえたんですか？」

「聞こえましたよ。いろいろと大変だったんですね」

そう答えると、八重樫は少し嬉《うれ》しそうな顔をした。「ほんの少し楽になりました。聞いてもらえてよかったです。今さら後悔したところで仕方がないことだとわかってはいるんですけど、なかなか頭から離れなくて」

私は聴診器を外しながら言った。「私にはどうも八重樫さんの気持ちがわかりません。私も純生さんをかわいそうだとは思いますよ。だけど、だからといって、八重樫さんが罪の意識を持つ必要はまったくないと思います」

「そうでしょうか。いくら子供だったとはいえ、純生のことをもっと考えてやるべきだったと思うんです」

「じゃあ八重樫さんはどうすべきだったとお考えなんですか？」

「僕が罪をかぶるべきでした」

「それ、本気でおっしゃってます？　それはどう考えてもおかしいでしょう。実際にお金を盗んだのは爽子さんという女性ですよね？　彼女に自ら名乗り出るよう説得すべきだったというんならまだしも……」

「それはできません。彼女がかわいそうです」

「えっ、かわいそう？　そうですか……」

男というものは、どうしてこうもロマンチックな生き物なのだろう。中学生だったときならまだしも、今は四十代だ。いい歳をした男が……。

それとも、恋心を抱いたのが中学生のときだったから、爽子という女性に対してだけは、今も思春期の純粋な気持ちのままでいるのだろうか。

「できれば中学時代からやり直してみたいです。叶《かな》わぬ夢ですが」

八重樫の気持ちがまったく理解できなかった。自分が女だからなのか、それとも若いからなのか、それとも性格の違いなのか。考え方というものは、こうも人それぞれであるらしい。

仕方がない。そうまで言うなら過去への扉に招待するしかない。心残りをできるだけ少なくしてあの世に旅立たせてあげたい。中学時代の八重樫が罪をかぶった場合、純生と似たような人生になる確率は高い。ガラの悪い高校へ進学し、耐えきれずに退学する。麻薬の売人にまではならないにしても、少なくとも八重樫が今勤めている大手建材メーカーに就職するのは夢のまた夢だ。悲惨な人生を体験することによって、現実の選択がいかに正しかったかを知れば、きっと心安らかに最期を迎えられる。

「僕が罪をかぶっていたら、純生ほど悲惨なことにならなかった自信があるんです」

「どうしてですか」

「中学生だった頃の僕は、大人に好かれる子供だったからです。僕が犯人となれば、担任だって内申書にあんなひどいことは書かないと思いますよ」

「だとしたら、教師としてはあるまじき行為だと思いますけど」

「確かにそうです。でも教師も人間です。生徒に対して好き嫌いはあるでしょう」

八重樫はさらりと言ってのけた。

教師に好かれるタイプだった人間からすれば、それほど大きな問題ではないのかもしれない。しかし、子供の頃から大人に嫌われがちだった私にしてみれば、聞いていてあまり気分のいいものではなかった。

「もう一度お尋ねしますが、八重樫さんはできることなら中学時代に戻って人生をやり直してみたいとお考えなんですね？」

「そうです。やり直せるものならね」

「じゃあ八重樫さん、目を閉じてみてください」

「はい？　えっと……閉じますが」

八重樫が目を瞑《つぶ》ったのを確認してから、私は聴診器を彼の胸に当て、意識を両耳に集中させた。

「遠くに扉が見えるでしょう」

「あれは鉄の扉ですかね。それにしても大きい。西洋のお城のようですね」

「過去に通じる扉なんです」

「過去って、タイムマシンみたいに、ですか？」

「ええ、そうなんです。人生をやり直したければ、扉を押して入ってみてください」

「へえ……」半信半疑なのか、目を閉じたまま首を傾げる。「ですが、人生をやり直すとはいっても、僕の肉体は実際はここにあるわけですから、余命短い僕がもしも途中で死んだら……」

「心配は要りません。向こうの世界の十年は、こちらのたった一分なんです」

「どうしてわかるんですか？」

「実は今までに何度か経験しています。私の患者さんたちは、扉の向こうに行って過去をやり直してきました」

八重樫は目を開け、冗談なのか本気なのかを確かめるかのように、私を凝視した。

「さあ、目を閉じてください。こっちの世界に帰りたくなったら、心の中で『戻りたい！』とひとこと叫べばすぐに帰ってこられますから」

「そうですか……先生がそこまでおっしゃるんなら、じゃあ……騙されたつもりで」

気が進まない様子ながらも、八重樫はもう一度目を閉じた。

私も目を閉じてみると、急に頭がくらくらしてきた。まるで巨大な掃除機に吸い込まれるかのように、どこかへ引っ張られて行く感覚に陥った。

数秒後、大きな扉を見上げる八重樫の後ろ姿が見えてきた。彼は、扉の向こうに消えていった。

深呼吸をひとつしてから、意識を聴診器にさらに集中させると、部屋が見えてきた。向かい合わせになった机が二列並んでいて、私が育った田舎町の役場に似ている。ガラガラと音がする方を見ると、小太りの若い男性が引き戸を開けて入ってきた。風貌からして、あれが担任の竹内だろうか。ということは、ここは職員室か。男の背後には、制服姿の男子生徒二人が続いて入ってきた。顔は紗幕《しゃまく》を通したように、はっきりしない。しかし、ひとりは目鼻立ちがはっきりしているのがわかった。きっと純生だろう。

ここはどこだろう。

僕は辺りを見渡した。見覚えのある顔がたくさんいる。

あれは……中山《なかやま》先生？　その隣は大田《おおた》先生だ。その向かいは佐藤《さとう》先生じゃないか。

みんな中学校時代の恩師だ。

職員室？　そうだ、ここは中学校の職員室だ。

放課後なのか、多くの教師たちが自席に着いていた。仕事をしながらも、こちらをちらちらと見ている。

「こっちの部屋に入りなさい」

威圧的な声の方を見ると、担任の竹内だった。竹内の視線は僕の後方に注がれている。振り返ると、すぐ後ろに純生がいた。

応接室に入ると、ソファに座っていた白髪頭の美術教師がこっちを見上げた。

「そこに座れ」と、竹内が居丈高に命令した。

僕と純生は言われた通り、美術教師の向かいのソファに並んで座った。

竹内は美術教師の隣にどさりと腰を下ろし、睨みを利かせた。

「昨日の放課後、おまえら美術室にいただろ。伊藤先生の財布から四万円が抜き取られたことは知ってるはずだ」

竹内がソファから身を乗りだして言った途端、あろうことか純生は噴き出した。それを見た竹内は、思わず腰を浮かしかけたが、すんでのところで思い留まり、憤りを抑え込んだようだった。拳《こぶし》を固く握りしめた竹内の顔が上気している。

ああ、この場面だ。

確かに竹内の言い方はテレビドラマの刑事気取りかもしれない。でも、ここは笑っていいところではない。それぐらい中学生でもわかる。あの当時、罪を買って出た純生を見て、なんて大人なのだろうと僕は衝撃を受けた。劣等感まで抱いたものだ。しかし、それは間違いだったのではないか。

純生は勉強ができた。理系もできたが文系もできた。特に数学は天才的だった。そのうえ、美術と体育でも才能を発揮した。こんなに賢い純生のすることだから、大人びた行為に違いないと、当時の僕は錯覚したのではないか。いま隣に座っている純生は誰よりも子供だ。勉強はできるのに、空気の読めない世間知らずだ。まだ中学生であることを割り引いて考えても、やはりガキだ。それとも、それが生来の彼の性格で、もともと常識外れで破天荒なヤツなのか……。

誰の目にも、純生は大人を舐《な》めきっているように見えるだろう。日頃は穏やかで紳士的な美術教師でさえ、驚いたように顔を上げ、非難の目で純生をじっと見つめている。美術教師でさえこうなのだから、竹内のような単純な男の逆鱗《げきりん》に触れるのは火を見るより明らかだった。竹内はまだ二十五歳だ。

「何がおかしいんだ。ふざけやがって」竹内が純生を睨んだ。

竹内の表情を見て、僕は息を呑《の》んだ。中学生の頃には気づかなかったが、人を虐《いじ》める喜びで溢《あふ》れているように見えた。もしかして、嗜虐《しぎゃく》的な性向があるのか。

「先生、僕がやりました。すみませんでした」僕はそう言って頭を下げた。

隣に座っていた純生が、はっと息を呑んで、身を固くする気配を感じた。

頭を下げたので、自分の手足が視界に入った。信じられないほど細かった。少年とはこんなにも華奢《きゃしゃ》なものだったか。そう思ったとき、息子の晴人の顔が思い浮かんだ。晴人はまだ小学生だ。晴人は幼くして父を亡くす運命にある。この先、晴人は強く生きていけるのだろうか。残していく息子のことを思うと、思わず涙が滲んできた。

竹内は何を勘違いしたのか、僕の涙を見てふっと表情を和らげた。「八重樫、何か事情があったんだろ？　四万円も何に使ったんだ？」

打って変わって優しい声音になった。現実の世界で純生が名乗り出たとき、竹内はこんなに優しくはなかったはずだ。やはり自分が名乗り出て正解だった。

「あのう……僕の知っている人で、生活に困っている人がいて……」

しどろもどろになる。まさか過去に戻れるなんて思っていなかったから、盗んだ理由まで考えていなかった。

「お前にそんな貧乏な親戚《しんせき》がいるのか？」

八重樫家が平凡なサラリーマン家庭で、そこそこ普通の生活を送っていることを竹内は知っていたのだろう。

「えっと……親戚ではなくて、近所の人です。おばあちゃんと孫の二人暮らしで、いつもぼろぼろの服を着ていて……」

とっさに思い出した。実際にそういう家庭が近所にあった。

「ほう、なるほど。そのおばあちゃんにお金をあげようと思ったのか」

そう言いながら竹内は立ち上がり、腕を組んで僕を見下ろした。

「……はい」

「もうあげてしまったのか？」

「いえ、まだ家にあります。すみませんでした。明日、必ず持ってきて返します」

お年玉預金がそれくらいはあったはずだ。もし足りなかったら、仲のいい従兄《いとこ》に事情を話して貸してもらえばいい。

「だがな、どんな事情があろうと、盗みはいけない」

「はい、本当にすみませんでした」僕はうなだれてみせた。

「伊藤先生はどうお思いですか？」竹内は美術教師に尋ねた。

「鞄を置きっぱなしにした自分にも非があると思ってる。だから、返してくれればいいよ」

こんなにうまくいくとは……。

言い換えれば、竹内が生徒によってこれほど態度を変えるということだ。純生はと見ると、何か言いたそうにしていたが、目が合うと、何も言わずに窓の外に目を逸《そ》らした。あの当時、僕が純生に感じたように、いま純生は僕を大人だと思ったかもしれない。マドンナ爽子に対する僕の愛情の深さに気づいて。

その後、母が学校に呼ばれて注意を受けただけで、竹内のお情けで内密に処理された。盗みのことはクラスの誰にも知られずに済んだ。純生が名乗り出たときと比べてずいぶん違う。

年が明けたと思ったら、あっという間に二月になり、高校受験が始まった。僕は、私立を三校と公立を一校受けた。難関私立一校を除けば、余裕で受かるはずだった。それなのに……結果はすべて不合格だった。まさか、内申書に良くない何かが書かれているのでは？　そう思い、余分にもらっておいた内申書の〈厳封〉の朱印を破った。予感的中だった。そこには〈性行不良〉とはっきり書かれていた。

そんな馬鹿な……。

いや、純生のときはもっとひどいことが書かれていたはずだ。自分だけ何も書かれないとしたら、その方が教師として依怙贔屓《えこひいき》が過ぎる。考えが甘かった。僕は大人に好かれているから大丈夫などというのは、単なる自惚《うぬぼ》れだった。たぶん竹内は僕のことも嫌いだったのだろう。考えて見れば当たり前だ。竹内からみたら、大嫌いな純生と仲のいい生徒など好きになれるはずがない。どうしてそんな単純なことに気づかなかったのか。

三月に入り、二次募集をしていた高校の中でも最も偏差値の低い学校にもぐりこんだ。クラスや部活の仲間が驚いたのは言うまでもない。それがきっかけで、窃盗の噂が学校中に広まった。

純生が心配して何度も話しかけてきた。「八重樫、おまえ、あんな高校に行って大丈夫か？」

大丈夫も何も、もうどうしようもないじゃないか。

純生に声をかけられるたび意固地になっていった。逆の立場になってみて、あのときの純生の頑《かたく》なな態度がやっと理解できた。

純生とは逆に、爽子ときたら一度も話しかけてこなかった。それどころか、廊下ですれ違っても露骨に目を逸らして足早に去っていく。あまりに冷たい。だけど、僕は一年生のときから彼女を好きだったので、気づくと目で追っているという日々は相変わらずだった。悲しくてたまらなかった。でもそのうち、無理もないと思うようになった。だって僕に話しかけて何を言うのだ？　身代わりになってくれてありがとう、とか？　そんなこと口が裂けても言わないに決まっている。彼女はあの窃盗そのものを、なかったことにしたいに違いないのだし、僕に謝ったり感謝したりする言葉を口に出せば、私が本当の犯人ですと言っているのも同然となる。いや、言わなくても爽子が犯人だと僕と純生だけは知っているわけだが……。でも、心の中で感謝していることは間違いないだろう。口に出して言えないだけだ。ひとことでいいから「ありがとう」と言ってくれれば、身代わりになった自分が馬鹿だったと思わずに済むのに。

そんな支離滅裂な気持ちのまま僕が進学したのは悲惨な高校だった。そこは学力が低いだけでなく、心が荒《すさ》んだ生徒の集まりだった。現実の世界で自分が通った緑が丘高校とは比べようもないほど教師の質は低く、やる気も皆無だった。建材メーカーに勤めていた頃の激務を思い出すたび、ここの教師があの建材メーカーに勤めたならば、すぐ馘《くび》になるだろうと思った。

学校には馴染《なじ》めず、友人もできなかった。学習意欲も日に日になくなり、そのうちまったく勉強しなくなっていった。にもかかわらず、校内での成績は断トツのトップだったのが、悪い冗談みたいだった。そのせいで否応なく目立ってしまい、中学時代の事件が尾ひれをつけて学校中に広まった。

――アイツ、本当は緑が丘高校に行ける実力があったのに、盗癖や恐喝のせいで、この高校に流れ着いたらしいぜ。

廊下を歩いているときなどに、不良グループとしばしば目が合うようになった。

――一見真面目そうなのに、実は窃盗の常習犯だってさ。頭がいいだけに知能犯なんだと。

彼らから見ればヒーローに映るらしい。僕に近づきたがっているのは一目瞭然《りょうぜん》だった。彼らの視線を無視し続けていると、馬鹿にされたと思ったのか、徐々に目つきが険しくなっていった。不穏な空気が立ち込めていて、一触即発の状況のように思え、学校に行くのがだんだん恐くなった。それに、学校生活では何ひとつ楽しいことを見つけることができないでいた。どの部活も活気がなく、高校生活において唯一の心の糧《かて》となるはずだったサッカー部は潰《つぶ》れていた。

ある日、退学して大検を受けたいと両親に話した。中学時代の窃盗事件で、ただでさえ母を悲しませていたので、話を切り出すのがつらかった。両親は最初は反対したが、学校での様子を詳しく話すと、母は息子に及ぶ危険を察知したのか、退学を認めてくれた。父はもう少し様子を見たらどうかと言ったが、大学受験に向けて頑張る決意を丁寧に話すと父もやっと納得してくれた。

退学してしばらく経った頃、駅前の本屋で中学時代に同級生だった前田穂高にばったり会った。

「よう、八重樫、久しぶり」

穂高は中学時代からあっさりした優しいヤツで、盗難事件のことにはこだわらず、普通に接してくれた。

穂高は、純生や爽子と同じ緑が丘高校に通っていた。僕は中学を卒業して以来、純生にも爽子にも会っていなかった。会えない分、爽子への気持ちも募っていて、少しでも様子を知ることができればと願った。

「うちの中学から緑が丘に行った連中、みんな元気にしてるか？」

　さりげなく尋ねてみた。

「うん。純生はサッカー部で活躍してる。爽子は入学式当日に上級生から交際を申し込まれたって聞いたよ。高校でもマドンナの地位を確立してる」

「へえ、そうなんだ」

　誇らしいような寂しいような、複雑な気持ちだった。

「純生も女子にモテるだろ」

「それがさ、面白いことに」

　そこで言葉を区切り、穂高はふふっと笑った。「モテる者同士、純生と爽子がつきあっちゃってるんだよね」

「えっ？」

　嘘だろ？

「聞いた話だとさ、マドンナ爽子様の方から交際を申し込んだらしいよ」

「それは……ほんとかなあ」

「ほんとだよ。だって爽子様は中学のときからずっと純生のこと好きだったんだとさ。いいよな、モテ男は」

　そんなことって……。

僕は腕時計を見て忙しいふりをした。平常心を保てそうになかった。「急ぐから、またな」

書店には参考書を買いにきたのだったが、何も買わずに店を出た。

ふっと何もかもが嫌になった。爽子のために犠牲になった自分が哀れだった。あの事件以降、爽子が声をかけてくれたことは一度もなかった。しかし、口には出さなくても、感謝しているに違いないと信じていた。とはいえ、爽子に恩を売って恋人にしようなどと考えていたわけではない。だから、爽子が誰と交際しようと彼女の勝手だ。自分が罪をかぶったのも、自分の勝手だったのと同じように……。

だけど、いくらなんでも純生は爽子の申し出を断わるべきではないか。

なんだか急に自分が虫けらみたいに思えてきた。

でも……どう考えたって純生は悪くない。誰を好きになろうが本人の自由だ。

頭ではわかっている。でも二人に対して憎しみのようなものが芽生えるのを抑えられなかった。

その後、月日は飛ぶように流れていった。

純生は高校を卒業後、帝都大を出て大蔵省に勤めた。そしてその数年後に、純生は爽子と結婚したと、風の便りに聞いた。

「八重樫さん、八重樫さん」

呼びかけて身体《からだ》を揺するが、彼はなかなか目を開けなかった。彼の精神状態が身体にも悪い影響を及ぼすのではないかと心配だった。

何度目かでやっと目を開け、いま自分がどこにいるのかわからないのか、辺りを見まわした。

「八重樫さん、今日はここまでにしておきましょう。疲れが出てきたようですから」

ただでさえ痩《や》せこけた頬が、更にげっそりし、憔悴《しょうすい》の色が見える。

扉の向こうの人生は悲惨だった。現実の人生の方がずっとよかったとわかったはずだ。純生のことは同情するに余りあるが、そもそも悪いのは爽子という女性であって、八重樫ではないのだから身代わりになってやる道理はない。いくら友人でもそこまでするのはいきすぎだ。これで八重樫も、過去をやり直したいという思いは感傷にすぎなかったとわかったはずだ。

「先生、少し疲れました。寝ます」

暗い表情が気になったが、そのうち今の自分の人生でよかったと納得し、心穏やかになれるだろう。

「ゆっくり休んでくださいね」

そっと立ち上がり、病室を出た。

翌日も、食堂で昼食を取る時間がなかったので、一階の売店でハンバーガーと肉まんと牛乳を買って医局へ戻った。医局には部長と香織先輩がいて、それぞれにパソコンに向かって仕事をしていた。

「早坂くん、いいところに来た」と部長は顔を上げた。「治験の話があるんだよ。スズキ製薬が開発した膵臓癌のワクチンだ。君の担当にも末期患者がいたろ」

「はい、八重樫光司さんのことですね」

「スズキ製薬は全国四十ヶ所で三百人の参加を募集している。もちろん膵臓癌の患者なら誰でもいいってわけじゃない。条件をクリアしているかどうかの検査をするにあたって、まずは患者本人の了承を取ってくれるか」

「わかりました」

治験をするには、家族を呼んで説明しなければならない。私は八重樫に関するファイルを棚から取りだした。家族構成や緊急連絡先などが書いてあるものだ。八重樫の息子はまだ小学生だから、妻だけ呼べばいいだろう。

そう考えながらファイルを開いたときだ。

えっ？

配偶者の欄を見て息を吞んだ。〈八重樫爽子〉と書かれている。

あのマドンナが、八重樫の妻だったとは……。

なるほど、すべてが腑《ふ》に落ちた。中学時代の窃盗事件で自分が罪をかぶればよかったという八重樫の後悔が、どうもピンとこなかったのだ。爽子自身が名乗り出るべきで、彼が罪をかぶるのはおかしいと言ったとき、それでは爽子がかわいそうだと一蹴《いっしゅう》した。その理由はここにあったのか。そして、爽子が中学時代から純生のことを好きだったと知ったときの、あの落ち込みようといったら。男はみんなロマンチストというような単純なことで片づけるには違和感があった。

「こういうとき、日本に住んでいる有り難さが身に沁《し》みるよな。新薬が開発されるような国に生まれてよかったよ」

部長がしみじみと言った。

「部長、どうしちゃったのよ、急に」と香織がからかう。

「この前、岩清水と二人で飲みに行ったんだよ」と部長は続けた。「そのとき、ヤツからＭＳＦの話を聞いちゃったもんでね」

「ＭＳＦって、国境なき医師団のこと？」

香織先輩が尋ねながら、部屋の隅にあるコーヒーメーカーの方へ歩いていく。

「岩清水はＭＳＦに参加して、アフリカの難民キャンプで何年か働いた経験があるそうだ」

「それ、ほんと？」香織先輩が驚いたように振り返った。

情報通の香織先輩でも知らなかったらしい。私にしても、ＭＳＦと岩清水のイメージが、どうにも結びつかないので驚いていた。

「人は見かけによらないね」

香織先輩が同意を求めるように私を見た。

「ほんとですね。お坊ちゃん育ちだと思ってましたけど、意外に根性あるんですね。難民キャンプって、不便だし、不衛生極まりない所でしょう。医療行為以前に、そこで寝泊まりすること自体が苦痛だって聞いてますよ」

「そのうえ武装勢力がいて、すごく危険だって言うよ」

香織先輩は、まだ信じがたいといった風に首を左右に振っている。

「あっ、なるほど」

いきなり部長はそう言うと、大きくうなずいた。「そういうことだったのか、わかったぞ」

「部長、何がわかったのよ。さっさと言いなよ」

「前に、患者の奥さんが、主治医を岩清水に変えてほしいと頼んだことがあったろ」

「日向慶一さんの奥さんのことですね」

「覚えてるよ。強烈に印象に残ってるもん。あの奥さん、あんな大人しそうな顔してるのに、岩清水と結婚しようと企んでたなんて、ほんとびっくりしちゃったもん」

「あのとき、みんな奥さんを非難したけど、岩清水だけは奥さんを庇《かば》っただろ。そうか、なるほどなあ」と、また部長はひとりでうなずいている。

「部長、何が言いたいの？　いい歳して、そうやってもったいつけるの、やめなよ」

「飲み屋で岩清水から聞いたんだよ。難民キャンプでは、母親たちは子供を守るために手段を選ばないってことをさ」

「だからなの？　岩清水があの奥さんを庇ったのは」

香織先輩がやっと少し納得したといった感じで、「ふうん」と言いながら、主《あるじ》のいない岩清水の机を見た。

――今のことを、ほかの人には言わないでおいてあげてほしいんですよ。藁《わら》にも縋《すが》る思いだったんだと思いますよ。子供のためには必死だったんでしょう。

あのとき岩清水はそう言って、おしゃべりなマリ江の口を封じたのではなかったか。

「とはいえ、食糧や水がなくなって、母親自身もいよいよ極限状態に陥ると、子供を捨ててしまうこともあるそうだよ」と部長が言う。

「かわいそうだね。お母さんも子供も」と香織先輩がしんみりした表情になった。

悲惨な状況下で、医師として懸命に働く岩清水の姿を想像してみた。私の知らない一面があるらしい。いや、それどころか、私は彼のほんの一部分しか知らないのではないか。

「岩清水の話は聞くに堪えない凄《すさ》まじいものばかりだったよ。あれから俺は、カミサンを見る目が変わったよ。それまでは、俺が家に帰っても玄関にも出迎えずに、ソファに寝転んで煎餅《せんべい》かじりながらテレビを見ているのが腹立たしくて仕方がなかったんだ。だけど、今ではコロコロ太ったカミサンが平和の象徴みたいで有り難いとさえ思えてくるんだ。あれだけ俺にガミガミ言えるのも元気な証拠だって」

「なんだかんだ言って、奥さんと仲良しなんじゃないの？　でもさ、どうして岩清水はＭＳＦに参加したりしたんだろう」

「心の救済を求めたんだろうなあ。というのもヤツが高校生のとき……」

言おうかどうか迷っているのか、部長は口ごもった。

「お母さんが交通事故で亡くなられたんですよね」

私がそう言うと、「なんだ、知ってたのか」と部長は、ふっと気を緩めたような表情になった。

「たぶんヤツはそのときから、胸にぽっかり穴が開いたままなんじゃないかな」

「ほんと、岩清水も苦労してるよね」

香織先輩は、以前から何もかも知っていたかのように相槌《あいづち》を打った。

「父親の再婚相手と相性が悪かったろ。それが原因で、高校生のときに家出したんだもんなあ」

部長は周知の事実のように話しているが、私は初耳だった。

そのとき、香織先輩が椅子をくるりと回して、こちらを向くと、私にウィンクを寄越した。

今の、何の合図？

このまま部長に語らせようということか。ということは、香織先輩も初めて聞く話なのか。

私はそのとき、岩清水が言った言葉をふと思い出した。

――母親ってものは、普通はそういうもんなのかな。

雪村千登勢という患者が、何歳になっても娘のことが心配でたまらないと話したときのことだ。あのときの岩清水の横顔は、とても寂しそうだった。

「母親が突然亡くなったうえに、父親からもあんな仕打ちをされちゃあ、ヤツもかわいそうだよ」

「そうそう、そうだったね」

香織先輩は再び調子よく相槌を打ちながらも、私を見て微かに首を傾げた。

「仕打ちって、どんな?」

思わず私が尋ねると、部長は「知らないのか? まあ、その……いろいろだ」と言葉を濁《にご》した。

「部長、ルミ子にも教えてやってよ。ルミ子だけ知らないっていうのも仲間としてよくないよ」

本当は香織先輩自身が知りたいのだろう。それにしても、香織先輩の話術には驚く。さすが情報通と自分で言うだけあって、人から話を聞きだすのがうまい。

「岩清水が新しい母親に反発したことで、父親につらく当たられたんだ」

「それはかわいそうですね。お父さんもひどいですよ」

「確かにひどいが、俺は岩清水の親父《おやじ》さんの気持ちも少しわかるんだ。妻を亡くしたばかりなのに、若くてきれいな妻をもらうなんて、息子の手前、恥ずかしいだろ」

「だったら、そんなにすぐに再婚しなきゃいいじゃないのさ」

香織先輩が怒ったように言う。

「きっと、親父さんも寂しかったんだろ。それだけ亡くなった奥さんと仲が良かったってことだよ。もしも不仲だったんなら、もう結婚はこりごりだと思って、再婚なんかしないと思うよ」

「なんだか複雑。独身の私には、よくわかんないなあ」と香織先輩がつぶやくように言う。

「で、そのあとどうなったんですか？」

その先を早く知りたかった。

「まだ高校生だったのに、ヤツは家を出たんだよ」

部長は、切なそうな表情で続けた。「だけど親父さんはヤツを放《ほ》っておいた。そのうち金がなくなったらすごすご帰ってくるだろうとタカを括《くく》ってたんだ。だが岩清水は帰らなかった。金を稼ぐためにファッション雑誌のモデルに応募したらしい。ヤツは詳しくは語らないが、そこでもいろいろと苦労があったようだよ。それ以来ずっと自宅には戻ってないと言ってた。とはいえ、岩清水は大病院の大切な後継ぎだから、さすがに学費だけは父親の口座から落ちてたらしいけどね」

部屋の中がしんとした。

香織先輩も一点を見つめて黙っている。

私はそのとき、まだ高校生だった岩清水に思いを馳《は》せていた。ひとり暮らしのアパートの片隅で、高校生の男の子がぽつんとひとり膝《ひざ》を抱えている姿を思い浮かべた。明かりも点けず、孤独に耐えるように背中を丸めている。その痩せた背中を想像すると、胸が締めつけられた。

それまで岩清水に対して抱いていたイメージ——苦労知らずのお坊ちゃま——が、

どんどん崩れていく。

たいして知りもしないうちから、勝手に人物像を作り上げてしまうのは、もうよそうと誓った。

過去をやり直して以降、八重樫の表情は冴《さ》えないままだった。彼の精神状態が気になり、病室の前を通るたびに、私は部屋を覗《のぞ》いていた。

「どうですか？　具合は」

「まあまあです」と八重樫が答えたとき、ノックの音とともに中年の男性が入ってきた。首を前に突き出すようなお辞儀をしてから、目を泳がせている。「あれ？　ここは八重樫くんの病室ですよね？」と遠慮がちに尋ねる。

私は素早く八重樫を盗み見た。思った通り、傷ついたような顔をしている。患者というのは、見舞客の表情に敏感だ。この男性の戸惑った顔つきで病人は悟る。癌に侵されて痩せ細り、もう誰だかわからないくらい面変わりしてしまっていることを。

「もしかして八重樫？　やっぱり八重樫だよね。久しぶりだからわからなかったよ」

誤魔化しながらにっこりと笑ってみせるが、八重樫は何も言わずに男性をじっと見つめていた。

「俺だよ、俺。いやだなあ、わからないのかよ」

「部屋に入ってきたときからわかってたよ。前田穂高だろ。成人式のとき以来だな」

前田穂高……聴診器から何度か聞いた名前だ。確か、中学時代の同級生だ。

私はブドウ糖の点滴の速度を調節するふりをして、そのままそこに留まった。

「俺、すごく太ったろ。髪も薄くなっちゃったしなあ。先週あった中学の同窓会でも、誰だかわかんないってさんざん言われてショックだったよ」

「えっ、中学の同窓会があったのか？」

「そうだよ。爽子さんから聞いてないのか？　俺はそこで爽子さんにお前の病気のことを聞いたから、今日見舞いに来たんだよ」

「どうして爽子は同窓会のことを僕には言わないんだろう……」

独り言のように八重樫がつぶやく。「そういった話は、もうすぐ死ぬ人間には酷だと判断したのかな」

「おいおい、縁起でもないこと言うなよ」

穂高は頑張って微笑んだが、戸惑っているのは傍目《はため》にも明らかだった。

「穂高は今も九州に住んでるのか？」

「ああ、そうだよ。熊本大学を出てそのまま熊本で就職して結婚して、今じゃあ熊本弁もうまくなった。そういえば、同窓会には純生も来てたよ」

「純生が？　あいつ、ハワイに住んでるんじゃないのか？」

「そういえばそうだな。たまたま帰国してたのかな」

「純生の連絡先、わかるか？」

「いちおう携帯の番号は聞いたけどね」

「僕が会いたがってるって、純生に伝えてくれないか？」

「いいよ。お安い御用だ」

穂高は言いながら、私にちらりと目をやってから、腕時計を見る。「この時間、見舞いの時間帯だよね？」

「ええ、そうです。大丈夫ですよ。ごゆっくり」

そう言い置いて、私は病室を出た。後ろ手にドアを閉めようとしたとき、向こうから爽子と七十歳前後と見える女性がやってくるのが見えた。

「先生、いつもお世話になっております」

八重樫の妻がお辞儀をした。

「うちの母です。お母さん、こちら主治医の早坂ルミ子先生よ」

「そうでしたか。先生、いつもお世話になっております」

上質なワンピースを着た母親は丁寧に頭を下げた。

「えっと……奥様の方のお母様ですか？」

「ええ、そうです」

八重樫の話から勝手に想像していた爽子の母親のイメージとは大きく異なっていた。女手ひとつで三人もの子供を育て上げたのだから、深い皺に苦労が刻まれているような、年齢よりずっと老けて見える老婆を思い描いていた。きっとなりふりかまわずに生きてきたであろうから、がさつな感じがしたり、相手が女医と聞いた途端に、畏れ多いといった感じでぺこぺこするような人物だと思っていた。しかし、目の前にいるのは、少し近寄りがたい雰囲気の女性だった。

翌朝の回診で、八重樫の胸に聴診器を当てた途端、凄まじい轟音《ごうおん》に呑み込まれそうになった。

驚いて八重樫を見ると、鬼気迫る表情だった。何かあったのだろうか。轟音が突然止《や》んだと思ったら、今度はぶつぶつと小さなつぶやきが聞こえてくる。私は聴診器に神経を集中させた。

——もしかして、爽子は今もヤツのことが好きなんじゃないか？　だから同窓会に行ったことを言わなかったんだ。そうに決まっている。後ろめたさがあるから言えないんだ。きっと今も純生と連絡を取り合っているに違いない。友人からのハワイ土産と言ってどこからかコーヒーをもらってくることがよくあったけど、その友人というのは純生のことだったのか？　コーヒー豆をくれるという友人の名前を僕は一度も聞かされていない。純生が麻薬の売人になっているだとか、ハワイに別荘を持っていると聞いたときは、マフィアの出てくる外国映画じゃあるまいしと一笑に付した。だけどあれはきっと本当のことだったのだ。その証拠に、爽子の家庭は貧しかったというのに、妹も弟も大学へ進学した。それも、弟はアメリカの大学なのだ。そして爽子の母親はといえば、その当時不治の病とされていた白血病を最先端の医療で克服した。お蔭《かげ》で今も元気だ。そんなあれこれは、僕が爽子と結婚する前のことだったから、費用の出所を僕は知らない。

そんな大金、いったいどこから？

そういえば、一度だけ爽子に尋ねたことがある。そのとき爽子は確か、後継ぎのいない遠い親戚から遺産が転がり込んだと言った。だけど僕は、その親戚とやらに実際に会ったこともないし、どういう姻戚関係なのか知らされていない。

まさか、晴人は……本当に僕の子なのか？

ＤＮＡ鑑定をしたらわかるはずだ。

だけど、今さら知ってどうなる。

もうすぐ死ぬ身だっていうのに。

爽子と純生はグルになって僕を騙《だま》していたのか？

復讐《ふくしゅう》してやりたくとも、僕には時間が残されていない。

もしも純生が晴人の父親だとしても、純生は名乗り出ることはできない。不倫でできた子供だと知ったら、晴人は純生のことはもちろん、爽子のことも一生涯許さないだろう。自分の出生を呪《のろ》い、裏切られて死んでいった僕をかわいそうに思うだろう。父だと名乗り出られなくて、純生はこの先ずっと苦しむことになる。

苦しめばいい。

それがせめてもの復讐だ。

いや、待て。まだ晴人が純生の子供だと決まったわけではない。晴人の涼しげな目もとは、僕の母に似ているのではなかったか。

もしもＤＮＡ鑑定が可能ならば……やっぱり本当のことが知りたい。

私は聴診器を外した。気持ちが暗くなれば免疫力まで落ちてしまう。放っておいたら、八重樫はどんどん悪い方へと想像を膨らませ続けるだろう。すぐに止めなくては。

「八重樫さん」

声をかけても、彼は上の空だった。

「八重樫さん！」

もう一度、大きな声で呼びかけた。

「あっ」驚いたような顔で私を見た。そこに私がいるのを忘れていたかのようだ。

「八重樫さん、治験の話があるんです」

「……チケン？」

まだ頭がぼうっとしているようだ。

「スズキ製薬で膵臓癌に効く癌ワクチンが開発されたんです。それを試してみるおつもりがあるかどうかをお伺いしたいんです」

「膵臓癌に効く？　ほんとですか？　そんな夢のような薬が？　ということは、僕は治るかもしれないってことですか？」

八重樫は今まで見せたこともないほど目を輝かせた。

あまり期待を抱かせてはいけない。一瞬どう返事をすべきか迷い、言葉に詰まった。

「先生、つまりこういうことですね。実験段階のワクチンだから、もちろん効くかどうかはわからない。しかし、万が一にも治る可能性が出てくるかもしれない、と」

八重樫の方が気を利かせてくれた。こういうところが自分の鈍なところだ。情けない。

「受けます。是非受けたいです」

「わかりました。でも、誰でも治験を受けられるわけではありません。五十項目のチェックに通った人だけなんです」

「五十項目もあるんですか？」

表情が一転して曇る。「例えば、どういった項目ですか？」

「手術や放射線や化学療法などの、どの治療でも治らなかったことだとか」

「僕は当てはまってますよね。ほかには？」

「もっとも難しいのが白血球の型です。今回開発されたワクチンは、白血球のある特定の型にしか効かないんです。だから血液を調べてからということになります」

「そういうことですか……わかりました」

「ご家族にも了承を得たいので、奥様に病院にお越しいただきたいのですが」

「それは結構です」

八重樫はきっぱり断った。「家族には内緒にしておいていただけませんか。誓約書には僕自身がサインをします。それではいけないでしょうか」

「いえ、原則的には本人の了承だけでよいのですが……」

「じゃあそうしてください」

「では御了承いただいたということで、さっそく明日から検査に入ります」

「先生、そのワクチンを接種すると、治るどころか死期が早まることもあるんですか？」

「可能性はあります。もしも治験で腫瘍《しゅよう》マーカーの数値が上がったときは……」

「腫瘍マーカーというのは、癌の進行とともに増加する生体因子のことでしたね。この数値が高ければ高いほど癌が進行しているってことですよね」

「そうです。治験によって癌が進行したり、改善が見られない場合は、すぐに中止します」

「お受けします。ダメでもともとです。こんな有り難い話はないですよ」

生気が蘇《よみがえ》ったように、八重樫の目はいきいきと輝いた。


売店に昼食を買いに行こうと廊下を歩いていると、どこからか八重樫の声が聞こえてきた。

辺りを見渡してみると、待合室に八重樫がいた。彼と同年輩のスーツ姿の男性が隣に座って話し込んでいる。すらりとして、遠目にも彫りの深い顔立ちだとわかる。

もしかして、あれが純生ではないか。

私は自動販売機でミネラルウォーターを買い、彼らのソファの背中合わせの位置にそっと座って耳を澄ました。

「それにしても八重樫、元気そうじゃないか。穂高から聞いたときは……」

男性は言いかけてやめた。

前田穂高という同級生が見舞いに来たときは、八重樫は骨と皮ばかりに痩せていたし、顔は蒼白《そうはく》で、目の周りは隈《くま》で真っ黒だった。

治験は週に一度の注射を二年間続けることになっている。注射は、免疫細胞の多いリンパ節のある腿《もも》のつけ根にする。一般的に言って、ワクチンは効果が出るのに時間がかかる。スズキ製薬の説明では、効果が出るのは半年後くらいということだったが、八重樫は二ヶ月後くらいから腫瘍マーカーの数値がぐんぐんよくなり始めた。病院食も残さず食べるようになり、体重も増えた。本人も回復を実感しているようで、表情が明るくなっていた。しかし、八重樫のたっての希望で、治験をしていることはいまだに妻には知らせていない。

——いきなり治って驚かせてやりたいんです。

そう言ったときの八重樫の目は、笑っていなかった。

「純生はいつ日本に戻ったんだ？」

スミオ！

やはり隣の男性は純生だった。

純生は一拍置いてからアハハと声を出して笑った。「その変な噂には参ったよ。いったいどこの誰がそんなでたらめを言ったんだろう。ハワイでマフィアになってるとかいう映画みたいな話だろ？　この前の同窓会でも、いろんなヤツから同じ質問をされたよ。ほんと笑っちゃうな」

「あの噂は嘘だったのか？」

「おいおい、信じる方もどうかしてるぜ。それにハワイには一回も行ったことないし」

「僕が大学に入学した年に、純生のお袋さんに道でばったり会ったんだ。そしたら純生は高校を中退したあと行方不明で帰ってこないって悲しそうに言ってたぞ」

「あのときは親不孝なことをした。高校を中退したあと、アルバイトしながら日本中を旅したんだ。親に連絡もしないで二年間もふらふらとね。でもそのあとはちゃんと実家に帰って大検を受けた。そして大学を出て予備校の講師になったんだ。今も続けている」

「それは知らなかった」

「その頃、俺の実家は隣の町に引越したんだ。それ以来、俺も家族もあの町とは疎遠になった」

私はさりげなく斜め後ろに首を傾けた。

純生の横顔が視界に入る。

「純生は僕を憎んでるだろう」

「なんでだ？　俺がどうしておまえを憎むんだ？」

「だって、あのことさえなければ、純生は道を踏み外すこともなかったじゃないか。きっと帝都大を出て大蔵省に勤めて……」

――そして数年後に爽子と結婚する。

八重樫が飲み込んだ言葉を私は心の中で言ってみた。

「なんだ、それ。帝都大？　大蔵省？」

純生は豪快に笑った。「変なやつだな。他人の人生を勝手に想像するなよ」

「家族だって大変だったと聞いたよ。あの当時の噂では、純生のお父さんは会社を四十代半ばで辞めて、近所のスーパーで働いてるって」

「ああ、それは本当だよ。でもそれはあの窃盗事件とは関係ないんだ。親父が勤めていた証券会社が倒産したんだよ。だから、しばらくスーパーで働いてた時期があった。だけど半年もしないうちに中堅の証券会社から声をかけてもらって再就職したよ」

「そうか、それはよかった。でも純生の姉さんの結婚が破談になったって話は？」

「それも本当だ。だけど言っとくけど、姉貴の方からふったんだぜ。結婚式の準備段階で、相手の親が何から何まで口を出してきて、彼氏も姉貴よりお袋さんを大切にするところがあって、そのマザコンぶりにぞっとしたらしい。うちの親は青くなってたけど、姉貴はケロッとして、男なんていっぱいいるから大丈夫よって豪語してた」

そのときの様子を思い出したのか、純生はおかしそうに笑った。私は純生の横顔から、それは本当のことなのだろうと思った。

「なんだ、そうか……そうだよな。お前の姉さん、きれいな人だったもんな」

「姉貴はそのあと半年もしないうちに、別の男をつかまえて結婚したよ」

「そうか。ところで純生、ひとつ頼みがあるんだ」

「俺にできることなら何でもするよ」

純生の声は真剣だった。もうすぐ死ぬであろう友人から頼みがあるなどと言われたら、誰しも背筋が伸びるのだろう。

「もしも僕に輸血が必要になったら、純生も協力してくれないか」

輸血?

どうして?

私はあやうく声に出して言いそうになり、慌てて両手で口を押さえた。

八重樫には手術の予定もないから、いまのところ輸血は必要ないのだが……。

「お安い御用だよ。だけど八重樫、お前はA型じゃなかったっけ? 俺はB型だぜ」

「えっ、お前、B型なのか!?」

周囲が一斉に振り向くほど大きな声だった。

「何をそんなに驚いてるんだよ」

「だって……いや、別に。それにしても……純生は僕がA型だってよく知ってるな」

「知ってるさ。中学時代に流行《はや》った占いのこと、八重樫は覚えてないのかよ」

「……血液型占い」

「そうそう、それそれ」

「そういやブームだったな。思い出した、純生は確かにB型だった。なんで忘れてたんだろ」

「普通はそんなこと忘れるだろ。自分で言うのもナンだけど、俺は記憶力抜群だからさ。あれ？　八重樫、どうしたんだよ、そんな嬉しそうな顔して」

「いやね、純生の血を輸血したら僕はすぐ死ぬなと思ってさ」

　そう言って、八重樫はハハハと晴れやかに笑った。

「それって笑うところか？　変なやつ」

　なるほど。八重樫は純生の血液型を確かめたくて輸血の話を持ち出したのか。息子の父親が純生ではないと判明してほっとしたのだろうか。

「中学を卒業したあと、純生と連絡が取れなくなって、僕は恨まれてると思ってた」

「どうしてお前を恨むんだよ。お前は何も悪くないだろ」

「じゃあ爽子のことは？　恨んでないのか？」

「いまや八重樫の奥さんだもんな。恨んでるとしてもお前には言わないだろ、普通」

「あら、早坂先生ったら、こんなところにいらしたんですか？」

　突然、若い看護師の甲高い声が響いた。「探してたんですよ。マリ江さんがカンカンですよ」

周りの目が私に集中する。八重樫も驚いたように振り返って私を見た。

「いま飲み物を買いに来たところよ。少し休憩しようと思って」

「先生、そろそろ検査が始まる時間ですよ」

「そうだったね。はいはい、いま行きます」

そう言いながら、私はその場を離れた。

もう少し話を聞いていたかったのだが……。

その一ヶ月後、八重樫は退院した。

通院で治験を行いながら様子を観察することになった。週に一度通院してワクチン接種を受け、ひと月に一度の割で検査を受ける。今日はその検査の日だった。

私は八重樫のMRI画像を二枚、シャウカステンに吊《つ》り下げた。

「これが治験前、こっちが今日撮ったものです」

八重樫が食い入るように見つめる。「先生、ここの黒い影が消えたように見えますけど」

「そうです。肝臓に転移していたはずの癌が少しずつ小さくなって、とうとう消えました」

「すごい。ワクチンが効いたんですね」

八重樫の目に喜びが溢れている。「でも先生、膵臓にある癌は治験前と変わらないですね」

八重樫の声が沈む。

「変わらないってことはすごいことなんですよ。今までは日々大きくなっていたんですから」

「そうか、そうですね。じゃあもしかして、これから小さくなって消えるんですか?」

「その可能性はありますね。腫瘍マーカーの数値も大幅に下がっています」

「自分でも日に日に体調がよくなっていくのがわかるんです」

「食欲はどうですか?」

「何を食べても美味《うま》いです」

「でしょうね。少し太られましたもの」

八重樫は満面の笑みだった。

「御家族もさぞお喜びでしょう」

「さあ……それはどうだか」

八重樫は皮肉っぽく笑った。「爽子も義母も僕が死ぬのを待ってたみたいですよ」

「まさか」

「本当です。退院して帰宅した日、びっくりしましたよ。家の中の様子が一変してました。僕の書斎が義母の部屋になっていて、僕の机も本も衣類も何もかも、捨ててしまったあとでした」

「それは……」

それは珍しいことではないのかもしれない。死んでいく人間と違い、今後も生きていく人間は忙しく、それぞれに段取りというものがある。

「葬式に向けての準備も着々と進んでいました。しかし女の人ってすごいですね。部屋の模様替えだけじゃなくて、気持ちまですっかり切り替わってました」

「それは、奥様がしっかりした方だという証拠ではないですか。夫が死ぬのがどんなに悲しくても、喪主として葬儀を取り仕切らなければなりませんし、息子さんの手前、気丈に振る舞わなければならないでしょう」

カーテンの向こう側から、わざとらしくカチャカチャと大きな音を立てて器具をしまう音が聞こえてきた。きっと看護師だろう。マリ江かもしれない。また余計なおしゃべりをしていたと、部長に告げ口されたらたまらない。

「胸を診ます」

八重樫の胸に聴診器を当てた。

——先生、聞こえますか？

八重樫が心の中で話しかけてきた。

私は声に出さずにうなずいた。

——まさか僕がいきなり退院するとは思っていなかったみたいで、爽子も義母も大慌てでした。

私は目を閉じて意識を聴診器に集中させた。すると、ぼんやりと家の中の様子が見えてきた。

——僕が退院した日のことなんですが……。

玄関に爽子が走り出てきた。「えっ？　どうして？　あなた、大丈夫なの？」

まるで幽霊でも見たような驚愕《きょうがく》の表情だった。

「退院したんだ」

「えっ、退院って……一時帰宅のお許しが出たんなら、前もって言ってくれなきゃ」

「一時帰宅なんかじゃないよ。退院なんだ。驚かそうと思って秘密にしてたんだ」

——きっと妻は、あまりの驚きと喜びで呆然《ぼうぜん》としているのだろうと最初は思いました。いや、思いたかった。純生のことをいまだに好きだなんて、僕の馬鹿馬鹿しい想像であって、本当の爽子はやっぱり僕の知っている爽子で間違いなかったんだと思いたかった。だから、『嬉しい！』などと言って満面の笑みを見せてくれることを想像してたんですが、現実は全然違いました。爽子は顔をこわばらせ、眉間に皺を寄せていました。

爽子の背後から、義母が顔を覗かせたのが私にも見えた。厳しい表情をして、まるで怒ってでもいるかのようだ。

「お義母《かあ》さん、僕、退院しました」

「あら……」

そう言ったきり、義母はにこりともせず八重樫をじっと見つめた。

カーテンの向こう側にいた看護師が部屋を出て行く気配がしたので、私は聴診器を外した。

「奥様のお母様と同居を始められたんですね」

「いいえ、義母にはすぐに出て行ってもらいましたよ」

八重樫の腹立ちもわかるが、少し冷たくはないか。女手ひとつで子供を三人育てたと聞いているから、爽子と母親との絆《きずな》は人一倍強いだろうに。

「うちは3LDKのマンションですからね、義母と一緒に住むには狭いんです。それに義母はまだ七十にもなりません。今までも長年ひとり暮らしだったわけですから、それほど心配することはないでしょう。僕の回復を心から喜んでくれたのは息子の晴人だけですよ。次の夏休みには男同士で旅行する計画を立ててました」

「父島に昆虫を探しにいくんでしたね」

「そうです。天然記念物の鳥や哺乳類《ほにゆうるい》もたくさんいるんですよ」

「それは楽しみですね」

「お蔭様で新しい命をもらいました。先生、僕は生き直しますよ。限りある人生を大切にしようと思っています。爽子のことは当分考えないことにしました。本当は純生のことが好きだったのかと尋ねたところで仕方がない。否定されても、それが本心かどうか判断する術《すべ》もない。仮に、『実は純生を好きだった』と爽子に告白されたって、どうしようもない。それに、命に限りがあることを思い知らされてからは、爽子の本心を知ることさえも些細《ささい》なことに思えてきたんです。今後、癌が再発するかもしれません。だったらつまらないことで悩むのは時間がもったいない。そんな暇があったら、自分の趣味を楽しんだり、息子との会話を楽しみたいと思いました。だからこのままの家族を続けていきます。だって晴人には母親が必要ですからね。僕は良い父親、良い夫を演じて生きていきます」

「……そうですか」

「ちょっとカッコつけすぎました。本当はドロドロです。実は僕、爽子に日々復讐してるんです」

「復讐？」

「この前、純生と飲みにいったんです。そこで純生から驚くべき話を聞きました」

そう言って八重樫は目を閉じた。聴診器から聞き取ってほしいという合図なのだろう。私は八重樫の胸に聴診器を当てた。

――先生、聞こえますか。

「ええ、聞こえてますよ」

瞼を閉じると、おぼろげに居酒屋が見えてきた。金曜の夜だろうか、店内はずいぶんと賑《にぎ》わっている。その店の片隅で、八重樫と純生がテーブルを挟んでビールを注ぎ合っているのが見えた。


「爽子は、いや、爽子さんは……」

言いかけて、純生は苦笑しました。「さん付けで呼ぶと違和感がある。でもお前のカミさんだしな」

「いいよ、呼び捨てで」

「そうか、じゃあ遠慮なく。爽子が盗みを働いたときのことだけど、いやに堂々としてるとは思わなかったか？」

「思ったよ、だけど、そう見えただけで、本当はかなりドキドキだったと思う」

「八重樫、やっぱりお前ってやつは……」

純生はじっと僕を見つめました。

「なんだよ、純生、はっきり言ってくれよ」

「思った通り、お前って男は女に騙されやすいってことだ。まっ、だからあんな女と結婚したんだろうけどな」

「あんな女って……」

妻を悪く言われたなら、普通はここで怒るでしょうね。だけど僕はそうはならなかった。退院して自宅に戻ったときの、爽子の戸惑った様子が頭に浮かんだんです。跳び上がって喜んでくれるだろうと思っていたのに、爽子はどう見ても嬉しそうには見えなかった。そのときの光景が、ずっと心に引っかかっていました。

退院した日から僕は考え続けてきました。今まで僕は妻の何を見てきたんだろう。何を知っていたんだろう。何も見えていなかったんじゃないかって。

「あのとき爽子が平然としてたのは、俺たちが決して告げ口しないってわかってたからだ」

純生はあまり酒に強くないのか、目がとろんとしてきました。純生とは長いつきあいだと思い込んでいましたが、考えてみれば中学三年間だけの短いつきあいで、一緒に酒を飲むのも初めてのことでした。

「つまり、お前のカミさんであるマドンナ爽子様は、中学生のときからふてぶてしい女だったってことだ」

どんどん遠慮のない口調になっていきました。「身代わりになってやったのに、あのあと爽子からありがとうのひとこともなかった。それどころか意識的に俺を避けるようになった。俺は何度か電話したけど、いつもお袋さんが出て、冷たい応対をされたよ。携帯電話なんか持ってない時代の話だ。何度目だったか、『あんた、爽子の身代わりになってやったからって、爽子が自分のものになるとでも思ってたのかい、ガキのくせしていやらしい』って言われたとき、ほんと俺は……」

「えっ？　あのお袋さんがそんなこと言ったのか？」

僕の驚いた顔を見て、純生はハハハと声に出して笑いました。

「八重樫、お前、お袋さんにも騙されてたのか？　無理もないか、あのばあさんときたら一見上品そうに見えるもんなあ」

「純生、そろそろビールはやめて日本酒にしないか？」

僕は店員を呼びとめて、日本酒を注文しました。酔ってしまいたい気分でした。酒に強い体質を恨めしく思いましたよ。

「お袋さんに言われて気づいたんだ。身代わりになることで爽子に好かれようとしてた自分の卑しさに。だから俺は爽子に近づくのをやめた。でも、それで終わりならよかったんだが……」

「そのあとも何かあったのか？」

僕が尋ねても、純生は「まあね、いろいろと……」と口を濁すのです。

「なぁ純生、今夜は腹を割って話そうぜ。僕は一度は死にかけた。そのお蔭で、もう何を聞いても動揺しないくらい肝が据わったんだ。恐いものは何もないといってもいいくらいだ」

それは嘘でした。恐いものがないわけありません。純生と話している間にも、爽子や義母に対して薄気味悪さがどんどん募ってきていました。だけど僕は晴人の父親です。僕には守るべきものがある。だからなんでも知っておきたかった。癌がいつ再発しないとも限らない。

先生、『今日できることを明日に延ばすな』って言葉をご存じでしょう。子供の頃、教師や親によく言われたもんです。あの言葉は癌患者のためにあるんじゃないでしょうか。明日死ぬかもしれないと思ったら、今日やるべきことは今日やらなきゃ。僕は晴人にできる限りのことをしてやりたいと思っています。いい環境の中で生活させてやりたい。そのためには、どんな母親でどんな祖母なのかを知っておく必要があると思いました。とはいえ、あの母娘がロクでもない人間だと知ったところで、どうすることもできませんけどね。でも、敵を知らないで対策は立てられないから。

僕は純生に酒を注ぎました。この際、もっと酔わせて全部聞き出してやろうと思ったんです。

「マドンナ爽子様がお袋さんの目を盗んで俺に電話してくるようになった。それで、ちょくちょく爽子と会うようになった」

高校時代、彼らがデートしていたなんて、僕のまったく知らないことでした。

「八重樫には言いにくいけど……」

「なんだよ。この際、何でも言ってくれなきゃ」

そう言いながら、また酒を注いでやりました。

「お前が爽子と結婚してからも、俺は爽子と会ってた」

「えっ？」

僕は耳を疑いました。

「八重樫、言っておくが、俺は爽子と深い関係になったことは一度もないぞ。これはお前に義理立てしてるんじゃない。俺は、ああいった女が大嫌いなんだ」

「ああいった女？」

純生は爽子を好きだったはずです。窃盗事件の身代わりになってやるくらい好きだったはずなんです。

「爽子は会うたびに色目を遣って俺にすり寄ってきた。だけどそのたびに俺は冷たくあしらった。だから彼女は俺のことをいつまでも忘れられない」

その話は真実だろうと思いました。先生の聴診器の力で扉の向こう側に行ったとき、爽子が中学時代から純生のことを好きだと知りました。

「その関係はいつまで続いたんだ？」

「お前たちが結婚して一年くらいかな。さすがの俺もお前に対する罪悪感が抑えきれなくなって、爽子とは会うのをやめたよ。だけど……」

「だけど？」

「……うん」

「なんだよ、言ってくれよ」

「去年からまた電話が頻繁にかかってくるようになった」

「どうしてだろう」

「決まってるだろ」

先生、僕はすごく鈍感らしいです。純生の次の言葉にびっくりしたんですから。

「お前が死んだら、今度は堂々と俺とつきあえると考えたんだろ」

先生は、言われなくてもそんなことピンときてたっておっしゃるでしょうか？　僕が特別にお人好《ひとよ》しなんでしょうか。そうじゃないと思います。爽子の考え方や行動が、僕の常識の範囲内にはないんです。

「言っとくけど、爽子から電話がかかってきて俺が喜んだと思ったら大間違いだぞ。

憎しみが倍増しただけだ。いや、正確に言うと、爽子というより女全般に対する嫌悪感でいっぱいになった。それと、お前をかわいそうだと思った」

「……そうか」

「八重樫、お前、いまだに気づいてないだろうから言っておくが、中学時代の窃盗はすべてお袋さんが裏で操ってたんだぜ」

「えっ、嘘だろ」

「あそこのお袋さん、たいしたタマだよ」

僕から見た義母は、つかみどころのない人でした。何を考えているかわからないと、ずっと感じていました。だから、純生の話が意外だったわけではないのですが、しかし義母もまた僕の常識の範囲外の人間でした。世の中は広いですから、娘に盗みを強要する母親もどこかにはいることでしょう。だけど、なんというのか……そういうのは違う世界の人間というか、少なくとも身近にはいないと思ってたんです。

「純生、ついでに教えてもらいたいことがある。昔、爽子の家は貧しかったのに、妹も弟も大学へ進学したろ。それも弟はアメリカの大学だ。お袋さんはといえば、白血病を最先端の医療で克服した。その費用の出所はどこだか知ってるか？」

純生がハワイで麻薬の売人になって稼いだ金だと疑った時期もありました。

「あそこのお袋さん、家政婦として働いてたんだ」

「ああ、それは知ってる」

「ひとり暮らしの金持ちのじいさんの家で家政婦をしてたとき、たんまりもらったらしい。それを三人の子供の学費に充てたんだ」

「そんなの初耳だよ」

「そりゃあそうだろ。お前には言わないだろ」

「どうしてだ？」

「人に言えないようなヤバイ事情があるからだよ。アカの他人のじいさんからそんな大金をもらうなんて、どう考えたっておかしいだろ」

「騙し取ったのか？」

「詳しくは俺も知らない。口先でうまいこと言ったのか、それともまだ若かったから色気を使ったのか、それともじいさんがボケてたのか、いずれ、そんなところだ。あのお袋さんに育てられて爽子も同じような考え方になったんだろ。打算だけで生きる女さ」

先生、僕は家族の何を見てきたんでしょうね。

四十も過ぎた男が言うのも変かも知れませんが、僕は女性が恐くなりました。

八重樫は目を開けた。

私は聴診器を外しながら、溜め息しか出てこなかった。

「あのまま癌で死んでたら、何もわからずじまいでした。命拾いすると、思いも寄らないことになるもんですね」

他人事《ひとごと》のように言ってしまえるところに、八重樫の落ち着きを感じた。ショックから立ち直ったということだろうか。それとも癌を克服した喜びの方がずっと勝るのか。

「先生、純生はずっと独身だったんですが、つい先月、十五歳も年下の女性と結婚したんですよ。僕たち夫婦は純生の結婚式に招待されました。ええ、もちろん行きましたよ。これからも、純生夫婦とは家族ぐるみのつき合いをするつもりです。これが僕のささやかな復讐です。爽子も美人ですが、純生の奥さんは、我々とは世代が違います。日本人離れしてるっていうのか、小顔でキュートで巨乳です。奥さんを見た爽子はひどく傷ついたような顔をしていました。それを見た僕も傷つきましたよ。今も爽子は純生のことが好きらしいです」

「……そうですか」

どう返事をすべきかわからなかった。

「やっぱり女性は恐いです。信用できません」

私もいちおう女なんですけどね、という言葉を私は呑み込んだ。

「結局信じられるのは男同士の友情だけですよ」

「……そうでしょうか。女性でも男性でもいろんな人がいると思いますけどね」

私はそう言い返しながら、八重樫の腿のつけ根にワクチンを注射した。

「痛っ。先生、今日はずいぶん乱暴じゃないですか」

「そんなことありませんよ。いつもと同じです」

八重樫がまさか癌を克服するとは思っていなかった。

過去をやり直すことによって、自分の選択も悪くはなかったと考え直すことができる。そうしたら安らかな気持ちで最期を迎えさせてあげることができる。そういう思いだったのに、大幅に予定が狂ってしまった。

でも元気になったのだからそれでいい。この先いいことも悪いこともあるだろうが、とにかく生きてさえいればいい。楽しいこともつらいことも、生きていればこそだ。いったん死を覚悟した八重樫は、これからの人生に強く立ち向かっていくことだろう。

八重樫の小学生の息子の嬉しそうな顔が、ふと思い浮かんだ。

「また厄介な女医が来るぞ」

笹田部長が医局に入ってくるなり、渋い顔で言った。「もうこれ以上ドジな医者はごめんだよ。ただでさえ……」

私が部屋の隅でコーヒーを淹《い》れているのに気づいたからか、いきなり部長は口を噤《つぐ》んだ。

クスッと笑う声の方を見ると、岩清水が下を向いて笑いをこらえていた。こちらに背を向けている香織先輩は、背中を震わせている。

「聞いてくれよ。名前までふざけてやがる。黒田摩周湖《くろだましゅうこ》だとさ」と部長が憎々しげに言い放つ。

「マシューコ？　どんな字を書くんですか？　まさか、北海道にある湖の名前じゃないですよね」と岩清水が尋ねる。

「そのまさかだよ」

香織先輩は部長の代わりに答えると、コーヒーの入ったマグカップを持ったまま椅子《いす》をくるりと回転させてこちらを向いた。「字も湖と同じだって聞いてるよ」

「へえ、北海道の出身なんですね」と岩清水が納得したように言う。

「それがね、生まれも育ちも東京だってさ」

相変わらず香織先輩は情報通だ。先輩はコーヒーをひと口飲んでから言った。「摩周湖はね、日本でいちばん透明度が高い湖なんだってよ。それにあやかって、透き通るような美しい心を持つようにって、父親が命名したらしい」

「なるほどなあ。心が透明すぎると人間ああなっちゃうのかねえ」

部長は口を歪《ゆが》めて皮肉たっぷりに言った。

「確かにね」と香織先輩も苦笑する。

何が「なるほど」なのか。何が「確かに」なのか。話がまるで見えなかった。鋭い感性を持った人なら、今の会話だけで、摩周湖という女性がどういった人物なのか、だいたいのところがわかるのだろうか。尋ねたかったが、また鈍感だと思われるかもしれない。だから黙っていた。

「今の、どういう意味ですか？　摩周湖という女性はどんな人なんです？」

岩清水の素朴な質問に、ほっとした。

「誰かさんと同じで、不用意な発言が多いらしいぜ」

部長は私の方を見ないまま続けた。「どうやら死後の世界を信じているらしい。だもんだから、危篤の患者に対して同情心がまるでないんだ。要するに、患者や家族の神経を逆なでするようなことを平気で言ってしまうんだよ」

その女医が配属されてきたら、これまで私に向けられていた非難の目が、彼女に移るのではないか。だとしたら、私はやっと悪目立ちせずに済むようになる。

「その人、もしかしてクリスチャンじゃないですか？」と岩清水が尋ねる。「俺の叔母も、天に召されるのは祝福すべきことだって信じてますよ。それとも熱心な仏教徒とか？　あれは確か、死んだらみんな仏様になるんですよね」

「宗教とは関係ないらしいよ。父親が哲学の教授で、その影響で、かなりの変人なんだと」

部長が吐き捨てる。

「私の聞いたところではね」

香織先輩は表情を引き締めた。「そもそも哲学にハマったのは、父親の影響というより、小学生のときに、友だちができなかったのが原因らしい。その不条理を解明しようとして哲学に縋《すが》ったんだって」

ついさっきまでは、非難の目が私から逸《そ》れることに期待を寄せていたが、なんだかかわいそうになってきた。

「しかし、小学生にして哲学とはマセたガキだね。そもそもそんな小難しいことを考えるガキに、友だちなんてできるわけないだろ」と部長は呆《あき》れたように言ってから、岩清水をちらりと見た。「なあ岩清水、摩周湖が配属されたら、それとなく面倒みてやってくれないか？」

「別にいいですけど……でも女性が二人もいるのに、どうして俺が？」

「だって、空気読めない女医が他人の面倒なんてみられるわけないし、かといって、もうひとりは暴走族上がりの不良娘だし、この中でまともな人間といえば、俺と岩清水だけだからな」

部長はきっぱりそう言うと、もうこの話題は終わったとばかりに、平然とパソコンに向きなおった。香織先輩は天井を仰いで頭を振っている。

「ところで岩清水」

部長が振り返って尋ねた。「新しく入ってきた患者の様子はどうだ？」

先週入院した患者は、岩清水の担当になった。六十一歳の男性で、肝臓癌の末期だと聞いている。保《も》って二ヶ月だという。

「あまりよくありません」

「延命治療は拒否してるんだったよな」

「そうです。その旨をきちんと文書にしています」

「それは助かる。亡くなったあとに家族からあれこれクレームが来て裁判沙汰《ざた》にでもなったら厄介だからな」

「家族はいないようですよ。二度結婚して二度とも離婚して、ひとり暮らしが長いようです」

「そうか、そりゃ寂しいな」

「この前、革のキーホルダーを見せてくれましたよ。お嬢さんが小学生のときに、修学旅行で買ってきてくれたそうです。それを二十年以上経《た》った今でも大切にしてるんですよ。革には金閣寺が描かれているんですが、その裏に患者の名前がローマ字で彫ってあるんです。すり減ってところどころ消えかかってるんですけどね」

修学旅行か……懐かしいなあ。

私も京都に行ったときに、父親にお土産を買ってきたことがあったっけ。でもその数ヶ月後に、父は愛人の元へ去っていった。母の話によると、相手の女性は若くてきれいなバーのホステスらしい。

今頃、父はどこでどうしているんだろう。幸福な家庭を築いているとしたら、それは母と私を踏みつけにした上に成り立っている。万が一どこかで野垂れ死にしているとしても、知ったことではない。天罰だと思う。そう考えなければ、ずっと苦労してきた母がかわいそうだ。小学生のときに別れて以来、父とは一度も会っていない。だから、今では顔もぼんやりとしか思い出せない。

だけど、私の容姿も性格も能力的なものも、何から何まで母に似ていないことを思うと、父の血を色濃く受け継いでいるのだろう。もしかして、父も私と同じで空気の読めない人間なのだろうか。たまにそんなことを想像する。というのも、母がとても敏感な人だからだ。母は、私の表情やしぐさから多くのことを瞬時に嗅《か》ぎ取ってしまう。母から電話がかかってきたときは、疲れていようが気分が沈んでいようが、余計な心配をかけまいと、私は元気にしゃべる。それなのに、すぐに見破られてしまう。

そんなとき、つくづく私は母には似ていないと思う。

「修学旅行のお土産かあ、泣けるよねぇ」

部長がしみじみと言う。「俺も持ってるよ。貝殻でできた蛙《かえる》の置き物は、俺にとっちゃあ宝物だよ。娘が鎌倉に遠足に行ったとき買ってきてくれたんだ。あれから何度か引越したけど、あれだけは捨てられないよ」

「部長はお嬢さんと仲いいの？　そんなの初耳だけど」

香織先輩は遠慮がない。部長が家庭で孤立しているというのは院内では有名だ。

「うちの娘はね、俺を見るたび『加齢臭がするから三メートル以内に近寄るな』って言うんだよな。いったい誰に似たんだか」

みんな一斉に笑った。

部長が家庭不和の話題で笑いを取るのはいつものことだが、本当は家族みんな仲がいいという噂《うわさ》もあるので、実際のところはわからない。

部長の家庭が羨《うらや》ましかった。もしも父が家を出ていかなかったら、母はあれほど無理をして働くことはなかっただろう。そうなったら私はたぶん、生来ののんびりした性格のまま育ち、医者になることもなく、今ごろ専業主婦になって子供が二、三人いたかもしれない。父の行いが、母や私にとって否応なく人生の大きな岐路になってしまったのだと改めて思った。

朝のミーティングのときだった。

「こちらが品川分院から異動して来られた黒田摩周湖先生です」

茶色い瞳《ひとみ》に赤ちゃんのようなピンク色のほっぺをした小柄な女性だった。二十九歳と聞いていたが、もっと若く見える。

「初めまして……私、黒田摩周湖と申します」

目に落ち着きがなく、おどおどしているように見えた。ここに来るまでに、さんざん叱《しか》られてきたのだろうか。聴診器を拾う以前の私も、同じような感じだったのかもしれない。

「あのう……ご迷惑をかけることもあるかもしれませんが、どうぞよろしくお願いいたします」

摩周湖は、自信なさそうに気弱に微笑《ほほえ》んでから、頭を下げた。

看護師たちが、摩周湖を頭のてっぺんから足の先まで遠慮なくじろじろ見ている。直感的に弱者だと見破ったのか、それとも以前から良くない噂を聞いていたのか。年配のマリ江などは、舐《な》めきった表情で見つめている。

顔を上げかけた摩周湖は、きつい視線が自分に集中しているのに気づき、宙に目を泳がせてから再びうつむいてしまった。

「こちらこそよろしく」

快活な声で沈黙を破ったのは岩清水だった。

摩周湖が驚いたように顔を上げると、岩清水はにっこりと彼女に微笑みかけた。そのとき、一瞬にして空気が凍りついた気がして、周りをこっそり見渡してみると、看護師たちの視線が一層厳しさを増していた。

摩周湖は美人ではないが、小動物のような愛らしさがある。男性なら誰しも守ってやりたいと思うのではないか。

もしかして岩清水のヤツ、摩周湖を気に入ったとか？

そう思った瞬間、心の中がざわついた。

でも……岩清水が誰を気に入ろうと、私には関係ない……。

「それでは夜勤から日勤への申し送りをします」と看護師長の毅然《きぜん》とした声が響いた。

次々に患者の病状を報告する声が続く。摩周湖はと見ると、やっとみんなの視線から解放されたからか、メモを取りながら真剣な顔で耳を傾けている。

「先週入院された早坂立衛《りゅうえい》さんですが、今のところ病状は安定しています」と岩清水が言った。

「えっ？」

私は驚いて、思わず大きな声を出してしまっていた。

ハヤサカ？ それも、リュウエイ？

看護師長が怪訝《けげん》な顔で私を見た。「早坂先生、どうかしました？」

「いえ……変わった名前だなと思いまして。りゅうえいとは、どんな字を書くんでしょう」

「立つに衛星の衛です」

父に間違いない。珍しい名前なのだ。

「そういえば名字が早坂先生と同じですね。もしかしてご親戚《しんせき》か何かですか？」

看護師長が尋ねた。

「いえ……違います」

先週入院した肝臓癌の患者が父だったとは。

確か、保って二ヶ月という話だった。まだ六十一歳なのに……。

だけど、どうして父がこの病院に？

偶然だろうか。それとも、わざわざここを選んだのか。私の勤め先を知ろうと思えば、実家の近所の人に電話すれば、すぐにわかる。隣家のおじさんは父の同級生だ。

でも、何が目的で？

だ、か、ら、私には関係ないんだってば。だって母と私を捨てた人だもの。

そのとき、ふと視線を感じて目を向けると、岩清水がじっと私を見つめていた。勘づかれたかもしれない。


その夜、田舎の母に電話して、父のことを話した。

――ルミ子、言わんでもわかりよるやろけど、絶対にあの人に会ったらいかんよ。

「わかっとる」

――ほんでも、あの人もあの人やで。今さらどの面《つら》下げて娘に会いにきたんやら。ルミ子を立派に育て上げたんは私やで。私ひとりの力で育て上げたんよ。あんな人、まったく関係ないやん。もうとっくに他人なんやから。

「わかってるってば」

――もしかして、入院費が払えんから、ルミ子の病院にちゃっかり転がり込んでききたんと違うやろか。そうやとしても、絶対に払ってやることないからね。

「うん、わかった」

母の苦労は経済的な面だけではなかった。プライドの高い母が、〈夫に捨てられたかわいそうな女〉として世間の好奇の目にさらされて生きてきた。そのつらさを考えても、今さら父に会うわけにはいかない。

数日後の当直の夜、ひとりで医局にいると、岩清水が入ってきた。

「これ、差し入れ」と言って、クッキーとヨーグルトの入った袋を差し出す。

「ありがとう」

岩清水は、紙コップにコーヒーを注《つ》ぎながら、「あっそうそう」と、たった今思いついたといった感じで振り返った。「もしかして、早坂立衛さんて患者は、ルミ子のお父さんじゃないの？」

一瞬の間が空いてしまった。

「……違うよ」

なんでこうも私は嘘《うそ》をつくのが下手なのだろう。

「ルミ子、亡くなる前に会っておいた方がいいよ」

「あのね、そういうおせっかい、やめてくれる？　私にもいろいろと事情があるの」

「あの人、もう長くないよ。話をする最後のチャンスだよ」

「放《ほ》っておいてよ。あなたには関係ないでしょ」

「亡くなってから後悔したって遅いよ」

「岩清水、マジしつこい」

「実は、俺の母が亡くなった日のことなんだけど……」

話そうかどうか逡巡《しゅんじゅん》するかのように、彼は窓の方へ視線を移した。

「言いかけたら最後まで言いなさいよ。気になるじゃない」

「……うん。あの日、母が『冬休みの宿題は終わったの？』と聞いてきたんだ。聞かれたのが二回目だったから、思わず『うるせえな、関係ないだろ』って言い返したら、母は悲しそうな顔で黙った。そのあと母はひとりで買物に出かけて、車に撥《は》ねられて死んだ。即死だった」

「よくある親子喧嘩《げんか》じゃない。そんな些細《ささい》なことを今も後悔してるの？」

「確かに小さなことだよ。それは俺もわかってる。もしも事故に遭わずに、いつも通り買物から帰ってきていたら、たぶん口喧嘩したこと自体を覚えていないと思う。でもね、最後に見た母の悲しそうな顔が今も忘れられないんだ」

岩清水は、つらそうに顔を歪めた。「ルミ子は恵まれてるよ。俺の母親は突然死んじゃったけど、ルミ子のお父さんは前もって死期がわかってる。羨ましいよ」

「あのね、父は母と私を捨てたのよ。そのあと母がどれだけ苦労したか……どう考えたって今さら父に優しくなんてできない。だからもうこの話はやめにして」

私はペットボトルの緑茶をごくりと飲んだ。

「今は家族はいないみたいだった。ひとり暮らしが長いと言ってたから」

「だから何だっていうの？　かわいそう？　寂しそう？　今さら冗談じゃないよ」

本当は会ってみたい気もしていた。尋ねたいことがたくさんあった。

今までどこで暮らしていたのか、二番目の奥さんとの間にできた娘は今どうしているのか。このまま父が亡くなってしまったら、腹違いの妹に連絡する手段を永遠に失ってしまうかもしれない。

だけど、私が父に会ったと知ったら、母はどれだけ傷つくだろう。いや、それよりも何よりも、死が目前に迫っている人間に対して、ひどいことを言ってしまいそうで恐かった。テレビドラマみたいに、一瞬のうちに和解して、父親の手を握り、「父さん、死なないで」などという展開になるはずがない。

「恨みつらみをぶつけたっていいと思うよ」

「え？」

驚いて岩清水を見た。「それ本気で言ってる？　もうすぐ死ぬ人間に追い討ちをかけるような真似《まね》はできないよ。それに岩清水、あんたはお母さんが交通事故に遭う前に、乱暴な言葉をぶつけたくらいのことで、いまだに後悔してるんでしょう？　私に言うことと矛盾してるじゃない」

「俺とルミ子の場合は違うよ。ルミ子のお父さんには、少しだけどまだ時間がある。今のところ意識もはっきりしているし、話すことだってできる。だからルミ子が言いたいことを言っても反論しようと思えばできるんだ」

「もういいんだってば」

「死んでしまったら二度と話ができないよ」

悲しそうな目で私を見る。「俺、そろそろ帰る」

そう言って片手を挙げると、彼は部屋を出ていった。


翌日の昼休みは、職員用の食堂に行った。

最も混雑する時間に来てしまったらしい。

どのラインに並ぼうか考えていると、岩清水の後ろ姿が見えた。

岩清水のヤツ、今日は何をチョイスしたんだろう。気になって、背後に歩み寄った。

「いわし……」

声をかけようとして、思わず後ずさった。

岩清水の隣には摩周湖がいた。小柄なために、彼の陰に隠れて見えなかったらしい。

楽しそうに話をしながら、笑顔で見つめ合っている。

次の瞬間、私は慌ててその場を離れた。

足早に歩きながら、いちばん流れの速いラインを目で探す。

どうして私が逃げるの？

自問自答しながら、日替わり定食をトレーごと受け取った。

胸が苦しくなってくる。

専用カードを読み取り装置にかざしてレジを素早く通り抜けた。

空いている席を探していると、香織先輩が奥の方で手招きしているのが見えた。

香織先輩の前にカツ丼と味噌汁《みそしる》が置かれている。

「ねえねえ、あの二人、お似合いだと思わない？」

向かいに座った途端、香織先輩が尋ねた。指し示す方を見ると、岩清水と摩周湖が麺類《めんるい》のラインに並んでいた。

「岩清水って、摩周湖には特別に優しいみたいだよ」

そう言いながら、なぜか香織先輩が私を上目遣いで見る。

小柄な摩周湖が背の高い岩清水を見上げて笑っている様子は、恋人同士のようだった。二人はお似合いだ。岩清水は大病院のお坊ちゃんだし、摩周湖は大学教授の娘だ。きっと二人の間には、上流家庭に共通する特別な空気みたいなものがあるのだろう。

貧乏育ちの私に出る幕はない。

──つまらない女に引っかかって人生を棒に振るな。交際相手は慎重に選べ。

岩清水は、父親からそう言われて育ったと聞いている。つまりヤツは、今まさに、摩周湖という、しかるべき家の令嬢を見つけたのではないか。

「確かにあの二人、お似合いですね」

「ルミ子、それマジで言ってんの？」

香織先輩が私の顔を覗き込んだ。

「言い出したのは先輩の方じゃないですか」

「そりゃまあそうなんだけど……岩清水のファンクラブの看護師たちは怒ってるらしいよ。あんなトロい新参者に岩清水を取られたくないって」

「確かにトロいかもしれませんけど、でも摩周湖は一生懸命やってますよ。この前の当直のときだって、救急外来や病棟からの問い合わせで朝までに五回も起こされたうえに、翌日も激務だったみたいです。それでも彼女は弱音も吐かずに必死に頑張ってましたから」

「それは私も知ってる。見かけによらず根性あるよね。しょっちゅう叱られるからか、精神的にも余裕がなさそうで、最近はスッピンで髪振り乱してるし。まっ、私ならどんな状況でも化粧だけは最優先だけどね」

香織先輩はそう言うと、つけ睫毛《まつげ》を指で器用に均《なら》した。「だけど先週ね、摩周湖のヤツ、救急で運ばれてきた患者の奥さんにひどいこと言って怒らせたらしいよ」

「私も聞いてます。だけど、あれはきっと奥さんを励まそうとしたんですよ。内容はトンチンカンだったかもしれないけど、彼女は彼女なりに一生懸命なんですよ」

「ルミ子、ずいぶん摩周湖の肩を持つじゃないの。なんだか勘が狂ってきちゃった」

香織先輩が残念そうに言う。

「何のことですか?」

「いや、別に……」と香織先輩が口ごもる。

「言いたいことがあるなら、はっきり言ってもらわないと私にはわかりませんよ。鈍感な人間ですから」

「そうか、そうだったね。ルミ子は鈍感だったね」

「そういう言い方って……」

香織先輩には妙に素直なところがあるから困る。

「姑息《こそく》な手段だとは思ったんだけどね、あの二人の仲が怪しいってことにして、ルミ子の嫉妬心を煽《あお》ってみようかと思ったわけよ」

「なんのためにですか?」

「だってルミ子の気持ちをはっきりさせないと、岩清水がかわいそうで」

「どういう意味ですか?」

「まったくもう。類《たぐ》い稀《まれ》な鈍感女だ」

そう言って香織先輩はふうっと息を吐いた。「岩清水は、いつもルミ子を目で追ってる。部長でさえ気づいているのに、あんたって女は……。それにさ、あの頻繁なルミ子への差し入れときたら」

「あれは岩清水が自分の分を多めに買ってきて、余った分を私にくれるだけですよ」

「それは違う」と香織先輩はきっぱり言った。「岩清水のヤツ、私や部長に差し入れしてくれたことなんて一度もないよ。部長が『俺にも一回くらいプリン寄越せ』って怒ってたもん」

「へえ。でもやっぱり誤解ですよ。だって岩清水が気に入ってるのは摩周湖ですから」

「筋金入りの鈍《にぶ》さだわ、あんた」

香織先輩は呆れたように言ってから味噌汁に入っていた大きな茄子《なす》を頬張った。

「あのね、摩周湖は結婚が決まってるんだよ。相手は大学の同期だってさ。そのこと、岩清水も知ってるよ」

「それ、本当ですか？」

「なんだ、やっぱ脈あるんじゃん」

香織先輩は、いきなりニヤリとした。

「ルミ子ってすぐ顔に出るからわかりやすいよ」

そう言って、満足げにカツを頬張った。

父は余命二ヶ月と言われている。だが、末期癌はいつ急変するかわからない。言い換えれば、いつ死んでもおかしくない。だから……時間がない。会いたいわけじゃない。聞きたいことがあるだけだ。だから、いちいち母に了解を得る必要はないはずだ。だって、事務的に尋ねるだけなのだから。

そんなことをぐるぐる考えながら、父の病室の前をウロウロしていた。

「先生、どうかなさったんですか？」

通りかかった看護師が、私に不審の目を向けた。その目から逃れるため、いかにも用があるふりをして、思わずドアをノックしてしまった。

「はい？　どうぞ……」

ドアを開けると、父が首だけを起こして、こちらを見ていた。

父さん……。

会わない間に、父は老人になった。

父が家を出て行ってから、既に二十年以上の月日が過ぎた。あのとき父はまだ四十歳ぐらいで、私は小学校六年生だった。

――ルミちゃんとこのお父ちゃん、ごっついかっこええわあ。テレビに出よるスターみたいや。

同じクラスの友だちが、よくそう言っていたのを思い出す。あの当時の父は、すらりと背が高く、太い眉《まゆ》と黒目勝ちの大きな瞳が特徴の典型的な二枚目だった。だが、いま目の前にいる父は、げっそりとやつれて別人のようだった。黒々としていた髪も真っ白だ。

父といえば、まず夏を思い出す。父はよく海に連れて行ってくれた。私が泳ぎが得意なのは父のお蔭《かげ》だ。父は海が大好きだった。いや、正確に言うと、夏そのものが好きだった。

冷たくて甘い赤いかき氷、空に打ち上がる虹色《にじいろ》の花火、縁側で食べた大きなスイカ、ちりんちりんと涼やかな風鈴、ひらひらと優雅に彷徨《さまよ》うオハグロトンボ……思い出しただけで、蝉《せみ》の大合唱が耳もとに鳴り響いてくる。

懐かしさで胸がいっぱいになった。あの頃の、父の陽気な笑い声が聞こえてくるようだ。

しかし……母を裏切り、私を捨てた。専業主婦だった母は追い詰められた。そう思った瞬間、一気に胸に憎しみが湧《わ》きあがってきた。

頭が混乱していた。憎しみと懐かしさがごちゃ混ぜになっている。

父は何も言わずに、こちらをじっと見つめていた。

私だと気づいているのだろうか。

それとも、医師が回診に来ただけと思っているのか。

父の表情からは読みとれなかった。

「お加減いかがでしょうか」

他人行儀にそう言い、ゆっくりとベッドに近づきながら、それとなく部屋を見まわした。

見舞いの花ひとつなかった。父が着ているパジャマは、病院が有料で貸し出している物だ。洗濯に通ってくれる女の人もいないらしい。

「ルミ子……」

父の掠《かす》れた声で、思わず立ち止まった。

父から名前を呼ばれるのは小学生以来だった。

「大きくなったな」

まるで成長期の子供に言うような言葉だった。

そうか、父の思い出の中の私は、小学校六年生のままなのだ。

そんな当たり前のことに、今になって気がついた。父を見て、ずいぶん老けたと私が驚いた以上に、父から見た私は変化が大きい。誰だかわからなくてもおかしくない年月が経っている。

「ルミ子は変わらないな」と、父は意外なことを言った。

私はベッドの脇にある椅子《いす》にそっと腰をおろした。

「白衣が似合うんだな。本当に立派になって……」

父は声を詰まらせた。

今まで父は、母や私に対して、どういう気持ちでいたのだろう。たまには思い出してくれることもあったのだろうか。

もしかしたら、捨てた妻子に連絡を取る資格はないのだと自分を律してきたのかもしれない。それでも、さすがに死期が迫ると、最後に一目会いたいという思いが募ったのだろうか。それとも母が言ったように、入院費を私に出させるつもりなのか。それも、個室の高額な料金を。

聞きたいことは山ほどあった。主治医でもないのに、あの聴診器を父の胸に当てて、心の声を聞いてみたい衝動にかられる。

ふと見ると、枕元にキーホルダーがあった。静かに手に取り、古びた革の表面を撫《な》でてみた。

「ねえ父さん、あれからどうしてたの？」

自分でも思ってもみなかったが、自然に「父さん」という言葉が出てきた。それ以外、呼びようがないのだが。

「お前や母さんを捨てた罰が当たったんだろうなあ。ロクなことがなかったよ。ルミ子は俺のこと恨んでるだろ」

――当たり前でしょう。

私は心の中だけで言った。

岩清水の言葉――恨みつらみをぶつけたっていいと思うよ――をふと思い出したが、死を目前にした病人を追い詰めることなどできない。

「恨んでなんかいないよ」

顔がこわばっているのが自分でもわかった。微笑んでみせる器用さまでは持ち合わせていない。

「そうか、それは安心した。苦労は人を成長させると昔から言うからな。何ごとも一長一短だ」

父が穏やかな表情になった。

父さん、それ、本気で言ってんの？

何ごとも一長一短だって？

苦労は人を成長させるだって？

どれだけ自分がひどいことをしたのか、わかったうえで言ってんの？

父さん、あなたは妻子を不幸のどん底に突き落としたんだよ。反省の色すらないなんて……。

いくらなんでも、そこまで不誠実な人間だとは思わなかったよ。ここまででたらめな人間だから、平気でよその女のもとに走ることができたんだね。結局は、そういう人なんだよ、この人は。

沸々と、腹の底から怒りが込み上げてきた。

「冗談じゃないよ！」

気づくと立ち上がって大声で叫んでいた。「母さんの苦労をちっともわかってないじゃないの。苦労は人を成長させる？　なに自分に都合のいいことばかり言ってんのよ」

父が目を見開いて私を見上げている。

これ以上言うべきでないと思ったが、どうしても気持ちを抑えることができなかった。

「私と母さんの暮らしがどんなに惨《みじ》めだったか、父さんにわかる？　給食費が払えなくて、母さんが親戚に頭を下げてまわったこともあったんだよ。あの負けん気の強い、プライドの高い母さんがだよ」

涙がぽたぽたと落ちてきた。手の甲で拭《ふ》いても間に合わなくて、父の枕元にあったティッシュボックスから、続けざまにティッシュを引き抜いて、勢いよく洟《はな》をかんだ。

「だけどね、母さんは頑張ったよ。保険の外交員になって営業成績を上げるようになったよ。生きていくために人に頭を下げたんだよ。契約を取るために、不潔っぽいエロオヤジ連中に色気を振りまいたりしたこともあるんだよ。そんなこと何ひとつ知らないくせに……それなのに、父さんは若くてきれいな人と好き勝手なことをして」

いろいろな思いが一気にあふれ出てきた。

しかし、このとき既に、心の奥でひたひたと後悔が押し寄せてもいた。

言うべきではなかった。

余命短い父にとって、あまりに酷ではなかったか。

わざわざこの病院を選んでくれたらしいのに、なんという親不孝だろう。

父はきっと深く傷ついたに違いない。

病室はしんと静まり返っていた。父はずっと黙ったままだ。

父の顔をまともに見る勇気がなかったので、涙を拭くティシュの隙間《すきま》から、恐る恐る父を盗み見た。

すると――

えっ、嘘でしょう?

なんと、父は……ニヤニヤ笑っていた。

アタマおかしいんじゃないの？　父さん、あなたは今、娘に詰《なじ》られているんだよ？

ティッシュを持った手を下ろし、思わず父を睨《にら》みつけていた。

「ごめん、ごめん。笑ったりして、ほんとにごめん」

軽薄な物言いだった。いくらなんでもここまでふざけた人間だとは思わなかった。

「俺ね、空気読めないって、人によく言われるんだ」

「え？」

「嬉しかったんだよ。もう何年も前から俺に本音をぶつけてくれる人間なんていなかったから。久しぶりだよ。俺はひとりぼっちじゃないって思えたのは」

そう言って、父は嬉しそうに微笑んだ。そして、涙で膨らんだ父の目から、つうっとひと筋の滴《しずく》がこぼれた。

私は大きく吐息をついた。空気が読めないのは、どうやら遺伝らしい。

「二度目の結婚もうまくいかなくてね」

そう言って、父は枕の下から写真を取り出した。「これが二度目の結婚でできた娘だ」

私と腹違いの妹は、いま大学生だという。父によく似ていた。つまり、私にそっくりだった。

「妹に連絡してみようかな」と知らない間につぶやいていた。

「そうか……」と父は、驚いたように私を見た。

──そうしてくれると嬉しいよ。

そのとき、父の声が聞こえたような気がした。

「私はずっとひとりっ子だったからね、妹ができて嬉しい」

──ルミ子、ありがとう。そう言ってくれると、俺も救われるよ。お前たち姉妹が仲良くなってくれたら、父さんも嬉しいよ。

聴診器を当てなくても、父の言いたいことがわかるような気がした。

「ルミ子、そこの抽斗《ひきだし》を開けてみてくれ。二段目だ」

父は、ベッドの横の作りつけの小さな木製キャビネットを指差した。

抽斗を開けると、茶封筒が出てきた。

「中を見てくれ」

茶封筒の中には預金通帳と印鑑が入っていた。

「少ししかないが、お前の母さんに渡してくれないか。謝っても許してもらえるとは思ってないが、せめてもの償いだ」

かなりまとまった額が入っていた。女にはだらしなくても、仕事はきちんとやってきたらしい。

「父さんは、いま母さんに会いたいと思ってる？」

もしそうなら、母に上京するよう頼んでみようか。

「いや、思わない」

きっぱりと父は言った。

もしかして……父は母を嫌っていたのではないか。そんなことを感じたのは今が初めてだった。

父は父で、あのプライドの高い、気性の激しい母に辟易《へきえき》していたのではないか。夫婦間のことは、娘といえどもわからないが、私自身が母を鬱陶《うっとう》しく感じることが頻繁であることを思えば、そうであっても不思議ではない。

「もしかして父さんは、母さんのこと嫌いだったの？」

思いきって尋ねてみた。

父は微笑んでから言った。「母さんはとても純粋な人で、何ごとにも一生懸命だったよ」

ひとことひとこと区切るようにゆっくりと答えた。不用意なことを言わないように気をつけているのだろうか。

「だから、母さんに落ち度はひとつもないんだよ」

好きか嫌いかという問いには答えたくないらしい。

「ところでルミ子、俺の葬儀は必要ないが、もしも、できたら……」と言い淀《よど》んだ。

「なあに？」

「いや、いいんだ。みんなそれぞれに忙しいからな」

「言うだけは言ってみてよ」

「やっぱり、いいよ」

「父さん、正直言って私はいつも仕事に追われてて、時間もないし精神的な余裕もないよ。だから何か頼まれても断わるかもしれないけど、でも一応は言ってみてよ」

父に何かしてあげたい気持ちになっていた。昨日までは考えもしなかったことだ。

「できれば故郷に葬ってもらいたいと思ったんだ。でも、もういいよ。変なこと言ってすまん」

父はそう言うと、寂しそうに微笑んだ。

「なんだ、そんなこと。父さん、約束するよ。ちゃんと田舎のお墓に入れてあげる」

そう言って、私は父の大きな手を握った。父の温《ぬく》もりに触れたのは小学生のとき以来だった。

父は私の手を両手で包み込み、身体を折り曲げて、むせび泣いた。

——ありがとう。頼めるのはルミ子しかいないんだ。

あの聴診器がなくても、父の気持ちは確かに伝わってきた。

——本当に悪かった。許してくれ。

父の嗚咽《おえつ》が、そう言っていた。


その後は毎日、父を見舞い、いろいろな話をした。私が生まれたとき、父は嬉しくて近所の人々に触れてまわったらしい。母と三人で水族館や遊園地に行った日のことも、父は昨日のことのように覚えていた。

父と毎日会っていることは、母には内緒にしておいた。わざわざ母を傷つける必要はないと思った。だが病院内は別だ。変な噂が立つと困るので、部長や看護師たちには、実の父だと打ち明けた。予想外だったのはマリ江の態度が一変したことだ。

——今までルミ子先生のこと、誤解してました。苦労知らずのお嬢さんだと思ってたんですよ。

それ以降マリ江は優しくなり、仕事がしやすくなった。

部長は気遣ってくれ、主治医を岩清水から私に変えたらどうかと提案してくれた。私は迷っていた。冷静な気持ちで父を看取《みと》ることができるだろうか。父は延命治療を拒否している。しかし、どんな状態であっても生きていてほしいという自分勝手な気持ちが、私の心の中に芽生えつつあった。

そんなとき、岩清水がきっぱりと「僕が責任を持って最期まで診ます」と部長に申し出た。岩清水なら任せられる。瞬時にそう判断したことに、自分でも驚いていた。いつの間にか彼のことを、誠実な医師だと信頼するようになっていたらしい。

そんなある日の夜、母から電話がかかってきた。

——ルミ子、あの人と会ったんか？

「……まさか」

またしても返事が一瞬遅れてしまった。

——ルミ子は嘘つくのが相変わらず下手やなあ。声が上ずっとるがな。あんたが父親に会うのも、考えようによってはええことかもしれん。

耳を疑った。母を傷つけないよう嘘をつき通さなければと緊張していたので、拍子抜けした。

——私自身はあの人には二度と会いとうない。けど、ルミ子にとっては血のつながった父親や。夫婦の縁は切れても、親子の縁は切れんからね。あんたら性格もよう似とるから、反面教師としてお父さんから学ぶこともようけあるはずやわ。この際、知りたいことは何でも遠慮せんと聞いたらよろし。言いたいこともぶつけたらええよ。

「うん、そうする」

——私から伝言を頼むわ。短い間やったけど楽しいこともあったって、そうゆうといて。

「母さん、それ本気で言ってる?」

——最近いろいろ考えたんよ。人生はプラスマイナスゼロやって。

母が人生を語り出したら長い。いつもなら苛々《いらいら》するところだが、今日はじっくり聞いてみたかった。

——ここまで歯を食いしばって生きてこられたんは、あの人が酷い男やったからよ。

「母さん、それ、皮肉にしか聞こえないけど」

——あら、ルミ子、あんたちょっと鋭うなったん違うか?

褒めているつもりだろうか。

——この歳になると、寝覚めの悪いことしたくなくなるんよ。だから、さっきのこと、あの人にしっかり伝えとくんやで。

「うん、わかった」


父が昏睡《こんすい》状態に陥る前夜のことだった。

父の病室に入ると、当直の岩清水がいた。ベッドの横の椅子に座って足を組み、ずいぶんと寛《くつろ》いだ様子だ。そういえば、看護師もいない。

「雑談してたんですよ」と言って、岩清水はこちらを振り返った。「早坂先生のこと、真面目《まじめ》で一生懸命だって、一応褒めておきましたからね」

その言葉に、父がハハハと声を出して笑った。

「岩清水先生の、その〈上から目線〉に私は腹が立つんですけどね」

「お父さんを安心させるために、無理して褒めたんです。お礼を言ってもらいたいところです」

「はいはい、それはどうもありがとうございました」

父はと見ると、私と岩清水を交互に見て微笑んでいる。「ずいぶん仲がいいんだな」

「父さん、誤解だよ」

「誤解じゃありませんよ」と岩清水がいきなり言った。

「岩清水先生、つまりそれは……」

父が真顔になり、岩清水を見つめている。

「僕の気持ちは真剣です」

彼はこちらを振り返り、器用なウィンクを寄越した。

——お父さんを安心させて旅立たせてあげよう。

そう言いたいのだろう。

父が嬉しそうに何度も深くうなずいたのを見てから、二人して病室を出た。

消灯時間を過ぎ、廊下は静まり返っていた。

先を歩いていた岩清水がいきなり立ち止まり、振り返った。「久しぶりに実家に帰ってみることにしたよ。親父にもずいぶん会ってなかったから」

「それは……よかった」

「ルミ子とお父さんの関係を見ているうちに、俺もいろいろと吹っ切れたんだ」

私が勝手に想像した情景――アパートの片隅で、高校生の男の子が孤独に耐えて膝を抱えている――を思い出した。あの寂しそうな背中をぎゅっと抱きしめてやりたくなった。君にもいつかきっと乗り越えられる日が来るよ、それまで頑張るんだよ、と言って。

肩を並べて廊下を進み、エレベーターの前まで来ると、岩清水がボタンを押した。エレベーターの中で二人きりになると、岩清水は「あっ、そうそう」と、今思い出したといった風に言った。「今週末あたりさ……ドライブでもどう?」

「えっ……ドライブ?」

不意打ちにどぎまぎしてしまい、咄嗟《とっさ》に返事ができなかった。

「そんなに驚くことないだろ」

そう言いながら、岩清水がじっと見つめてくる。

思わず目を逸らしていた。「そりゃあ……ドライブくらいなら、つきあってあげないこともないけど」

自分の気持ちを悟られまいと、つい憎まれ口が出てしまった。

「どこまでもかわいくないヤツだな。せっかく美味《おい》しい店に連れてってやろうと思ったのに」

「美味しいお店って？」

「ピザが絶品の店を見つけたんだよ」

ピザといえば……チーズの焦げる匂《にお》い、そして、もちもちした食感、いや、サクサクした方の生地かも……どちらにしても大好きだ。

思わず唾《つば》を飲み込んでいた。

夜のエレベーターの静寂の中で、ゴクリと喉の鳴る音が響き渡った。その途端、岩清水が噴き出した。

「どうせ私は食いしん坊ですよ、悪かったね」

エレベーターが止まり、扉が開いた。

「待ち合わせ場所は、あとでメールするよ」

「うん、わかった」

岩清水が扉を押さえてくれたので、私が先にエレベーターを降りようとすると、彼は私の背中にそっと手を添えた。

父が死んで一ヶ月が経った。

摩周湖がまた患者の家族を怒らせたと聞いた。香織先輩によると、摩周湖は末期癌の患者に向かって、「もうすぐ楽になりますから」と言ったらしい。患者は八十七歳だった。

「だってまさか、あの高齢で、まだ生きることへの執着があるなんて思ってもみませんでした」

そう言って摩周湖はうなだれた。

「今後は不用意な発言を慎んでくれ」

「部長、そんな注意の仕方じゃ本人もどうしたらいいかわからないよ。そもそもどういうのが不用意な発言なのかを本人がわかってないんだから」

香織先輩は摩周湖の前でも遠慮せずに言う。

「それもそうだな」

部長は腕を組んだ。「二十代の君にはわからないかもしれないが、人間というものはね、歳を取れば取るほど、まだ死にたくない、もっと生きたいと願うようになるものなんだよ」

「……そうなんですか。以降は気をつけます」

摩周湖は、おどおどした目で部長を上目遣いに見て言った。顔つきからして、どうやら部長の説明がピンと来ていないらしい。

「じゃあ、こうしよう」と部長が続ける。「病状の説明や看護師への指示以外は何も言わないことにしたらどうだ。つまり、必要最小限以外はしゃべらないようにしたらいい。うん、これなら大丈夫だろ」

摩周湖は、あらぬ方を見ながら気弱な笑みを浮かべている。誰とも視線が合わないようにしているのか、普段から宙か床のどちらかを見ていることが多かった。

その日の昼休み、私はジュースを飲みながら、医局の窓から中庭を見下ろしていた。摩周湖が中庭のベンチでひとりしょんぼりとサンドイッチを食べているのが見える。しばらくして食べ終えると、ゴミを袋にまとめてから、沈んだ顔つきのまま立ち上がった。

まるで「よっこらしょ」という声が聞こえてきそうなほど、腰が重そうだ。

そのまま病棟へと続く小道へ足を一歩踏み出そうとして、彼女はふと動きを止めた。目の前にある、赤い煉瓦《れんが》で囲まれた花壇をじっと見つめている。

微かに首を傾げたと思ったら、彼女は花壇に足を踏み入れた。

群生する黄色いラナンキュラスをかき分けながら、そろりそろりと歩みを進める。屈《かが》んだ後ろ姿が、葉の間から見えた。

しばらくして花壇から這《は》い出てきたとき、摩周湖の手には銀色に光る聴診器が握られていた。

——バトンタッチするよ。

——摩周湖、あなたなら大丈夫だよ。めげずに頑張って！

心の中でエールを送った。

# 解説

吉田伸子

人は最期の時に、何を思うのだろう。悔いはない、生ききった。そんなふうに思える人は、どれだけいるのだろう。いい人生だった、と穏やかな気持ちで旅立てる人は、どれだけいるのだろう。人生に〝たられば〟はない、と言うけれど、もし、最期の時を迎える前に一度だけ、〝たられば〟が可能になるとしたら、誰《だれ》もが〝もう一つの人生〟を垣間見《かいまみ》たくなるのではないだろうか。

本書の主人公は、神田川病院で内科医を務めてもうすぐ十年になろうとする早坂ルミ子。死期が迫った患者が多いため、既に五百人以上の患者を看取《みと》って来た。中堅といってもいいキャリアではあるものの、昔から、他者の言葉の裏やニュアンスを読み取るのが苦手だったために、患者の前では未《いま》だに緊張するし、恐怖心さえ覚えることも。要するに、対人関係が不器用なのだ。だから、未だに、医師である自分に自信が持てない。自分よりも優秀な同期の医師は出産を機に仕事を辞めているし、同世代の有能な看護師だって、転職や寿退社で職場を去っている。それなのに、私はここにいて、この仕事を続けていていいのだろうか。ルミ子は、常にそんな不安を抱えている。

そんなある日、いつものように中庭のベンチで、慌ただしくお昼のサンドイッチを食べ終えて立ち上がろうとしたその時、花壇の中に何か光るものが見えた。空き缶だろう、と思っていた光るものは丸い金属板で、その先には黒いチューブがついていた。花壇に植えられたラナンキュラスの葉をかき分けたルミ子が見つけたのは、聴診器だった。

この聴診器を拾ったことが始まりで、ルミ子は不思議な体験をする。なんと、聴診器ごしに、患者の〝心の声〟が聞こえるようになるのである。それだけではない。聴診器を患者に当てている間、その患者は自身の人生をやり直すことができ、ルミ子もその人生を追体験できるのだ。

大女優の母を持ち、自らも女優になりたかったのに、母の強い反対にあい、その夢が叶《かな》わなかった、ルミ子と同い年の患者・千木良小都子。仕事優先で、子育ては妻に任せっきりでやって来た、IT関連会社に勤務する三十七歳の日向慶一。かつて、結婚に反対したことから、娘が未婚のまま四十代半ばを迎えてしまったことを悔やんでいる雪村千登勢。そして、中三の時の自分の行動に、未だに負い目を感じている、大手建材メーカー勤務四十五歳の八重樫光司。ルミ子は、聴診器を通じて、彼らの、あり得たかもしれないもう一つの人生と、その顚末《てんまつ》を知ることになる。

ここでポイントになるのは、彼らがみな、末期のガン患者であることだ。そう遠くないうちに、彼らは生を終える。だからこそ、揺れる。もし、この歳《とし》で死ぬことが分かっていたら、今とは違う生き方を選んでいた、と。小都子はどうせ短い人生ならば、母の言うことなぞ無視して、思うように生きたかった、と。慶一は、家族を一番にした暮らしを望み、千登勢は、あんなに好きだった相手なのだから、と娘の結婚を認めようとし、そして光司は、結果的に見捨てる形になってしまった友人を救おうとする。

諦《あきら》めた夢、後回しにして来た子育て、良かれと思って諦めさせた結婚、そして友人の無実を言い出せなかったことへの後ろめたさ。死を控え、彼らの心にあるのは、こんなはずでは、という想《おも》いだ。彼らの〝今〟のままならなさ（病だけでなく、それぞれに抱えている心残り）が、彼らに、もしあの時あぁしていれば、こうしていれば、という夢を見させる。ルミ子（の聴診器）は、そのサポート役、である。

もしかしたら、こういう設定に鼻白んでしまう読者もいるかもしれない。そんな魔法みたいな聴診器、あるわけない、と。その気持ちも分からないではないが、かといって、そういう設定ならば本書を読まない、というのは、大変に勿体無《もったいな》い。なぜなら、本書はファンタジィではないから。ファンタジィのような設定を用いてはいるものの、あくまでも物語の軸足は、〝現実〟にあるからだ。その〝現実〟を語りたいが故、の設定なのだ。

垣谷さんには、妻と夫の愛人の身体が入れ替わってしまう（謎の老婆によって！）という設定の『夫のカノジョ』という著書がある。こちらも、ファンタジィ的な設定を借りただけで、本質は「人は変わろうと思えば変われるのだ！」というメッセージが物語の根幹になっていた作品だ。

　本書も同様で、ルミ子の四人の患者（そして、エピローグに登場するルミ子の父を含めると五人）の、それぞれの物語を通じて、垣谷さんが届けたかったのは、自分の人生を信じることの大切さ、だ。こんなはずでは、と思う気持ちを汲《く》んだ上で、それでも、あなたの人生はあなたが選んで来たのだから、人生も、自分自身も否定はしないで欲しい、という願いだ。

　だから、垣谷さんは、ルミ子の聴診器を通じて、人生をやり直す体験をした彼らに気付かせる。今、この現実に対して、不平も不満もあるけれど、でも、たられればでやり直してみたところで、今度はまた別の不平も不満も出てくるのだ、と。どちらを選んだとしても、人は選ばなかった方の人生に心が残ってしまうものなのだ、と。人の気持ちは欲張りなものなのだ、と。

　小都子は、念願の女優デビューを果たすものの、それはそれで、〝なにものにもなれなかった現実〟とは違う意味での苦悩を抱えることになるし、仕事よりも家庭を優先させたことで、慶一は妻の本質的な依存体質を目の当たりにする。隣の芝生は青く見える、ではないが、選ばなかったもう一つの人生は、夢想するぶんにはいつだって輝いているのだ。いつだって、うまくいっているのだ。何故ならば、実際にそちらの人生を生きているわけではないから。絵に描かれたリンゴが、たとえどんなに大きくて美味《おい》しそうに見えたとしても、そのリンゴを食べることはできないのだ。

私たちは、常に自分の選択を肯定できるほど強くはない。間違ったことなどない、と確信できるほど鈍感でもない。だから、ついつい、選ばなかったほうの行方《ゆくえ》を夢見てしまう。あの時、あぁしていれば今頃は、などと、益体もないことを考えてしまう。でも、それはしょうがないよ。いや、むしろ、普通だし、だからこそ、人って愛《いと》おしいんじゃない？　垣谷さんは本書を通じて、そんな風に私たちに語りかけているのではないだろうか。

自分の夢を邪魔した張本人。そんな風に母親のことを疎ましく思っていた小都子は、けれど、人生をやり直してみた後で、こんなことを母親に言う。「やらなかった後悔より、やった後悔の方がいいと世間じゃよく言うけど、あれは嘘《うそ》だね」と。「ママの言う通りに堅実に生きてきて正解だったよ」

やり直した人生では、娘の望む結婚を認め、孫にも恵まれていた千登勢だが、娘夫婦が自分たちの遺産を狙《ねら》うようになっていることを知り、「元の世界に戻して」と願う。そして、改めて、娘の結婚に反対したことは間違っていなかったのだ、と確信する（この千登勢のパートは、二重に捻《ひね》りが効いているので、その捻り具合は、実際に読んで味わってください）。

さらに、本書にはもう一つ仕掛けがあって、それは、患者が人生をやり直す場面に立ち会うことで、ルミ子自身もまた成長していく、その過程が描かれていることだ。他者に共感できにくく、コミュニケーションがうまくとれないため、おどおどしてしまう。そんな自分は、そもそも医者には向いていないのではないか。そんな不安を抱えていたルミ子が、それぞれの患者の、もう一つの人生を共有することで、他者の痛みが分かるようになっていくのだ。同僚医師である、岩清水（大病院の御曹司でイケメン！）とのやりとり（ツンデレのデレ抜き！）も、元ヤンの先輩医師、香織もいい。

人生は選択の連続だ。一つ一つの選択は点だけど、その点が繫《つな》がって、人生になっている。どこで間違えたのか、とか、どの選択が正しかったのか、とか、そんなことはいくら考えてもしょうがない。大丈夫、今のあなたが、あなたなんですよ。垣谷さんの、そんな声が聞こえて来そうだ。


（よしだ・のぶこ／書評家）

―――本書のプロフィール―――

本書は、二〇一四年十一月に小学館から刊行された『ｉｆ　サヨナラが言えない理由』を改題し、加筆改稿して文庫化したものです。

小学館文庫

# 後悔病棟《こうかいびょうとう》

著者　垣谷美雨《かきやみう》

二〇一七年四月十一日　初版第一刷発行
二〇二四年六月三十日　第二十一刷発行

発行人　庄野　樹
発行所　株式会社　小学館
〒一〇一-八〇〇一
東京都千代田区一ツ橋二-三-一
電話　編集〇三-三二三〇-五六一六
　　　販売〇三-五二八一-三五五五
印刷所 ── 図書印刷株式会社


ISBN978-4-09-406409-4